LES NOISETTES
SAUVAGES

ROBERT SABATIER

de l'Académie Goncourt

LES NOISETTES
SAUVAGES

Roman

ALBIN MICHEL
PARIS

IL A ÉTÉ TIRÉ DE CET OUVRAGE :
100 EXEMPLAIRES SUR VÉLIN DU
MARAIS, DONT 90 NUMÉROTÉS DE
I A 90, ET 10 HORS COMMERCE
NUMÉROTÉS DE I A X.

ISBN 2-226-00012-7 BROCHÉ
ISBN 2-226-00013-5 RELIÉ
ISBN 2-226-00014-3 MARAIS

Qu'il était beau mon village!

Le temps a léché ses vieilles pierres. Tiens! cette fontaine ne coule plus, cette façade a été repeinte, il passe beaucoup d'automobiles, les femmes ne portent plus la coiffe. Je vais, je viens, je regarde. Dans une ruelle inondée de soleil, un jeune homme ferre un cheval gris, un enfant blond, chasse-mouches en main, observe tous ses gestes. Existent-ils vraiment devant mes yeux? Non, la maréchalerie, la forge ne sont plus là. En moi, une voix murmure : je ne veux pas qu'ils meurent, je ne veux pas...

Que fais-tu là, Olivier, loin de Montmartre? Tu as pris le train Bonnet, en troisième classe. Là où tu pensais trouver un village, tu as découvert un pays, le « pays de Saugues ». On y parlait le français, mais aussi une autre langue, mystérieuse, chantante et rude, qu'on appelait lou patouès, celle de tes origines.

Tu croyais seulement changer de lieu, or tu changeais de temps. Certes, le calendrier parlait toujours des années trente, mais, loin des particularités d'époque, tu trouvais auprès du grand-père, des paysans, des ruraux, la manière de vivre des anciens, à la bonne, à la simple, à la campagnarde. C'est là que tu as vécu les plus beaux jours de ta vie, de notre vie.

Imaginons que pour briser les solitudes s'allume un feu de genêts au seuil de la nuit montagnarde. Mes amis saugains, mes frères, tous les compagnons d'Olivier sont près de moi. Comment commencer la narration de notre commune aventure? La flamme brûle les visages, une bonne odeur de résine se répand. Je ferme les yeux, tout revient; si vous le voulez, voyageons ensemble...

Un

L'ENFANT déplia le mouchoir de batiste à liséré vert et le passa sur son front. Il était assis dans le compartiment de troisième classe, bien serré à sa place, « un coin couloir », les bras croisés sur sa poitrine. Il écoutait la musique du train, regardait ces paysages de banlieue que l'obscurité n'habitait pas encore tout à fait.

Quand des voyageurs s'arrêtant dans le couloir lui dérobèrent le spectacle mouvant, il observa timidement ces inconnus avec lesquels il traverserait la nuit. Inconnus ? Il se le demandait. Ces messieurs habillés en dimanche et ces dames en robes fleuries ressemblaient à d'autres personnes entrevues à la mercerie de la rue Labat : des « pays » de ses parents qui gardaient un petit air d'Auvergne. Ainsi, cet élégant noiraud portant moustache de jais bien effilée, tapotant sans cesse une pochette en dentelle du Puy; ou bien cette dame d'âge à la taille d'insecte, aux diligentes mains travaillant la laine; ou encore ce personnage sévère au béret basque incliné ne laissant apparaître qu'une oreille cramoisie et dont le pouce caressait les degrés enrubannés d'une boutonnière héroïque : il ne devait lever les yeux de *L'Illustration* que pour jeter autour de lui les regards d'un maître de forteresse.

Deux joyeux couples, face à face, côté fenêtre, voyageaient de compagnie. Avant le départ du train, le jeune homme aux cheveux de paille jaune avait questionné sa femme d'un ton brusque et angoissé : « Tu as les cartes, au moins ? » et Olivier s'était interrogé : de quelle sorte de cartes s'agissait-il ? Les dames, tout excitées par le voyage, se tenaient droites sous leur permanente du jour, entre-coupant de rires nerveux des paroles à double sens. Abon-damment maquillées, leurs lèvres carminées illuminaient une peau poudrée de blanc. Un peu plus tard, leurs têtes s'inclineraient sur les épaules de leurs hommes et on entendrait des bruits mouillés de baisers, des chuchote-ments ensommeillés.

« Quelle chaleur ! » dit celle à la robe semée de pâque-rettes en agitant un éventail-réclame. Son voisin d'en face qui troquait ses chaussures de sport contre des pantoufles approuva avec conviction : « Oui, ah vraiment, quelle chaleur ! » Suivit un silence méditatif : celui des grandes aventures vécues en commun, puis les approbations tom-bèrent une à une. Olivier crut bon d'ajouter un petit oui de la tête et un monsieur à moustache cosmétiquée lui demanda avec condescendance où il se rendait.

— A Saugues, dit l'enfant, et je descends à Langeac.

Cette phrase tomba dans le silence. Pris d'une soudaine timidité, il fit tourner à son doigt la chevalière de son ami Bougras.

Marguerite l'avait accompagné à la gare de Lyon, le guidant vers son wagon jusqu'à la place louée aux trains Bonnet, installant sa valise sur le filet. Après avoir recommandé le jeune voyageur à un contrôleur assiégé, elle avait fait claquer le triple baiser de la Sainte-Trinité sur ses joues avant de descendre sur le quai où son mou-choir s'était agité sous la pancarte « Partez P.L.M. ».

En pantalon de golf et en chemisette Lacoste à crocodile, il vérifiait souvent dans la poche de sa veste suspendue au crochet si le billet de train se trouvait bien en place au creux du portefeuille fait d'un carton de sucre replié.

Voyant filer le paysage, il sentait sourdre en lui une secrète angoisse, mais vite un sentiment de résolution farouche s'inscrivait dans ses grands yeux verts.

Bientôt, tout le compartiment se mit en mouvement. On déplaça de lourdes valises, des cartons, des paniers, et surgirent des serviettes de table, des torchons rayés ou à carreaux qu'on étala sur les genoux, des bouteilles de vin bouché, d'eau de Vichy qu'on décapsulerait contre la portière, des monceaux de victuailles : charcuterie, poulet rôti, œufs durs et cornets de papier contenant le sel, fromages, pots de beurre. Olivier sortit un sandwich de sa valise et le grignota. Les dames lui proposèrent alors des nourritures plus substantielles qu'il refusa poliment, mais devant l'insistance, les « allons, c'est des manières! », il finit par se laisser convaincre.

— Si tu ne manges pas, tu auras le mal de train!

Le compartiment s'emplit de fortes senteurs. Les visages s'ouvrirent, des rires fusèrent. La dame âgée montra qu'elle avait un bon coup de fourchette. D'un peu partout dans le wagon vinrent les mêmes bruits, les mêmes odeurs car un rite identique de boustifaille se répétait.

Olivier se sentit loin de l'appartement raffiné et de la bonne éducation dispensée par la tante Victoria. Cela devenait un retour aux saines coutumes de la rue Labat. Était-ce l'effet du demi-verre de bordeaux? Il se découvrit joyeux et chaleureux. Les lèvres grasses, les bruits de mastication, les solides plaisanteries lui apparurent comme faisant partie de la fête, du jeu d'être ensemble, et cela effaça ce qui, au fond de lui, le dégoûtait un peu.

Il eut l'explication du mot *cartes* quand s'ouvrit une partie de « pouilleux » qui le fit oublier. Une jeune femme suçait la médaille qui pendait à son cou. Le monsieur sévère essayait de garder la tête haute mais elle retombait sans cesse en avant ou sur le côté; il finit par s'endormir, tassé sur lui-même, la bouche ouverte. La vieille dame, incommodée, buvait à petits coups le contenu d'un flacon d'alcool de menthe.

Dans un vague assoupissement, Olivier écouta les bruits du chemin de fer. Il se répéta : « C'est la première fois que je prends le train, la première fois...» (celle qu'il n'oublierait jamais). Il retint une envie de faire la confidence aux autres voyageurs. Dans une rêverie, des images se mêlèrent. Quelqu'un éteignit la lumière et seule brilla une veilleuse bleue. Il s'endormit dans un frémissement.

Quand il s'éveilla, le jour grandissait sur la campagne. Le contrôleur vint lui adresser un signe amical et dit :

— Langeac, dans une heure à peu près, mon garçon!

— Merci bien.

Dans le train, tout aspect de fête avait disparu. Des voyageurs descendus en cours de trajet avaient abandonné des journaux et des magazines froissés, des papiers gras, des oreillers de location marqués d'empreintes sales. Les visages étaient fripés, livides. Olivier attendit son tour aux toilettes pour se débarrasser d'empreintes charbonneuses, de grains noirs collant à la peau.

Dans le couloir, il appuya son front contre la vitre où une pluie de passage avait dessiné en oblique des pointillés boueux. Le pays des volcans lui apparut dans toute sa splendeur sombre. Son regard erra parmi les monts étêtés, lunaires, les vallons verdis, les pâturages mouillés de rosée, les maisons en moellons granitiques, les clochers élancés,

les fontaines dansantes, les arbres noirs... Quand il vit
des vaches dans un pré, il fit pour lui tout seul meu-meu,
comme au lointain de son enfance. A la vieille dame qui
parcourait le couloir comme une fourmi ivre, il confia :
— Des vaches, j'en avais déjà vu !
— Mais... bien sûr !
Était-ce si sûr que cela ? A Montmartre, il avait assisté
au défilé du Bœuf gras et approché l'énorme animal
exposé à la terrasse du café des Artistes. Le député,
un boucher nommé Auguste Sabatier, homonyme d'un
futur ami d'Olivier, désignait le pesant bovin d'un geste
large comme le symbole d'une urne bien remplie. Le
bœuf était couronné de laurier, orné de fleurs blanches ;
on avait recouvert ses cornes du papier d'étain réservé
aux petits Chinois, et tous les Montmartrois étaient venus
l'admirer. Olivier, posant sa main sur le museau, l'avait
retirée tout humide.

Depuis Clermont-Ferrand, le train s'arrêtait souvent et
Olivier lisait en rouge sur les plaques blanches : Le Saut-
du-Loup, Brassac, Arvant... Sur les quais des gares, les
voyageurs arrivés à destination, en bons Auvergnats de
Paris, poutounaient des femmes en coiffe, des vieux en
casquette, qui les accueillaient avec des mines réjouies.
Ceux qui les remplaçaient dans le train pour rejoindre
de proches localités portaient des corbeilles de jonc, des
musettes, de vastes paniers d'osier à couvercle d'où émergeait parfois la tête d'une volaille. Les paysannes, pour
la plupart vêtues de gris ou de noir, croisaient des fichus
de laine sur leur poitrine ; certaines, malgré la saison,
étaient encagoulées de châles sombres. Les hommes, en
sabots, en galoches ou en gros souliers ferrés, menaient
grand remue-ménage dans les couloirs. Olivier remarqua
qu'ils portaient des chandails de toutes couleurs super-

posés, un gilet fermant le tout. Il reconnut ce patois
entendu à la mercerie au temps où son père vivait encore.
Ses sonorités se mêlaient au français et l'on entendit
Boun Diéou! et des *Macarelle!* des *Milladious!*

Une Citroën bleue fit quelque temps la course avec le
train, puis disparut derrière les frondaisons. Par-delà le
paysage ferroviaire avec ses rails luisants, ses postes d'ai-
guillage, ses signaux mystérieux, ses remblais, ses passages
à niveau, Olivier pressentait des étendues de terre chargées de secrets, des chemins fabuleux, des forêts magiques,
aussitôt aperçus aussitôt perdus. Une image en effaçait
une autre. Même le soleil se déplaçait, se métamorphosait,
allait du potiron au jaune d'or, changeait l'aspect des
paysages. A Brioude, des cantines à roulettes proposaient
un café au lait crémeux trait la veille qu'on servait dans
de vastes bols. Olivier regarda avec envie mais il n'osa
pas descendre sur le quai.

A Saint-Georges-d'Aurac, le contrôleur l'avertit :

— Langeac, c'est pas la prochaine, mais celle d'après!

— Merci, m'sieur.

— On vient t'attendre?

— Oui, m'sieur. C'est mon oncle de Saugues qui...

A Paulhaguet, Olivier se tenait déjà près de la porte
de sortie, assis sur sa valise et cachant de vagues inquiétudes
derrière la résolution de Bibi Fricotin, globe-trotter s'il
en fut.

A peine avait-il franchi le seuil de la gare que des bras
puissants le soulevaient de terre, que trois poutous reten-
tissaient. C'était l'oncle de Saugues, le frère cadet de la
tante Victoria et du père d'Olivier, l'arrivé sur le tard,

le tout jeune. Il ne paraissait pas ses vingt-cinq ans. Le bas de ses jambes de pantalon en toile bleue était retenu par des pinces à linge. Son col de chemise s'ouvrait en triangle sur une large poitrine brunie et il serrait son blouson de cuir sous le bras.

Rose de timidité, Olivier parcourut du regard ce grand corps athlétique, cambré, tout en musculature souple, et vit un visage avenant et gai, éclairé par des yeux couleur véronique d'une étonnante candeur. Des mèches châtaines, éclaircies par le soleil, s'échappaient un peu raides d'une casquette à visière cassée posée à l'arrière de la tête. Sur ses traits réguliers, à la fois rudes et fins, de la bouche sensuelle au menton légèrement proéminent, comme celui d'Olivier, des pommettes hautes au large front, on pouvait tout lire, et, pour l'instant, c'était de la joie.

Des gens se pressaient autour du car vétuste à la pancarte « Langeac-Saugues » qu'on retournait pour lire « Saugues-Langeac ». L'oncle fit passer au conducteur en blouse grise, debout sur la galerie, la valise d'Olivier, puis la bicyclette avec laquelle il était descendu pour économiser le prix d'un parcours. Il lança aussi quelques colis et d'autres valises. Désignant Olivier, il jeta à la cantonade :

— *Coï moun nebou de Paris!*
— Il a voyagé tout seul?
— Comme un grand!

Le chauffeur essuya ses mains sur ses hanches, se pencha et tendit une main qu'Olivier serra :

— Salut l'artilleur!

L'artilleur, l'estafier, le loubatier, l'Américain... Au cours des années, Olivier s'entendrait ainsi désigner par ce personnage.

— Tu n'as pas été malade au moins? demanda l'oncle. Tu avais un coin?

Son accent de Saugain, aux limites extrêmes de l'Auvergne, fleurait déjà bon le Midi. Il tapotait sur les épaules d'Olivier, lui touchait le bras, intimidé lui aussi, avec une cordialité bourrue, des sourires complices, des clins d'œil volontairement exagérés qui lui tordaient comiquement les lèvres.

— En route!

Après avoir pris les billets, ils s'installèrent côte à côte vers le milieu du véhicule. D'une place à l'autre, des conversations s'engagèrent. Quand le car démarra en pétaradant, on observa un temps de silence. Langeac dépassé, les originaires de Saugues et de ses environs, venus en vacances, parlèrent de la famille, demandèrent des nouvelles du pays, santé, naissances, mariages, morts, récoltes, reprenant peu à peu des habitudes perdues à la ville.

Et les yeux d'Olivier allaient du paysage vallonné, tout en côtes, en descentes, en tournants, à ce jeune colosse d'oncle qui se tenait très droit sur son siège et dont les biceps saillaient comme s'ils avaient voulu s'échapper de la peau et des vêtements. « Qu'est-ce qu'il est costaud! » se disait-il, et il pensait à Tarzan et à Marcel Thil.

— C'est beau, dit l'oncle en désignant les grands conifères qui dominaient la route.

— Drôlement! approuva Olivier.

L'autocar roulait lentement, ralentissait souvent pour que des troupeaux de vaches aux robes fauves, rouges ou brunes s'écartent devant lui en éventail. Dans le crissement du changement de vitesse, le conducteur se penchait à la vitre et jetait des plaisanteries en patois au jeune vacher affolé qui chassait les vaches sur les côtés de

la route à coups de bâton en invectivant son chien.
Tout le car, joyeux, y participait et chaque rencontre
ranimait les conversations. Le tonton nommait noblement
les moindres hameaux comme si chacun d'eux portait
un souvenir particulier :

— Là, c'est Chanteuges, La Cambuse, Bourleyre...

Il chassa une mouche d'un vigoureux coup de casquette
et précisa :

— Écoute, ici, on m'appelle Victor. J'étais toujours avec
ma sœur, alors on disait c'est le Victor de la Victoria,
mais devant mon père et ma mère il faudra dire « tonton »,
sans cela ils croiraient que c'est un manque de respect.
Mais on se tutoiera.

Ainsi l'oncle Henri, celui de Paris, resterait « mon
oncle » et Victor « le tonton ». Il cria dans l'oreille d'un
vieillard aux solides moustaches, sourd comme une marmite :

— *Coï moun nebou!*

— *Oye, oye,* il est de la Victoria ?

— Non, il est de Pierre, celui qui est mort des suites
de la guerre.

— *L'eï counichu! Paoura drôle, is orphelin ?*

— *Oye!* De père et de mère...

— Ah, *petsaïre!*

Et le vieux tendit par-dessus son épaule une main
terreuse à Olivier en disant :

— Bien sage, bien sage.

Ce père qu'Olivier avait si peu connu, il allait, de jour
en jour, le découvrir dans son passé, distinguer ses traits
sur des photographies jaunies et s'étonner de le trouver
si brun, solide comme Victor, et surtout si jeune.

— Qu'est-ce que ça tourne, dit-il en se retenant à
l'accoudoir. C'est bientôt, Saugues ?

— Pas tout de suite, mais je te le dirai.

Olivier qui aimait entendre chanter des mots inconnus, écoutait : La Baraque, Pourcheresse, La Pénide. Il se sentait tout rouge d'excitation.

Des cotons de brume quittaient les bruyères et les joncs pour ascender les boqueteaux de pins. Les genêts vert et or, les bouleaux argentés chatoyaient comme des bijoux. Des corbeaux noirs s'élevaient lourdement dans des rayons de soleil. La nature se saisissait de tous les voyageurs, et devant tant de beauté les bouches restaient muettes.

Aux arrêts, des chiens couraient autour du car en aboyant puis s'arrêtaient, la conscience tranquillisée. Et partout surgissaient des animaux : poules affolées, vaches placides, moutons et chèvres, dans un bruit de cloches, de grelots, de sonnailles. Les tas de fumier devant les murs des fermes jetaient de lourds remugles dont les vêtements restaient imprégnés.

Et la chanson des lieux-dits se poursuivit :

— Le pont de Candel, le pont de Massé... On approche !

Le tonton avait retiré les pinces à linge de son pantalon pour les fixer sur le devant de sa chemise. Il plaça minutieusement du tabac gris sur une feuille de papier Riz la + et offrit à Olivier d'en lécher la ligne gommée. Il prit du feu au serpent d'amadou de son briquet et l'enfant suivit ses gestes en connaisseur. Tenant sa cigarette entre le pouce et l'index, Victor fuma voluptueusement.

— Et comment va ma sœur ?

Il prononça le mot *sœur* avec force, l'ornant d'une majuscule. Son aînée avait guidé ses premiers pas, puis était partie vers une autre vie. Sa réussite sociale lui procurait une fierté mêlée de nostalgie.

— Elle va bien, ma tante, mais c'est Marceau...

— Oui, je sais. Sale maladie. Il s'en sortira. C'est un *Escoulas!*

Olivier avait déjà entendu ce nom mystérieux : *Escoulas.* Il ne tarderait pas à en connaître la signification.

— Saugues, c'est bientôt! cria le conducteur à son intention.

Un an auparavant, son vieux copain de la rue Labat, Bougras, lui avait dit : « C'est là qu'il faut que tu ailles! » Dès le berceau, ce nom : Saugues, avait chanté dans ses oreilles. Pas de jour où il n'ait été prononcé. Marceau parlait de Saugues comme d'un paradis. Le cousin Jean y avait vécu ses premières années. La tante Victoria, malgré les métamorphoses de sa vie sociale, lui gardait une fidélité émue. L'oncle Henri racontait ses pêches à la truite. Élodie aussi parlait de Saugues qui était proche de son Saint-Chély-d'Apcher. Et, dans sa petite enfance, Olivier avait couru à la rencontre de sa grand-mère en coiffe lors de son unique séjour à Paris. Tout le rattachait à ce village qu'il ne connaissait pas et le nom de Saugues devenait magique.

Maintenant, son cœur battait plus fort. Il ressentait de l'appréhension et se crispait. Un instant, l'image lointaine de son père affleura son souvenir.

— Après ce tournant, tu l'apercevras, Saugues!

Olivier ne put répondre. Il avala difficilement sa salive. Saugues, Saugues, ce simple nom d'un village prenait une apparence de paradis perdu. Il se le répétait intérieurement, grave, élevé, grandiose comme une musique d'orgue. Saugues, l'endroit où il aurait dû naître, Saugues, Saugues. C'était comme s'il allait retrouver tout ce qui avait marqué sa jeune existence. Il pressentait des moments d'un passé lointain et les souvenirs les plus proches revivaient eux aussi. Il voyait Virginie dans sa mercerie qui mesurait du ruban, Jean et Élodie chantant *Marilou* dans leur cuisine, Mado la princesse tirant Ric et Rac, le beau Mac lui apprenant à boxer, la bonne mère Haque et ses tartines, Bougras le braconnier de Paris, l'Araignée dans son enfer, les copains, tous les autres. Il ferma les yeux et, absurdement, imagina qu'ils vivaient tous à Saugues et qu'ils l'attendaient au rendez-vous de lui-même.

Il secoua la tête sur ces phantasmes, et aux images des rues montmartroises succédèrent les premières maisons, bien réelles, le long de la côte menant au cœur du village.

— Eh bien! on arrive, dit joyeusement Victor, mais...

Il regarda Olivier et vit de l'humidité dans ses yeux. Gêné, il lui entoura l'épaule et le tint un peu serré contre lui. Il comprenait. Au retour du régiment, il avait ressenti la même émotion. Et tous les enfants du canton de Saugues éprouvaient cela quand ils revenaient au pays. Des années et des années plus tard, à chacune de ses arrivées au village des siens, Olivier se sentirait ainsi tout remué.

Dans les rues calmes, on n'entendit que le bruit des souliers ferrés de Victor. Il entraîna son neveu de la place du Poids-de-Ville où s'arrêtait l'autocar à la rue des Tours-Neuves, celle de la maison familiale, en passant par le cours National. Victor portait la valise de son neveu et l'enfant faisait rouler la bicyclette, maladroitement, en tenant le guidon par les poignées de caoutchouc rayé, la maudite pédale cognant de temps en temps contre sa jambe.

— Tu sais aller à bicyclette?

— Non, mais je sais nager, affirma Olivier qui revit la piscine des Amiraux.

— Je t'apprendrai.

Parfois, le tonton portait l'index à sa casquette et jetait à quelqu'un « Adieu, Gaston! » ou « Adieu, Piérou! » Olivier ne savait pas que cet « adieu » signifiait « bonjour! » mais il entendrait aussi : « sans adieu! » qui dit la même chose.

Le tonton jeta la valise sur son épaule et, visité d'une inspiration soudaine, il dit :

— On va jouer un tour au pépé. Tu entreras tout seul dans la cour, et tu crieras vers la fenêtre : « *Oh! Gustou, venè farra moun ègue!* »

Et il expliqua :

— Ça veut dire : « Oh! Gustou, venez ferrer ma jument. » Le pépé ne peut plus ferrer, mais il aura du plaisir.

Ils s'arrêtèrent près d'une fontaine où une dame de bronze imitée de l'antique veillait sur la coulée des eaux. Là, Victor reprit sa phrase en patois et la fit répéter à Olivier. Un chien noir, dressé sur ses pattes de derrière, lapait puissamment l'eau du bassin. Le boulanger nourrissait de bûches la gueule ouverte de sa cave. Des enfants, galoches à la main pour mieux courir, jouaient à chat perché et l'un d'eux vint se tenir en équilibre sur la margelle. Il toisa Olivier et, pinçant ses joues, tirant la langue, louchant, il lui dédia une vilaine grimace.

— Ce type, quel œuf, madame! jeta Olivier.

Mais il avait mieux à faire et répéta : « *Oh! Gustou, venè farra mon...* »

— Comment tu dis, tonton?

— *Moun ègue!*

« *Oh! Gustou, venè farra moun ègue. Oh! Gustou, venè farra...* » Des syndicats de chiens se réunissaient. L'un d'eux, à l'encolure forte et à la gueule d'un loup, se mit à aboyer. Victor le fit déguerpir en criant : « *Aoutchi!* » Encore un mot qu'il faudrait retenir. Deux vaches d'un beau brun foncé que poussait un gamin vinrent boire et Olivier recula prudemment, ce qui fit rire son oncle. Une fillette brune tapa sur le dos de l'une d'elles et posa une cruche de métal repoussé sous le jet d'eau fraîche. Elle regarda Olivier par en dessous avec une sorte de curiosité sauvage.

Rue des Tours-Neuves, une vieille aux traits ravinés ramassait à la pelle des galettes rondes aux tons de pain brûlé qui jonchaient le sol et les jetait dans sa brouette.

— C'est la Mélina, expliqua Victor. Elle ramasse des bouses de vache pour fumer son jardin. Avec certaines bien sèches on peut aussi faire du feu.

Un petit nuage se dissolvait dans le ciel. Un merle flûta dans un jardin. Au sommet d'un mur, des tessons agressifs se dressaient. D'une grange s'échappait une odeur de foin neuf. Devant la forge, une grande baraque de planches maçonnées, Victor désigna deux vaches attachées à des anneaux.

— Tu vois, c'est l'*ousta*, la maison... Du travail m'attend encore.

En patois, il héla un vieux paysan en blouse qui attendait, aiguillon en main, assis sur la pierre d'angle du portail, et lui conseilla d'aller boire une chopine en l'attendant.

— Olivier, entre dans la cour, et crie ce que je t'ai dit!

Cela réjouissait Victor. Mais l'enfant manqua son entrée. La gorge serrée, il jeta des mots incompréhensibles. Alors, c'est le tonton, caché derrière la forge, qui appela en changeant sa voix.

— *Oh! Gustou, fabre dè fabres, venè farra moun ègue!*

La fenêtre s'ouvrit lentement et un vieil homme se pencha à la croisée. Il était coiffé du chapeau noir, rond, à larges bords, des paysans d'autrefois. Un gilet de toile

brune dont une épaisse chaîne de montre retenait les
deux parties, une chemise aux manches retroussées, très
serré et haut, le col largement ouvert, un mouchoir rouge
noué autour du cou lui donnaient une apparence de félibre.
Des cheveux blancs touffus, une moustache grise bien
taillée, des yeux marron d'Inde, un sourire frais, une
manière de porter haut la tête, un grand calme lui confé-
raient une attitude noble. Il leva de larges mains en
signe d'accueil et dit d'une voix claire et chantante :

— Ah! mon petit-fils...

Olivier, la tête levée, eut un éblouissement. Le temps
d'un éclair, à l'image de ce vieil homme à sa fenêtre, se
substitua celle de Bougras jetant ses éclats de rire à la rue
Labat. Il posa la bécane contre le mur et traversa la cour
pierreuse. Un chien jaune aux pieds blancs vint lui lécher
la main. Victor poussa son neveu dans l'étable où trois
vaches alignées tiraient du foin d'un râtelier dans un
bruit de cloches et de chaînes frottant le bois. Ils gravirent
les marches sonores d'un escalier et Olivier vit le grand-
père qui lui ouvrait les bras :

— Enfin, *cos tiu!*

« C'est toi! » Après trois baisers maladroits, le pépé
recula pour mieux voir son petit-fils et Olivier s'aperçut
qu'il boitait. D'énormes sabots à l'ancienne, pointus au
bout, très clairs, bien nettoyés au beurre frais, semblaient
le river au plancher. Parfois, il arrimait ses mains à sa
jambe droite et la serrait pour commander à la douleur
de se taire.

— Remettez-vous, remettez-vous! dit-il en secouant les
chaises paillées pour en faire tomber des miettes de pain.

Jetant un coup d'œil par la fenêtre, il ajouta à l'intention
de Victor : « *Lou Baptistou* attendra bien! » Quand Olivier
et son oncle eurent pris place à la table ronde, le premier

geste de l'aïeul fut pour ouvrir les deux battants du corps inférieur d'un buffet de chêne. Il montra des assiettes bien garnies. Sur deux rayonnages, on trouvait du fricandeau, des saucisses sèches, du lard, du jambon, des fromages de pays, du beurre, et il s'en exhalait une odeur appétissante.

— Allez, dit-il à Victor, *bouta la tare, qué mandzarèn in mourceï!*

— Le gosier me fume, dit le tonton, je noircis de faim!

— Tu vois, dit le pépé à Olivier, on ne manque de rien ici.

Tandis que Victor disposait verres, assiettes et fourchettes, allait au cellier emplir le litre de vin au tonneau, le pépé sortit d'une maie la moitié d'une tourte de huit livres et, la calant contre son estomac, il y coupa de larges tranches de pain bis.

— *I beï lou gamin. Couma lou tims passe, moun Dièou!* Sers-nous un canon, Victor!

— Et la *mame?*

Le pépé changea la fourchette ébréchée d'Olivier et lui dit :

— Ta grand-mère est partie de bon matin. Qui sait où elle est allée? Elle est comme une chèvre. Toujours à courir aux herbes!

Il ajouta :

— Il vaut mieux que tu le saches : la mémé peut te surprendre. Elle ne fait pas la cajoleuse, oh non! Là où d'autres sont de mie, elle est de croûte. Enfin, elle n'est pas comme on peut s'y attendre. Il faut la connaître...

— *Saï qu'oye...*, dit Victor, et ils échangèrent un regard de connivence.

Sur ces paroles qui laissèrent Olivier songeur commença

un de ces casse-croûte pantagruéliques comme on en faisait
deux ou trois dans la journée en supplément des repas
véritables. Olivier apprendrait que le grand-père gardait
le souvenir de ce temps où l'on ne mangeait pour toute
viande qu'un peu de lard le dimanche. A l'époque, si on
achetait du rôti, le boucher s'inquiétait de savoir qui était
malade à la maison.

Les deux hommes avaient sorti chacun son couteau
de sa poche; celui de Victor, un Laguiole au manche
blanc, élégant de forme, s'ornait de petits clous cerclés de
doré; celui du pépé comportait un décapsuleur et un tire-
bouchon. Victor fouilla dans un tiroir du buffet et tendit
un couteau de bois clair à Olivier :

— Ce sera ton couteau. Tu le garderas, mais il faut me
donner un sou.

Olivier qui connaissait l'usage fouilla dans son porte-
monnaie et Victor lui promit d'aiguiser la lame. Sur le
manche trapu, il lut « 1er choix, Opinel, La Main cou-
ronnée ». Ce casse-croûte rappelait certaines ripailles avec
Bougras. Il but une gorgée de vin pur et demanda où se
trouvait le robinet.

— Il n'y a pas l'eau courante, dit Victor. On tire à la
cruche, mais attends...

Il trouva un fond de limonade dans une canette et servit son neveu. Puis, oubliant pour un temps l'enfant, il
parla du travail avec son père.

Tout en savourant la fourme du pays, Olivier, toujours
curieux et fureteur, s'emplissait de la vision de cette salle
commune. Trois masses épaisses la dominaient qui disaient
nourriture, repos, chaleur.

Le buffet à deux corps, solide centenaire à peine ver-
moulu, marqué de cicatrices, fumé comme un jambon,
était un coffre-fort d'abondance : le haut contenait du

linge, le bas la mangeaille, les tiroirs toutes sortes de souvenirs et d'objets oubliés.

Dans le coin à droite, en renfoncement, se trouvaient un
lit étroit, très haut, avec un ciel gris, et un tabouret pour
l'ascension : c'était celui des aïeuls. Le père d'Olivier, la
tante Victoria, une tante Maria morte à vingt ans, Victor
enfin étaient nés là (au grenier, le berceau de bois à colon-
nettes, enveloppé de vieux numéros de *l'Avenir de la Haute-
Loire*, restait prêt à accueillir les générations futures).

La cheminée au manteau de pierres noircies où régnait
en permanence une odeur mélangée de résine et d'ail,
de fumé, de soupe et d'huile chaude, formait la troisième
masse. Autrefois, on s'y tenait à quatre autour de la cré-
maillère et du chaudron de fonte, mais la tante Victoria,
au cours d'un de ses voyages, avait fait installer un fourneau de cuisine émaillé, avec ses cibles de ronds noirâtres,
son tiroir à roulettes et son robinet d'eau chaude en cuivre.

Tout près, dans une caisse de bois sur laquelle était
marqué au fer chaud *Maison Fustier, Langeac*, s'empilaient
des fagots de genêts secs, des pommes de pin et des bûches.
Une autre caisse recevait les cendres de bois, riches en
potasse, pour la lessive. On voyait encore trois chauffe-
rettes et deux lanternes, une lampe à huile et, sur le
rebord de la hotte, des bocaux contenant le sucre, le café,
les épices. Le gros sel se prenait dans un sabot accroché
sur le côté du mur. Près d'une embrasure donnant sur la
chambre de Victor, avant le cellier, se dressait une horloge
comtoise à la gaine de noyer ciré avec un soleil de cuivre
au bout d'un balancier dont on n'arrêtait le mouvement
que pour les deuils.

— Mange de la fougasse, mon petit-fils, elle est fraîche
sortie du four.

— Merci... pépé.

Olivier pensait : « On s'en met plein la lampe! » Il trébuchait sur ces diminutifs de *pépé* et de *tonton* qui le gênaient, mais il s'habituerait. La table recouverte de toile cirée à fleurettes jaunes sur fond rouge, avec des parties écaillées vers le rebord, occupait tout l'espace entre deux fenêtres. De sa place, Olivier bénéficiait d'une vue éblouissante sur la colline où l'on voyait serpenter noire la route du Puy; parfois y passait une automobile petite comme un jouet. La campagne formait une immense palette où, du vert tendre au brun foncé, se mêlaient le jaune d'or, le gris bleuté, l'argent, l'ocre ardent et cent autres nuances. Dans les pâturages se déplaçaient lentement des vaches et des moutons que la distance amenuisait. Un attelage de bêtes à cornes gravissait lentement un chemin blanc tout droit, d'une montée rude, qui rejoignait la route.

— Ici, on n'a pas besoin de cinéma! dit le pépé.

Chaque objet dans la salle commune disait la vie qu'on y menait : la fontainette en émail avec en dessous la cuvette, le miroir au tain piqueté de roux près de la fenêtre, là où les hommes se faisaient la barbe, l'unique ampoule jaunie pendant au plafond couleur de bottes, les plaques de papier tue-mouches sur les murs de chaux ternie...

Ces découvertes successives ne dissipaient cependant pas l'inquiétude qui tenaillait Olivier : pourquoi cette absence de la grand-mère? Habitué aux incertitudes de sa condition d'orphelin, il s'imaginait déjà rejeté par elle et prévoyait de mauvais moments quand le pépé s'approchant de la fenêtre jeta une exclamation un peu rassurante :

— Hé! viens voir une chèvre noire qui cabriole tout là-haut.

Il désigna un petit trait vertical noir à la tête blanche sur un fond de pâture verte qui allait, venait, se courbait par instants.

— Tu vois, c'est ta grand-mère. Ah! la bravounette! toujours un pied déferré. Dès qu'elle court la campagne, elle perd la mémoire et le temps, elle oublie tout!

— Elle... elle va venir? demanda Olivier.

— *Saï qu'oye!* J'espère bien. Qu'est-ce qu'on mangerait à dîner?

Le dîner, c'était à midi, et le souper, le soir. Pour le repas de midi, on disait aussi *le medzourna*. Entre ces festivités, on « faisait dix heures » ou « cinq heures ». Cela aussi il faudrait l'apprendre.

— Bon, c'est pas tout ça, dit Victor en refermant son couteau qui claqua. Il y a le galope-chopine qui m'espère!

Il conduisit son neveu à la chambre adjacente. Donnant sur une courette, la lumière filtrait, parcimonieuse, par une étroite fenêtre mangée par des rideaux en toile de sac. La pièce était minuscule avec un lit bas qui en occupait presque toute la place et dans lequel Olivier dormirait auprès de Victor. S'ajoutait une commode en noyer fabriquée par un paysan du Villeret, portant sur chaque côté une longue applique torsadée en merisier. Un tiroir avait été vidé pour qu'Olivier y rangeât ses vêtements. Il voulait vite se débarrasser du costume de golf pour se mettre en culotte courte et sandales. Le repas lui avait peint les joues en rose. Il mourait d'envie de tout voir et de courir dans la nature, dans les rues, comme si elles l'attendaient depuis longtemps.

Quand il fut prêt, le grand-père lui dit qu'il était mieux ainsi et lui tendit une cruche de fer étamé :

— Tu vas rendre un service à la mémé. Va chercher de l'eau à la fontaine. Celle du bout de la rue : tu es passé devant. Moi, je vais éclairer le feu.

En passant par l'étable, Olivier jeta un coup d'œil du côté des vaches. Il s'approcha le plus près possible de l'une d'elles et toucha sa robe du bout des doigts pour se prouver à lui-même qu'il n'avait pas si peur que ça. La paille jaune sentait fort et la rigole était pleine de purin. Le ruminement des bêtes lui fit penser à quelqu'un mangeant du chewing-gum. Partout s'étendaient de noirs réseaux d'araignées. « Qu'est-ce que c'est sale! » se dit-il. Au-dessus de sa tête, il entendit le lent martèlement des sabots du grand-père. A une poutre pendait une plaque verdie sur laquelle on lisait en relief *Concours agricole 1929. Prix d'excellence.*

Dans la cour, le tonton aidé par son client entravait une vache entre les quatre poteaux ronds du travail qu'on appelait *lou mistié*. Sur le devant de ce pilori, la tête était attachée par les cornes à une sorte de joug fixe, une plaque de métal retenue par une chaîne posée en haut du mufle. Un système de larges sangles actionné par un tourniquet soulevait la vache du sol tandis que Victor liait une des pattes arrière à un poteau pour le ferrage. De temps en temps, la bête se débattait et les hommes poussaient des « Hâ! Hâ! » jusqu'à l'arrêt des soubresauts.

La cruche en main, Olivier regarda un petit moment. Écoutant quelques phrases en patois, il comprit qu'on parlait de lui. Il se dépêcha de courir à la fontaine pour revenir jouir du spectacle. Il posa le récipient sur la double barre de métal rouillé et, le temps de compter jusqu'à trente-trois, il s'emplit d'une eau fraîche qui coula par le bec. Il eut du mal à le tirer, mais un homme, tablier de boucher attaché à une épaule, qui dessalait des boyaux dans un seau, lui donna un coup de main. Le bras gauche écarté, Olivier revint à la maison avec sa charge. Parfois l'eau clapotait et lui coulait sur la jambe. Il s'y prit en deux temps et, d'un élan, traversa la cour en faisant le costaud.

— Attends un peu!

Le tonton déplaça sa caisse à outils sur pieds et, prenant la cruche à deux mains, il la souleva comme un simple bol et fit couler l'eau dans sa bouche à la gargoulette. Après un bref sifflement d'admiration, Olivier monta sa charge et trouva son grand-père assis près de la fenêtre de droite, des lunettes cerclées de fer-blanc tombant sur son nez, qui lisait un journal en remuant les lèvres. Le feu crépitait et une bonne odeur de bois se répandait.

— Merci. Bien gentil, dit le pépé en désignant l'emplacement habituel de la cruche.

— Je peux aller voir ferrer?

— Oh *oye*, dit le pépé, mais ici on ne demande pas « je peux », on fait ce qu'on veut faire.

Et il cria :

— Victor, je t'envoie un apprenti! Savoir s'il fera l'affaire?

Pour juger de l'insensibilité du sabot, de l'absence d'engravement, Victor pinça le bout de chaque onglon avec la tenaille. Voyant que la bête ne frémissait pas, il essaya le fer en forme de quart de surface ovale muni d'une patte destinée à être rabattue, repéra dans le plat les parties de corne saillante pour les égaliser au moyen d'un boutoir sur lequel il cognait légèrement du marteau. Il alla à la forge rectifier le fer à froid et Olivier entendit des coups mats et une sonorité plus vive quand le marteau rebondit à petits coups directement sur l'enclume.

— Tu veux te rendre utile, l'apprenti?

— Je suis prêt, dit crânement Olivier, les poings sur les hanches.

Il fut chargé d'éloigner les mouches qui gênaient l'animal. Il se plaça devant la tête et vit que près des yeux les insectes noirs se promenaient. Il donna de légers coups avec une balayette de crins blonds. Comme la langue de la vache fouillait alternativement chacun des naseaux avec un bruit râpeux et humide, il lui dit :

— Fais pas ça. C'est pas propre. Tonton, elle lèche dans son nez !

Cela fit rire Victor et Olivier tenta d'imiter le mouvement de la vache. Mais il avait beau tirer la langue, faire des grimaces, il ne pouvait pas y parvenir.

— Comment elle s'appelle ?

— Qui donc ?

— La vache.

Victor reposa la question au paysan quelque peu rétif au français. Il répondit : « *Coï la Poumela!* » et Olivier apprit que les noms des vaches se rapportaient à la couleur ou aux particularités de leur pelage :

— C'est parce qu'elle est tachetée de gris clair, expliqua Victor.

— Ah bon !

Olivier caressa la vache entre les cornes, là où les poils sont un peu fous. Puis il regarda ses yeux. Ils étaient si vastes, si beaux et emplis de tant de douceur, de résignation, que cela l'émut. Il sortit son mouchoir et essuya les coins, là où coulait une larme grasse qui attirait les insectes. Du doigt, il suivit le mouvement des cornes en forme de lyre, jeta un « sales mouches ! » avec colère avant de parler tout doucement :

— Écoute, Poumela, je suis ton ami, ton pote Olivier.

— Elle va avoir de beaux souliers tout neufs, dit Victor.

Le paysan maintenait le fer avec le pouce tandis que le
maréchal plantait cinq clous à tête carrée, sa tenaille
refermée maintenant le sabot. Il s'impatienta parce que
son client ne serrait pas assez fortement le fer, il gronda
entre ses dents, l'appela Jean de la Bricole, mais quand
son travail fut fini, quand il libéra la vache, il retrouva
son bon sourire bleu et son air de farce.

— *Biouraï bĭ oun canoun?* demanda le paysan après que
ses bêtes furent ferrées.

Boire un canon : cela faisait partie du métier. Après
chaque ferrage, il fallait se rendre au bistrot de l'Ermelinde, au coin du cours National, ou à celui de Domaison,
à la Borie, et c'est là que le paysan payait, quand il ne
demandait pas de crédit.

— Allons-y, mais je n'ai guère de temps...

Il se placerait près du pot de rhododendrons et y viderait
une partie de son verre à la dérobée : la plante s'accommodait fort bien de ces cuites quotidiennes.

D'autres clients arrivèrent et Olivier regarda ferrer
pendant une bonne heure, puis, s'accrochant à la rampe
de sapin polie par l'usage, il monta voir le pépé qui bandait
sa jambe folle. Subissant ce qu'il appelait « son mal »,
il y appliquait des compresses d'herbes diverses, surtout
d'orties et de feuilles, cela en cachette du médecin dont
il oubliait volontiers les remèdes. L'enfant l'aida à serrer
la bande Velpeau à lisérés rouges qu'il fixa avec une
épingle de nourrice. Le pépé essuya soigneusement les
verres de ses lunettes avant de les ranger dans un étui de
carton bouilli. Il demanda :

— Bien sûr, tu sais lire?

— Oui, et écrire aussi.

— Eh bien, moi de même, dit le pépé pensivement, j'ai appris. Il y a déjà longtemps. Mais je ne vois pas de près. Tu pourrais me lire le journal. Oh! seulement un article de temps à autre...

— Oui, dit Olivier, et, instruit par les leçons de la tante Victoria, il ajouta : Ce sera avec le plus grand plaisir!

A ce moment-là, on entendit japper le chien, dont le nom était naturellement « Pieds-Blancs ». Puis un bruit de galoches, un froissement de jupes précédèrent l'ouverture de la porte. C'était la grand-mère.

Un instant immobile dans l'encadrement de la porte, cernée d'ombre, elle apparut comme issue d'un autre âge, ne correspondant en rien au souvenir estompé qu'Olivier, stupéfait, avait gardé de son court passage rue Labat.

Sa tête au front bombé, large et haut, semblait faire éclater le ruban noir d'une coiffe blanche qui, de face, présentait un quartier de lune endeuillé. Un nez long et droit, des joues creuses, une bouche grande formant un trait d'énergie, avec la lèvre inférieure plus épaisse et avançant un peu, des yeux aux prunelles bleu-noir, fixes à force de dureté, dans une caverne creusée entre de fortes arcades sourcilières et des pommettes hautes et saillantes de Mongole composaient, avec la peau parcheminée, noircie par les hâles répétés, un paysage sans douceur, sans oasis, auquel des mots comme cuir, cep, hache ou granite pouvaient correspondre.

Comme si son regard d'aigle lui avait tout appris de l'enfant elle avança enfin. Elle tenait d'une main noueuse son tablier gonflé replié sur son ventre. Olivier recula devant cette présence sèche et menue, de laquelle se dégageait une impression de force et de ténacité.

— Allez, Olivier, embrasse donc ta grand-mère, dit le pépé calmement, et il ajouta plus bas : Si tu le peux! Autant caresser une chatte sauvage!

L'enfant tenta un timide mouvement vers elle, mais l'arrêtant d'un geste, elle alla déverser sur la table le contenu de ce tablier gris-bleu attaché sur la longue blouse noire fermée de toutes parts qui était de tradition au pays : des mousserons tout humides d'herbe fraîche et de rosée, de la salade sauvage et des oignons rouges.

Elle se tourna enfin vers Olivier et le regarda en silence, cherchant peut-être une ressemblance ou un souvenir. L'ombre d'un sourire passa-t-elle sur ses lèvres plissées, un éclat se glissa-t-il dans ses yeux? L'enfant n'aurait su le percevoir. Courageusement, il dit :

— Bonjour, euh... mémé.

Le buste penché en arrière, elle écarta légèrement les bras, mais les laissa retomber aussitôt sur son ventre, comme si elle s'en protégeait. Elle donna un rapide coup de front dans le vide. Olivier dansa d'un pied sur l'autre. Il crut entendre un bonjour. Alors, le pépé le tira vers lui avec douceur.

— Tu vois, ma langue n'a pas été gauche. Ta grand-mère n'aime pas qu'on la poutoune. Pour elle, ce sont des manières. Parfois, le Victor fait exprès de vouloir l'embrasser, alors elle crie : *Moï té d'atchi, n'eï pas neicheïre de tis poutous.* Va-t'en d'ici, je n'ai pas besoin de tes baisers!

Il ajouta à l'intention de sa femme une phrase en patois sans doute ironique car elle haussa brusquement les épaules et jeta :

— *Innoucen, vaï!*

— Ah! elle me traite d'innocent, maintenant, dit le pépé. Il faudrait parler un peu français. Le petit ne comprend pas.

— Au lieu de faire les *bada-bitche*, j'en sais qui feraient mieux de nettoyer les champignons, dit la mémé.

Déjà, elle cassait des œufs dans une jatte. Décontenancé, tout penaud, Olivier s'assit dans un coin reculé, sur le rebord d'une chaise.

La mémé était vêtue comme d'autres femmes du pays qu'il avait vues à la fontaine. Olivier reconnut ce ruban noir avec une épingle à tête blanche, retenant la coiffe blanche. Sur les oreilles, deux fines tresses dansaient comme des anses. Les mains portaient de gros ongles durs recourbés comme des griffes.

Délicatement, le pépé nettoyait les chapeaux sphériques des mousserons dont l'odeur se mêlait à celle du bois de fayard. Le feu jetait des pétarades qui contrastaient avec le bruit mat, parcimonieux des galoches noires de la femme. Parfois, elle murmurait et de courtes lamentations en patois se détachaient : *Paoura, Paoura! Moun Dièou! Petsaïre!* Olivier ne savait pas encore que les vieilles femmes sont les dépositaires des maux de la famille. Elle jetait vers lui des regards rapides. Plus expérimenté, il aurait distingué dans ces éclairs une étonnante finesse de perception, une intuition sans faille.

— Tu vois, dit le pépé, aujourd'hui ça va être dîner de gala.

Et, tout bas, pour Olivier, en désignant les champignons, il ajouta que ce ne devait pas être par hasard.

La mémé avait cassé une douzaine d'œufs qu'elle battait interminablement. Du lard revenait dans la grande poêle et on n'entendait plus que ce chant. Sur les pièges gluants, des mouches bougeaient encore. La grand-mère coupait du persil, hachait de l'ail en petits cubes. Le soleil tombait droit sur la cour, de rares nuages jouant avec ses rayons, ce qui fit dire au pépé :

— On aura le grand beau demain!

La mémé tendait la tête vers la fenêtre. Que faisait-il ce Victor? Encore à courir! Mais bientôt Olivier entendit siffler dans la ruelle un petit air entraînant. Victor monta l'escalier d'un pas énergique. Il s'était fait raser par son ami Pierrot Chadès, le coiffeur, et sentait l'eau Gorlier. Sur son cou restaient des traces de talc. Son pantalon de toile bleue portait des poches à la mal au ventre et des bas en pattes d'éléphant. Une chemise kaki bouffait sur sa ceinture. Il cachait derrière son dos une bouteille entourée d'un paillon qu'il porta dans le cellier derrière sa chambre. Puis il ouvrit un paquet contenant du miel ambré en rayons, qu'il fit glisser dans une assiette. Il posa sa main sur l'épaule de sa mère :

— *Co vaï, mame?* Vous avez vu le petit?

— *Oye. I beï.*

Ce fut tout et Olivier ne comprit pas qu'elle venait de dire laconiquement « Oui, il est grand. » L'odeur des champignons jetés dans la poêle se mêla à celle du lard. Sur l'autre rond de fourneau, une cocotte en fonte commença à ronronner. Victor se lava les mains et les avant-bras au jet misérable de la fontainette, puis vida la cuvette à la volée par la fenêtre.

Le pépé avait écarté son journal pour dresser le couvert. Il tendit une carafe à Olivier et lui dit :

— Mon petit-fils va aller emplir cette carafe à la petite fontaine, celle qui est à gauche en sortant, devant chez les sœurs. L'eau y est bien fraîche si tu laisses couler un moment.

« Allons-y pour le château-lapompe! » se dit Olivier. Là, il fallait tenir levée une poignée de bronze. Une bise légère fit danser le jet qui semblait dire : « Si je cessais de couler, tu serais bien embêté, hein? » Des guêpes tournoyaient. Au-dessus du mur où courait un lézard gris, le feuillage d'un tilleul frémissait. Quand Olivier rapporta la carafe d'eau tout embuée de fraîcheur, on se mettait à table.

*
* *

— Hmm! Qu'est-ce que c'est bon!

En s'emplissant la bouche d'omelette aux mousserons, Olivier ne pouvait cacher son enthousiasme. La grand-mère ne s'assit guère. Toute à son fourneau, elle s'en remettait à cet usage des femmes de campagne de manger debout, l'assiette peu garnie à la main. Victor, lui, nourrissait son corps d'athlète à renfort de larges tranches de pain qu'il trempait dans la sauce d'un civet cuit et recuit. Ses bras étaient énormes, le droit, celui qui battait du marteau, plus volumineux que le gauche, et sa force contrastait avec la candeur de son visage.

A la fin du repas, Olivier avait déjà appris maintes choses. Par exemple que ses grands-parents possédaient une infinité de frères et de sœurs riches de bonnes descendances, et des noms venaient : le tonton de Massé, la cousine de La Rodde, la petite cousine du fond de Saugues, les Itier, les Chateauneuf de la mairie, les Boulanger, et des Marie, des Antoine, des Anna, des Angela, des Mélanie... tous ceux-là à qui il faudrait rendre visite, et tant d'autres perdus de vue, ceux qui résidaient à Clermont, à Saint-Étienne, à Lyon, à Paris, ceux par alliance...

Et Victor parlait de l'U.S.S. (Union sportive saugaine) réputée dans la Haute-Loire. Avec Fernand Anglade, le capitaine, Fonsou Lonjon, Ludovic Blanc, Pierrot Chadès et son frère Gustou qui promettait, tous les autres, ils formaient une rude équipe de foot.

Olivier apprit que, lors de précédentes vacances, Marceau avait joué goal et s'était bien défendu. A Saugues, son cousin défrayait la chronique, se signalant tous les jours par quelque tour, pêchant à la main des truites qu'on ne voyait guère à la maison parce qu'il les vendait à l'hôtel de France où la vieille mère Anglade faisait si bien la cuisine. Il avait même fréquenté à La Ribeyre et Olivier reconnut bien là son séducteur de cousin.

— Sacré Marceau, c'est un drôle de dur!

Et Olivier pensait : « Il m'a fait baver des ronds de chapeau, quand même! » Et on s'assombrit pour parler de la tuberculose, la maudite maladie.

— Poitrinaire, poitrinaire, un aussi beau garçon! répéta le pépé. Il aura pris mal ici. Il roulait à bicyclette du matin au soir, il courait toujours par voies et par chemins, tout en sueur, tout *trempe*, buvait l'eau glacée des sources de montagne, celle qui tue!

La mémé écoutait et ses lèvres se serraient davantage. Et, au moment le plus sombre de la méditation, Victor avança comme une certitude :

— Il s'en sortira. Olivier dit qu'un grand médecin suisse s'occupe de lui. Ces gens-là sont forts. Et puis, notre Marceau, par sa mère, c'est aussi un Escoulas!

— Qu'est-ce que c'est... un *Escoulas*? demanda Olivier.

La mémé faillit laisser tomber la bassine de sa vaisselle. Le pépé et Victor regardèrent l'enfant avec étonnement.

— Comment, dit le grand-père, tu ne sais pas? Ta tante ne t'a jamais dit?

Il était rare que la tante Victoria fît des confidences. Mais le pépé expliqua : à Saugues, la plupart des familles, en plus de leur nom, sont désignées par des sobriquets.

— Et celui de notre famille, c'est Escoulas ou Lescoulas.

— Qu'est-ce que ça veut dire?

— On ne le sait pas bien, dit Victor. Peut-être parce que nous étions installés près de l'école...

— Je ne le crois pas, dit le pépé. Ce serait plutôt le nom d'un vieux métier. Enfin, c'est «nous». Et, ici, il existe aussi des Bonaparte, Catouès, Gounard, Cantounier, Bellele, Tourtis...

— Et Pepinou, et Bistriore, et Carqui..., continua le tonton.

— Et Vigie, et Pipasse, et Nadaou!

Olivier, les coudes sur la toile cirée, les poings sous le menton, réfléchissait. Pourquoi les gens avaient-ils deux noms?

— En somme, dit-il, je suis un Escoulas?

— Hé! on ne peut pas l'être plus que toi, mon petit-fils. Et sois fier : les Escoulas naissent avec une cuiller d'argent dans la bouche et des muscles tout faits!

Olivier se redressa et gonfla sa poitrine. La mémé regarda son monde avec un rien de commisération. Victor retint l'assiette de fromage qu'elle voulait ranger et elle la poussa vers lui :

— Hé! *Mondze, mondze, vaï!* Qui te le plaint?

— Encore un peu, mon neveu. Allez, tire, tire...

— Oh non, c'est plein là-dedans.

On tâta cependant du miel de montagne. Les rayons s'écrasaient entre les dents et collaient aux molaires, la bouche se trouvait toute parfumée, toute sucrée, avec un goût de fleurs des champs inoubliable.

La mémé saisit la grosse cafetière émaillée et, selon la mode saugaine, on dégusta le café dans des mazagrans de forme élancée et si agréables à tenir en main. Victor sortit du buffet quatre verres plus fins et plus grands que les autres. Il rapporta du cellier la bouteille mystérieuse entourée d'un linge humide. C'était un mousseux qu'il baptisa généreusement champagne. Le bouchon partit comme une balle et retomba au beau milieu de la table. Le pépé applaudit. La grand-mère sembla intéressée, mais jeta tout de même :

— Du vin pareil, ça doit coûter le prix du lait de lièvre!

Elle ajouta pour elle-même que certains étaient « de bonne famille ». Mais quand Victor lui dit : « Allez, *mame*, tendez votre verre, ne faites pas la grimace! » elle se laissa faire.

Les verres se touchèrent et on but à traits lents, les paupières baissées de plaisir. Puis Victor, mouillant le bout de son index, le fit tourner lentement sur le rebord de cristal. Une musique naquit et s'amplifia. Olivier se sentait tout grisé, la fatigue du voyage lui fermait les yeux.

Il fit aussi de la musique avec son verre tout en pensant que la tante Victoria trouverait ce geste bien mal élevé. Et pourtant, elle était née ici, dans cette salle qui ne devait de n'être pas misérable qu'à la chaleur humaine qui la métamorphosait. Plus tard, on but à sa santé. Elle faisait la fierté de la famille mais elle appartenait déjà à un monde lointain. On but aussi à l'oncle Henri, à Marceau, au petit Jami.

Victor évoqua son séjour à Paris, avec un camarade au retour du service militaire chez les dragons, à Lunéville, où il avait continué l'exercice de son métier de maréchal-ferrant pour l'armée. Olivier pensa au cousin Jean qui avait été cuirassier en se demandant si c'était « plus ». Son arrêt à Paris, Victor en parlerait souvent :

— J'ai vu la tour Eiffel. Et le musée Grévin. J'ai vu courir Jules Ladoumègue. Quand il met le grand braquet, il vole comme un oiseau : ses pieds ne touchent pas terre.

Olivier prenait des airs entendus de connaisseur blasé. Et Victor parlait des Folies-Bergère, des passages cloutés

de ce M. Chiappe que le pépé n'aimait pas. Monté au
deuxième étage de la tour Eiffel, il se vantait d'être allé
jusqu'au sommet. L'enfant, alors, évoquait la porte Saint-
Denis ou le Sacré-Cœur, les cabarets de l'Enfer et du
Paradis dont les entrées l'avaient frappé, le Gaumont-
Palace et le cirque Médrano; il revoyait cette cité four-
millante, pleine de mystères, avec ses grands immeubles,
ses théâtres, ses monuments, ses musées, tout cela qui devait
receler tant de trésors inimaginables.

— Mon beau-frère a la plus belle cave de Paris! jetait
généreusement Victor.

Il embellissait les choses, il finissait par les croire. Le
Midi n'était pas si loin.

— Il y a du beaune, du saint-émilion, du mercurey...
affirma Olivier.

— Du châteauneuf-du-pape! ajouta Victor.

— Du château-chalon, du meursault!

L'enfant pensa au temps où, avec Marguerite, ils allaient
chercher le charbon et qui paraissait si loin alors qu'il ne
datait que de l'hiver dernier.

— Ils ont de quoi frire, ajouta Victor.

Le grand-père avait bourré une pipe courbe en bruyère
véritable et en os, sur laquelle était gravé *La Salubre*, avec
du caporal extrait d'un pot de grès où séjournait une carotte
de tabac à mâcher pour donner du parfum. Gravement,
religieusement, il avait roulé le gris entre ses doigts avant
de l'enfourner et maintenant il fumait avec un sourire
heureux cette unique pipe de la journée.

La mémé affinait sa poêle avec de la graisse chaude dans
laquelle elle faisait tourner du gros sel avant de l'essuyer
au moyen d'une branche de genêt. Elle regardait souvent
du côté de la fenêtre, rêvant déjà de s'évader pour courir
sur les chemins sinueux.

Olivier sentit ses yeux se fermer et ne put réprimer un bâillement.

— Si tu faisais un somme ? proposa Victor.

— Oh ! je veux bien.

— C'est le train, dit le pépé en jetant sa fumée bleue, et le changement d'air. Les Parisiens, quand ils arrivent ici, posent la joue des heures d'affilée. Et il y a l'altitude, près de mille mètres.

— Neuf cent-soixante, précisa Victor.

Il accompagna son neveu à la chambre et lui proposa de dormir côté mur pour ne pas être dérangé le matin. Avant de le quitter, il lui glissa :

— La mémé, comment tu la trouves ?

— Ben, ben... elle parle pas beaucoup.

— C'est sa façon, tu sais !

— Peut-être que je ne lui plais pas, peut-être...

— Il faut du temps. Tu verras. Allez, je sens que tu vas en écraser ! D'ici, on n'entend pas trop la forge.

Olivier dormit jusqu'à huit heures du soir. Il fallut l'éveiller pour qu'il mangeât une soupe de pain noir blanchie de crème fraîche. A peine vit-il se lever une lune de métal jaune sur la nuit bleuissante. Déjà le sommeil le tenait dans ses mains.

Le souper fut maigre, les paroles rares. La jambe du grand-père devait lui faire mal car sa bouche parfois se crispait. Le tonton, après avoir ferré tout le jour, était sombre, harassé. Seule la vieille femme paraissait insensible à la fatigue. Tandis que les hommes regardaient la nuit, elle prit une lampe à acétylène, glissa une grosse boîte d'allumettes soufrées dans la poche de son tablier, enfourna son ouvrage de laine et sortit en disant :

— *Bouöna neuĭ tous!*

— Bonne nuit! Veille bien...

— Elle va à la veillée, à la « causette » et elle est pressée comme une tripière du jeudi saint, expliqua Victor en échangeant un sourire malicieux avec son père.

— D'imaginer tout ce qu'elles doivent se raconter, ces vieilles gazettes, les oreilles m'en brégissent! dit le pépé, et il ajouta à l'intention d'Olivier : Ta grand-mère, c'est une indépendante, elle est comme le rossignol, elle fait ses trilles la nuit.

Olivier pensa à ses errances nocturnes dans les rues de Montmartre, à ce frisson d'inquiétude qui le parcourait dans les lieux sombres et qu'il aimait.

L'unique lampe, d'un jaune brûlé, éclairait à peine, mais quand les hommes se déplaçaient, leurs ombres grandissaient sur les murs. Le pépé but du tilleul venu de l'arbre des sœurs, Victor une verveine du Velay, avec un canard pour Olivier. Parfois, il s'adressait à son père, avec ce voussoiement et ce respect qui font la politesse campagnarde, en patois, mais le grand-père désignait Olivier et il poursuivait sa phrase en français.

— Ah! *lou patouès.* Quand j'étais à Paris avec mon ami le Routin (il est roux, mais on dit « le Routin » car un défaut de parole lui fait prononcer les *c* comme des *t*), un jour, dans le métro, nous parlions ainsi. Un monsieur est venu nous demander : « Ce n'est pas de l'italien, ni de l'espagnol, ni de l'esperanto, quelle est donc la langue que vous parlez? » On l'a laissé chercher un peu!

— *Boun Diéou,* dit le pépé, la plus vieille langue de la France!

Un peu plus tard, Victor bâilla, s'étira, fit jouer ses muscles et avoua être fatigué.

— Tu vois, dit le pépé à Olivier, ici l'or ne pousse pas. Il faut y aller dur. Et cette saleté de jambe. Ah! pauvre Victor, je suis bien à charge.

— *Tisa-vous, pape!* dit Victor. Sans vous, il n'y aurait ni forge, ni Victor... ni Olivier.

— Ah! c'est bien vrai. Sans moi, tu ne serais pas né, Olivier.

Cette phrase plongerait l'enfant dans un abîme de réflexions métaphysiques. Victor ajouta :

— La fatigue, ça fait pas rien. La nuit est là pour la tuer et on repart du bon pied.

Le pépé fit tourner sa tasse de tisane, la vida, et expliqua à Olivier :

— Le paysan ici vient au monde sans rien, nu comme un petit saint Jean, et, après un silence, il ajouta : Il n'a rien dans le bas de laine, tout est dans les bras.

Plus tard, il devait dire : « Bah! ce sont les gens des villes qui nous ont appris que nous étions malheureux. Avant qui le savait? »

L'enfant comprenait. C'était comme Bougras qui faisait ses corvées d'homme-sandwich ou de cireur de parquets pour subsister, sans jamais avoir quelque chose en poche. Il eut envie de dire : « Je suis là, je vais drôlement vous aider! » mais ses bras étaient si minces auprès de ceux des hommes. Et il se sentait tellement ignorant de tout cela qu'il découvrait. Certes, il y avait le chasse-mouches, mais cela représentait bien peu.

Les couteaux se refermèrent l'un après l'autre avec des claquements secs. Leurs possesseurs se préparèrent au sommeil. Le pépé écarta le couvre-lit en dentelle à travers les jours duquel apparaissait un édredon doré. Il but une gorgée d'eau sédative de Raspail car il avait le sommeil fuyant. Dans la chambrette, Victor bouleversa le lit pour glisser entre sommier et matelas son pantalon des dimanches dont il avait mouillé le pli pour un repassage à la militaire.

Olivier toucha la main de son grand-père qui tirait un bonnet de nuit de dessous l'oreiller. Au lit, il se serra contre le mur pour laisser le plus de place possible à son oncle. La chambre n'avait pas d'éclairage. A moitié endormi, il entendit le tonton crier :

— *Pape, bouöna neuï. Barra lou fio!*

— *Bouöna neuï touti dous!* Bonne nuit.

— Bonne nuit, pépé.

Dans la salle commune, la lumière s'éteignit et dans une épaisseur noire Olivier se sentit sombrer comme un navire.

Deux

L E dimanche, la grand-mère préparait une grande
casserolée de chocolat avec laquelle des morceaux
de pain grillé trempés formaient une grosse panade
dorée. C'était merveilleusement parfumé et bon comme
un gâteau.

Le pépé, rasé de près au coupe-chou, ses beaux cheveux
blancs tombant sur son front et recouvrant ses oreilles,
était assis à sa place habituelle, près de la fenêtre. Les
passants, de la rue, lui donnaient le bonjour et il trouvait
un mot aimable pour chacun. Un homme de son âge lui
criait : « Alors, la classe ? », un autre annonçait qu'il
amènerait son cheval à ferrer le lendemain, une femme
de Venteuges apporta un fromage, un paysan dit qu'il
trouverait bien Victor en ville pour lui payer une note.

Une tradition était de venir saluer le père Escoulas
immobilisé. Il portait la réputation d'un sage, toujours
de bon conseil. A défaut d'un vétérinaire à Saugues, il
n'hésitait pas à se faire guérisseur de bétail.

— J'ai mes moutons qui ne pâturent plus. J'en sais
quelqu'une qui leur a jeté le sort !

— Mais non, c'est la chaleur. Garde-les à l'ombre
dans le jour et fais attention de ne pas trop les serrer
dans l'étable !

— Ma jument a les eaux à la jambe.

— Mets-la au repos. Lave à l'eau bouillie. Fais fondre
de la verte des prés dans de l'eau et tamponne. Si ça ne
sèche pas, Victor lui appliquera le feu.

On raconterait à Olivier comment pendant une épidémie
de fièvre aphteuse il avait parcouru les fermes de jour et
de nuit, posant des drains au pis des vaches malades,
badigeonnant les gorges au miel et au vinaigre, faisant
brûler du soufre et du genièvre dans les étables, apprenant
aux paysans à se laver les mains et à les passer à l'alcool
entre deux traites, consolant, aidant la vieille voyant mourir
sa Blanche ou sa Frisée, son seul bien.

Pour ces soins et ces conseils, il ne se faisait pas payer,
mais il n'était pas rare de trouver sur le rebord de la
fenêtre de la forge des légumes, des œufs ou du laitage
offerts « pour ne pas être en reste ».

— Ta grand-mère est à la messe, Victor, le Diable
sait où, ce *grata-rues*, ce *traina-brayes*, pas à l'église en tout
cas. Il est comme moi : il y a longtemps que... Je te raconte-
rai un jour.

Il en raconterait bien d'autres, et le plus personnel
toucherait Olivier à quelques centimètres sous la peau.

— Eh bien! maintenant tu ne vas pas rester là comme
une pierre dans mon sabot. Va donc faire un tour en ville.
C'est bien rare si tu ne vois pas Victor.

En l'honneur du dimanche, Olivier avait revêtu son
costume de golf et le col de sa chemise blanche s'ouvrait
sur sa veste. Ses cheveux mouillés d'eau brillaient, partagés
haut sur la gauche, par une raie toute droite.

Le chien Pieds-Blancs le suivit en remuant la queue,
jusqu'au bout de la rue, mais ayant rencontré un de ses
congénères il fit demi-tour. Les mains dans les poches,
la poitrine gonflée et se tenant bien droit, Olivier déambula
sur le cours National. Prêt à s'amuser de tout spectacle,

il se sentait pétri de timidité quand les gens le regardaient.
Comme il faisait chaud, il quitta sa veste et la posa sur
ses épaules. Il sifflota *En cueillant la noisette*.

On entendait toutes sortes de bruits : le hachoir du
boucher frappant la viande avec le plat, le staccato d'une
motocyclette, le grincement des roues cerclées de fer sur
le sol, des roulements de tambour lointains, le meuglement
d'une vache, des aboiements et, dominant le tout, les
cloches de l'église sonnant clair, coup par coup au début,
puis à toute volée.

Il lut des noms sur les enseignes : Mons, P.T.T., Hôtel
de la Terrasse, Pharmacie Promeyrat, Café des Négociants... Devant l'horlogerie Lonjon et les vêtements
Conchon-Quinette, au carrefour, des hommes, vêtus de
noir pour la plupart, se réunissaient par groupes en
attendant la messe de onze heures qu'on appelait « la
messe des hommes », car les femmes se rendaient de bonne
heure à l'église pour être tôt disponibles au ménage et à
la cuisine. Trapus, râblés, la démarche pesante, ils avaient
enfilé leurs beaux costumes, souvent celui du mariage
et, comme ils avaient grossi depuis, ils paraissaient
étriqués. Quelques-uns portaient encore la large blouse
paysanne, empesée, qui leur gonflait le corps. Ils étaient
chaussés de solides souliers ferrés bien graissés, de galoches
ou de sabots luisants, de bottes de chasse. Les coiffures
allaient du béret au chapeau noir, mais on voyait surtout des casquettes, si pratiques pour l'ombre et pour
chasser les insectes.

Les plus âgés s'appuyaient sur des bâtons noueux ou
des cannes sculptées en forme de serpent dont la tête
triangulaire rejoignait la poignée. En dépit du beau
temps, certains serraient de grands parapluies de toile.
Les agréments de la toilette consistaient en pochettes de

dentelle souvent héritées des ancêtres, en grands mouchoirs
à carreaux noués autour du cou. Des jeunes avaient glissé
une fleur des champs à leur boutonnière et cela leur
donnait une allure de garçons d'honneur. L'un d'eux en
corps de chemise paraissait déplacé.

Se trouvait là un de ces troufions mal fagotés de l'époque,
écrasé par sa capote pisseuse au ceinturon racorni, ses
bandes molletières flasques, ses croquenots à clous réglementaires, son calot trop grand pour sa tête. Ses cheveux
bruns dévoraient son front et l'absence d'une dent formait
un trou noir parmi une denture de loup. Ses bras tendus
le long de son corps, il semblait figé dans ce garde-à-vous
qu'on lui avait appris. Même en permission il n'osait se
mettre en civil et sa présence permettait de retrouver
des souvenirs de fêtes de conscrits, de villes de garnison
dans l'Est qui souvent constituaient l'unique voyage,
et un vieux regardait ses médailles de 14 qui, chaque
dimanche, s'étalaient sur le côté gauche de son veston.

De temps en temps, un groupe se dissolvait et on voyait
ces hommes marcher lourdement, d'un pas épousant le
sol, vers le café des Négociants ou celui du père Mondillon.

Ils venaient des villages ou des hameaux du canton :
Le Villeret, La Gardette, Les Salettes, La Vachellerie,
La Rouveyre, La Clause et une quarantaine d'autres
lieux habités car Saugues, pour eux, c'était la paroisse,
c'est-à-dire la ville. Ils s'y retrouvaient chaque dimanche,
peut-être pour se sentir moins seuls le reste de la semaine.
En commun, ils avaient d'être noirs de poil, un teint de
grand vent, les joues rouge sang sur des visages marqués
par les intempéries, le mollet dur et la poitrine ample, les
bras solides, les silences prudents et les colères fortes.
Dans les yeux qui ne fuyaient jamais, on lisait de l'obstination, de l'opiniâtreté, du courage, et parfois des lueurs

de mélancolie : ils parcouraient alors des lieux inconnus à tous autres qu'eux-mêmes.

Dans ces rues calmes, façonnées par les ans, il était rare qu'un homme ne portât pas un aiguillon posé sur l'épaule et tenu à son extrémité comme un porte-plume, ne brandît un outil, ne poussât pas une brouette. Aussi, les gens endimanchés ne savaient que faire de leurs mains terreuses, marquées par le travail, dès qu'elles étaient au repos, et elles voyageaient du dos où elles se rejoignaient aux poches où elles se cachaient, touchant le porte-monnaie, le chapelet ou le couteau.

De quoi parlaient-ils dans leur patois? Peut-être des maigres moissons de seigle, du blé qu'il était interdit de vendre moins de 115 francs le quintal et pour lequel on ne trouvait pas d'acheteurs, du commerce qui ne pouvait pas suivre, du prix du bétail trop bas, de la concurrence étrangère, de ces « mécaniques » trop coûteuses, des Américains qui ont envoyé le doryphore et le phylloxéra, du cultivateur toujours pris à la gorge, du temps, de la difficulté de vivre. Ils étaient, ceux-là, des hommes dépendants de la terre, et quand Olivier verrait des photos de paysans du siècle dernier, il ne les trouverait pas si différents de ceux des années trente.

Les rayons d'un soleil heureux léchaient le sol goudronné, les murs, donnaient vie aux insectes, séchaient les bouses, exaltaient la poussière, se glissaient partout. Les cheveux blonds d'Olivier bouffaient déjà sur sa tête autour de l'épi rebelle, le vert de ses yeux s'éclaircissait, son front se couvrait de chaude rosée. Un peu perdu, conscient d'être trop remarqué, il parcourut le cours, les ruelles, les places, regarda passer les vaches, l'une derrière l'autre, laissant tomber des bouses aux reflets dorés et verts. Si quelque automobile très antique apparaissait, on s'arrêtait sur le côté de la route pour la regarder passer et nommer sa marque. Parfois, Olivier, moins craintif, s'approchait d'une vache et lui tapotait le flanc.

Ses pas le conduisirent en direction du Poids de Ville. Sur les grilles de la mairie il lut, collées sur fond de bois, des affiches administratives barrées de couleurs, et tout près, sur le mur, des publicités où des slogans fleurissaient : *Salez vos fourrages avec le Nutrisalt!* disaient-ils. Ou bien : *Le Païl' Mel*, le meilleur aliment mélassé pour chevaux. Il s'y ajoutait des médailles, des « hors concours membre du jury », des conseils nationalistes : « Achetons machines et produits français. »

Il s'arrêta plus longuement devant la vitrine du pâtissier Anglade dont la femme (qu'on appelait « la Réfugiade » car elle était venue de l'Est au début de la Grande Guerre) servait des gâteaux crémeux et fruités, des choux jaunes et blancs recouverts d'une coiffe de sucre glace que les jeunes mangeaient sur place en trichant un peu sur la quantité. Olivier regarda ces merveilles qui se nomment religieuses, éclairs, allumettes, mokas, madeleines, palmiers, mille-feuilles, tartelettes, massepains... et revit les fameux tom-pouce au marasquin de la tante Victoria.

Quand la boutique se vida, Olivier levant la tête rencontra le sourire malicieux du pâtissier, bonnet blanc sur le chef, qui s'apprêtait à un peu de repos. Avant qu'il eût le temps de s'éloigner, le commerçant s'adressa à lui :

— Bonjour, mon petit. Tu n'es pas d'ici ?

— Bonjour, m'sieur. Euh... si !

— Et de qui tu es ?

— Je suis le neveu de Victor, le maréchal-ferrant. Mon grand-père...

— Tu n'es pas de la Victoria. Je connais le Marceau, il est plus grand que toi et... Mais, dis-moi...

— Mon père est mort. Il s'appelait Pierre.

— Tu es de Pierre! De mon Pierou de l'Escoulas!
Entre, entre vite, mon petit. C'est vrai que tu lui ressembles,
en plus clair.

Le pâtissier paraissait tout ému. En tablier blanc, il
portait une moustache noire filée d'argent, aux longues
pointes fines, et ses yeux charbonneux étaient vifs comme
des merles. Il répéta à sa femme :

— C'est le fils de Pierre, le fils de Pierre...

« Le fils de Pierre » : cela sonnait biblique.

— Tiens, tu vas boire quelque chose de bon. Un verre
de liqueur de framboise...

Il l'emmena dans l'arrière-boutique. Là, une ravissante fillette brune serrait à pleine main la jupe de
Mme Anglade. Le pâtissier dit : « C'est ma nièce de Paris,
ici en vacances », et Olivier serra la main de sa conci-
toyenne qui lui adressa un regard de grande personne.
Ils passèrent dans le laboratoire. Sur les tables, de grands
plateaux noirs présentaient de minces rectangles de pâte
qu'un mitron enduisait de sucre liquide avec un pinceau.
Le pâtissier indiqua que c'étaient des allumettes. A la
cuisson, elles allaient gonfler et se pailleter.

Le verre à la main, Olivier prit la mine attentive qui
convient aux leçons de choses. Il se dit que le pâtissier était
peut-être aussi un cousin, mais celui-ci apporta l'explication de son accueil :

— Ton père et moi nous étions tous deux de la classe 15,
celle qui a rudement écopé pendant la guerre. Nous avons
gardé les vaches ensemble dans deux prés voisins au bord
de la rivière. Ensemble, on a couru les prés, les fêtes, les
bals et les vachères. S'en est-on payé! Puis il y a eu cette
saloperie de guerre. On n'en voulait pas, mais une fois
dedans... En 17, ton père est revenu grand blessé avec

plein de médailles. Et moi aussi. Tu sais, nous étions encore des gamins. Comme on ne pouvait pas quitter la chambre, on se faisait signe le matin en jouant du clairon à la fenêtre et tout le village en profitait.

— Mon père...

Jamais on ne lui en avait tant parlé.

— Toujours bien d'accord, tous les deux! Ta mère me plaisait, mais lui, il aurait charmé les moustiques. Il a gagné. Tu sais qu'elle était mariée. Ah! on ne respectait rien. Il l'a enlevée, ils sont montés à Paris, mais ils ne pouvaient plus revenir au pays. Ton père en a souffert. Et puis, rue Labat, avant que tu naisses, il y a eu ce drame...

« Quel drame? » se demanda Olivier, mais il crut qu'il s'agissait de quelque chose d'étranger. Et Mme Anglade lui tendait une assiette chargée de choux à la crème.

— Oh! non, merci, madame.

— Tu ne vas pas faire de manières avec nous! J'ai bien vu comment tu regardais la vitrine.

— Ben, ben... je suis un peu gourmand, avoua Olivier.

Le goût de la vanille et du caramel lui parfuma la bouche. Il ramassa avec le doigt un peu de crème sur son menton et lécha. Quand le mitron ouvrit le four, la chaleur mit le rouge aux visages.

— Ton père est mort à trente-six ans. Et tu es orphelin aussi de ta mère! Ah! *petsaïre, petsiritte, paoure efant!* La Victoria t'a recueilli. Tu es bien chez elle? Un peu autoritaire, on dit, mais elle est bonne. Et Henri, c'est un bon homme, mais qu'il est grand! On n'en voit pas des comme ça ici.

Il frottait ses mains par habitude de la farine, il rangeait les mèches folles d'Olivier, emplissait son verre, préparait une autre assiette de gâteaux, ne savait que faire pour honorer l'enfant de son ami.

— Ah! tu es bien un Escoulas. Fais tâter tes biceps.
Hum! ils grossiront ici. Tu reviendras me voir et je te
parlerai de ton père. Et le pépé, quel homme! ah! quel
homme.

En le raccompagnant vers la sortie, il ajouta :

— Tu reviendras et tu mangeras des gâteaux autant
que tu le voudras, comme un apprenti mitron. Et je ne
te ferai jamais payer, toi, le fils de Pierre!

Il serra la main d'Olivier et l'agita à lui faire mal.

— Merci, m'sieur Anglade. Un grand merci! dit Olivier
d'un ton pénétré car l'amitié le touchait plus encore que
les gâteaux. Je reviendrai, je vous le promets. Merci,
madame. Au revoir, petite fille.

La femme lui tendit un carton de petits fours frais noué
d'un bolduc rose pour sa grand-mère.

Après s'être confondu en politesses, Olivier marcha du
côté de l'hospice où des vieux sur un banc de pierre
devaient parler du temps du général Boulanger, de la
bataille des Inventaires ou de 14-18. Devant une boutique
d'objets religieux, des journaux et des magazines dansaient
sous des pinces à linge. Il chercha une pièce dans son
porte-monnaie et s'acheta *L'Épatant* pour les Pieds nicke-
lés et *Dimanche Illustré* pour Zig et Puce, du bon Alain
Saint-Ogan.

Sur le parvis de l'église, le curé qu'on appelait monsieur
l'archiprêtre ou monsieur le chanoine, était entouré de
femmes en coiffe. Les robes des enfants de chœur formaient
des taches rouges et blanches et on voyait dépasser des
sandales et des galoches. Sur la place du monument aux
morts, des gamins jouaient au *rat d'ichi rat d'alaï* en courant
comme des mouches par temps d'orage. L'un d'eux fit
exprès de s'accrocher au bras d'Olivier et de le faire
tourner.

— Hé, fais gaffe un peu!

L'autre tendit le poing et un grand escogriffe jeta :

— *Zima lou!* Il est beau comme un astre et il se tortille comme un geai!

S'ajoutèrent quelques quolibets, une bousculade, des rires narquois. Olivier, conscient d'être un Escoulas, « roula des mécaniques » et se dit qu'il leur ferait payer ça. Mais les autres le provoquaient plus par curiosité de ses réactions que par colère et il y avait de la timidité vaincue dans leur audace.

— *Avallaïre de Parisien! Grata-groules!*

— On se reverra, les gars, jeta Olivier, numérotez vos abattis!

Il regarda la sombre tour des Anglais et descendit vers la fontaine. Là, il aida une vieille à descendre son seau d'eau et elle lui dit : « Bien honnête, bien honnête! »

Dans la forge, la mémé, jouant du marteau, fixait du caoutchouc noir aux semelles d'une paire de galoches neuves. Elle lui fit brusquement signe d'entrer.

— Bonjour, mémé.

— Essaie un peu ces galoches. Ici les souliers s'usent trop. Mets-toi sur la caisse.

— C'est pour moi?

Il quitta ses sandales et fit glisser son pied dans une galoche. Cela ne le ravissait guère. Il se dit qu'il ne pourrait jamais marcher avec ces trucs à la gomme et qu'il aurait l'air d'un chnoque. Il est vrai qu'avec les culottes de golf, cela jurait.

— Heu... merci, m'mé. Je les mettrai demain, n'est-ce pas? Ça, c'est des gâteaux pour vous. C'est Mme Anglade, celle du pâtissier, qui vous les envoie.

Elle examina le joli paquet avant de le poser sur l'établi. Puis, soulevant la veste de l'enfant, elle prit son tour

de taille et la longueur de ses jambes avec une ficelle
où elle fit des nœuds. Olivier sentit sur son corps des doigts
durs comme du bois qui le maniaient sans délicatesse.

— Va donc voir en ville si tu trouves le tonton et
ramène-le. Il serait chez Chadès ou à l'hôtel Chany... Le
dimanche, ici, on dîne à pas d'heure!

* *

Malgré la perspective galochère, Olivier se sentait bien.
Il écarta des chiens en criant un efficace *Aoutchi!* et s'étonna
de la vitesse de leur recul. Les illustrés dépassaient de sa
poche et le couteau Opinel frottait contre sa cuisse. Dans
les jardinets on entendait des sonorités cristallines, des
susurrements, des sifflements modulés et la courte phrase
du rossignol de murailles accompagnait ces récitals.

La boutique du coiffeur constituait le point de rallie-
ments des jeunes. C'est là qu'on commentait le Tour de
France, que les gars du football rappelaient leurs exploits,
qu'on écoutait Georges Peeters parler des sports à la
T.S.F. Olivier y rencontrerait des Coston, des Lebras,
des Vigouroux, des Chassain, des Cubizolles, des Sauvant,
des Pagès, des Lonjon. On y rasait des paysans à la barbe
de huit jours, on coupait des cheveux à la boule dans le
cou. Aux odeurs fortes des vêtements ruraux se mêlaient
des senteurs de chypre et de brillantine. Une fois coiffés
et rasés, il n'était pas rare de voir les clients profiter du
lavabo pour une toilette rapide. Des photographies écor-
nées de Young Perez et de Criqui, de Speicher et de
Vietto, des affichettes à réclame des liqueurs Pagès portant
en écriture ronde : « Union sportive saugaine contre
Cheminots de Langeac » aux panneaux de la brillantine
Marcel ou de la moto Favor à trois vitesses, sans oublier

les cartes postales aux coins des miroirs, le regard ne restait pas sans sollicitation.

Le vieux père Chadès, dont le sobriquet était « Gounard », n'entendait pas et cela permettait un sujet de plaisanterie cruel et bon enfant auquel ses deux fils, Pierre, l'aîné qui devait lui succéder, et Gustou, le cadet, dit Gounelou, qui faisait des études, participaient par intermédiaire.

Leur aide Zizi, un bossu vif comme un écureuil, sosie de Charles Dullin, s'occupait de politique. Quand un « blanc » se faisait raser, il agitait le rasoir en tous sens au-dessus de sa tête en proclamant : « Prolétaires de tous les pays, unissez-vous! » ou « La religion, c'est l'opium du peuple! »

Ses rares paroles ne venaient qu'après de longs silences préparatoires. Il lisait des ouvrages marxistes au vocabulaire difficile, et, au repos, se tenait assis, le front entre les poings en répondant à qui lui parlait : « Tais-toi, je réfléchis... » Ses ennemis politiques n'osaient l'attaquer de front car il avait le sens de la repartie et d'une argumentation qui vous dépassait de loin.

Pierrot, maigre comme un cent de clous, sec comme un pendu d'été, était le garçon dans le vent du village. Sa finesse de traits s'accompagnait d'une étonnante mobilité. Le temps d'un éclair et dix expressions différentes passaient sur son visage. Hors travail, ses mains s'agitaient comme si elles tenaient encore les ciseaux ou la tondeuse. Sa nervosité se manifestait par un léger bégaiement qui portait son charme. Pour le taquiner, Victor l'écoutait en faisant tourner les boutons de sa veste comme s'il réglait un poste de T.S.F.

Quand Olivier entra, il faisait mousser dans un bol un savon onctueux comme de la crème fouettée.

— Bon-bonjour, c'est toi Olivier. Ah! je t'ai bien vu, va. Pour-pourquoi tu n'es pas entré plus tôt? On-on n'est pas des sauvages. Je t'ai vu avec Victor quand tu es arrivé. Il-il te la portait, la valise. Tu-tu le cherches, dis? La mémé rouscaille. Va voir chez Chany. Il fait sa belote.

La crème blanchit un visage rougeaud. Puis l'index du coiffeur suivit la ligne de la bouche du client pour retirer le savon inutile.

— Merci bien, m'sieur Chadès.

— Tu-tu vas pas me donner du monsieur, dis dis. Ici, c'est Pierrot. Et quand tu passes, entre, qu'on discute un peu.

Il ajouta, les mains en porte-voix, à l'intention de son père :

— C'est le petit-fils d'Auguste. Ton ami l'Escoulas. C'est le fils de Pierre.

— Ah? Le dîner sera bientôt prêt. Ça cuit, ça cuit!

— Il entend pas et il veut pas prendre son cornet, dit Pierrot. Allez, va, et dis à Victor qu'il me doit l'apéritif!

Et Pierrot racla une joue tandis que Zizi, distraitement, passait et repassait la pierre d'alun sur la peau humide de son client.

Timidement, Olivier entra dans le couloir de l'hôtel de la Terrasse. Sur la gauche s'ouvrait la salle de restaurant où l'on recevait surtout des pensionnaires et des bruits de vaisselle y cliquetaient. A droite, on entendait les chocs des verres, les interjections des beloteurs et le bruit des poings cognant vigoureusement la table au moment de lâcher une carte maîtresse. Dans le couloir, toutes sortes d'odeurs se donnaient rendez-vous : relents de beurre chaud, d'oignons frits, de ragoûts, de rôtis, de rissoles venus de la cuisine, senteurs de vin, d'anis, d'alcools sirupeux, de tabac s'échappant de la partie café.

En passant la tête, Olivier aperçut Victor, casquette à l'envers comme Blériot, qui tapait le carton sur un tapis vert à réclame de la Suze. Il portait un costume à soufflets dans le dos qui accentuaient son allure colossale. Les pointes de son col de chemise étaient tendues par un petit appareil à ressort et il portait une cravate à système. Avec son visage d'un bel ovale, ses lèvres un peu épaisses et ses yeux clairs, il était un des plus beaux gars du pays et le savait.

— Olivier, viens t'asseoir. *Coï moun nebou!*

La salle était sombre, enfumée; tout son espace était occupé par des tables serrées aux pieds de fonte supportant un marbre blanc et des chaises en bois courbé. Les murs étaient ornés de plaques de métal aux marques d'apéritifs. Sur un guéridon de rotin, près des pots de plantes grasses, trônait un gramophone oublié ouvrant sa vaste fleur de liseron.

A toutes les tables on jouait, mais l'intérêt se concentrait autour de celle de Victor. Sur des chaises en retrait, trois personnages suivaient le jeu avec autant d'attention que s'ils jouaient eux-mêmes. Le partenaire de Victor s'appelait Louis Flandin (on disait Louisou). Il serra la main de l'enfant, lui apprit qu'il prenait ses vacances, et surtout que son frère était Alphonse, le bon Papa-Gâteau, bien connu au faubourg Saint-Martin. Avec sa forte moustache en balai, son aspect solide, son réalisme d'homme d'action, il paraissait tout le contraire du bon professeur poète qui apprenait le latin à l'enfant. En vacances, dès l'aube, il lançait son fil dans la Seuge et passait pour le meilleur pêcheur de truites du canton.

— Il paraît qu'il a de l'imagination, cet Olivier! C'est mon frère qui me l'a dit. Et lui, il s'y connaît car il vit dans la lune.

— Alphonse est un *barbatele*, mais il en sait long! affirma Victor, et il ajouta : Mon neveu aussi est un peu étourdi...

Olivier rougit èt s'absorba dans la contemplation du jeu. Un des adversaires, un blond albinos, béret posé sur sa tête comme une galette noire, souriait sans cesse. L'autre, le chapeau sur les yeux, fixait le centre du tapis sans rien dire; on ne voyait que ses gros doigts couleur de futaille, avec des bourrelets autour de l'alliance et les ongles en grand deuil. Il jouait sérieux, enrageait d'avoir déjà perdu deux tournées, faisait visage de bois.

Le jeu était rapide, les rois, les dames, les valets claquaient entre les doigts avant de mourir sur l'humble feutre, les points se distribuaient prestement au moyen de tablettes rectangulaires et de jetons ronds de diverses couleurs. Les mots de la belote s'entrecroisaient : « Je passe — moi aussi — non — non plus — deux fois — deux fois — à carreau! »

Victor buvait du Chambéry-fraise et les autres du Pernod fils, des apéritifs avec trait d'union, du Guignolet-kirsch au Byrrh-cassis. Par dignité, Olivier refusa le classique diabolo-grenadine et demanda un demi-tango, ce qui lui permit de donner l'explication de ce terme.

Le tonton tourna sa casquette sur sa tête, regarda ses adversaires avec le sourire malin de quelqu'un préparant un coup et il jeta en même temps que ses cartes :

— Je coupe. Et de l'atout. Atout. Ratatout. Dix de der! Je suis prêt pour la belle.

— Tonton, la mémé dit que...

— Je sais. Elle veut nous faire manger vite pour aller à quelque pèlerinage ou à la causette. Il n'est pas midi...

— Midi vingt-cinq.

— Oh! à peine. Sacré Dutilleul, va!

Et la main rude du tonton s'aplatit sur l'épaule de

l'enfant. La belle Juliette Chany, dont les cheveux sentaient l'eau de Cologne, l'embrassa et lui mit du rouge. Il se dit qu'elle devait être une cousine. Elle apporta des glaçons irréguliers qu'elle venait de casser avec un tournevis et changea le siphon bleu qui crachotait ses dernières gouttes. Olivier avait retiré la fine tige à l'intérieur de la paille et aspirait sa bière rosâtre avec une application précieuse. Et on entendait :

— Juliette, un Clacquesin! Juliette, une gentiane! Juliette, remettez-nous ça! Et un Pernod pour Arthur!

— Gustou, tu aurais dû te défausser à trèfle.

— Me cherche pas gargaille. J'en avais plus.

— *Da qué dises?* Et ton huit? *Bestiasse, vaï!*

Olivier s'inquiétait de voir reprendre une partie de mille points quand un homme fit une entrée remarquée dans la salle. Balayant le sol de sa casquette au cours d'un salut à la mousquetaire, il jeta glorieusement :

— Le bonjour à cette honorable compagnie!

C'était Fedou. Un artiste en son genre. Ami du verbe, grandiloquent ou cinglant, il jetait des chapelets de mots français et patois, des expressions sonores qui auraient fait fortune à la Chambre, avec des poses de torero ou de don Quichotte. Il quitta un grand gilet en peau de mouton qui sentait le suint et s'assit à une table où des paysans serraient leurs canons de vin comme des cierges.

— Laurent, il est bien entendu que tu me payes un canon et que je ne le refuserai pas!

— Faut pas y compter, mon Fedou. T'es plus argenté que moi.

— Je le savais bien que tu étais serré comme une pigne verte, mais je voulais te le faire dire publiquement!

A toutes les tables, on s'esclaffa. Ce Fedou était malin comme une horloge. « Allez, Laurent, paye-le ce canon! »

Mais Fedou refusa d'un geste large, affirma qu'après coup cela lui ferait regret et commanda de la pelure d'oignon. Il se disait parfois le cousin de Philibert Besson, le célèbre député de la Haute-Loire, et propageait des idées où le pacifisme se teintait de toutes les nuances de rouge, mais cela avec des gestes et des élégances de monarchiste. Il jeta encore quelques phrases bien frappées, toutes dignes de Léon Bloy en colère, et, prenant Juliette délicatement par le bras, il s'inclina :

— Vous devrais-je quelque chose, ma charmante ?

Il paya et toisa chacun avec insolence tandis que ses lèvres remuaient pour les épithètes destinées à ses contemporains : celui qui avait un tic devenait *tapa-mouches*, le maladroit un *implastre*, le simple d'esprit un *souraïa*, un *cagno* ou un *tindeille*, chaque mot correspondant à son degré de dérangement mental. Personne n'osait se lancer dans une discussion avec lui car il avait toujours le dernier mot, et quand il ne savait que répondre il se levait, déboutonnait son pantalon, remontait sa bande herniaire et, montrant ses fesses, jetait le mot fameux :

— Parle à mon cul, ma tête est malade.

Comme une guêpe grimpait au long du verre d'Olivier, il lui dit :

— Regarde un peu, l'Alsacienne !

De ce Fedou ! C'est lui qui, invoquant Victor Hugo, allait discourir devant le poilu du monument aux morts avec son ami Lanché, faisant l'appel et dressant ses accusations contre les responsables des guerres. Le tonton expliqua que Saugues avait toujours produit des « étoiles » comme ce Fedou, comme Clovis, comme Toine, comme d'autres qu'il appelait « les ravis de la crèche » en les nommant par toutes sortes de sobriquets.

Dans la salle, au moment de payer, certains ne retrouvaient jamais leur porte-monnaie. Les mains parcouraient les nombreuses poches en vain et se tendaient solennellement :

— *Lissa faïre aco, coï ièoü que paï!*

« Laissez faire cela, c'est moi qui paie! » Et trois hommes en même temps disaient les mêmes mots, refaisaient les mêmes gestes. Ce porte-monnaie, où était-il? Faudrait-il faire passer le tambour de ville pour le retrouver? Cela tenait du jeu et à coup sûr de la coutume. Car, après tout, on savait bien qui finirait par payer : celui dont c'était le tour, naturellement.

On quitta l'hôtel Chany. Comme Olivier s'émerveillait de ce Fedou digne des cafés de la porte Saint-Martin où, en compagnie de l'oncle Henri, il avait rencontré des acteurs, le tonton dit :

— Il y en a bien d'autres. Tiens, Toine de Cirgues, un mendiant fait comme un prince, bon premier au rendez-vous des aumônes, et le plus fort c'est qu'il affirme vous honorer en prenant vos sous. Et le Borgne de Catïn qui se promenait dans Saugues en disant qu'il avait fabriqué le premier fusil Lebel... Tiens, je t'en citerais vingt!

Ils s'arrêtèrent chez Meyronneinc où le tonton avait retenu une tourte aux confitures qu'il fit mettre en compte. Des fenêtres s'échappaient les bonnes odeurs des cuisines dominicales. En voletant, les hirondelles montraient leurs ventres blancs. Les derniers sons du clocher tombaient en grappes claires qui se mêlaient à la chanson des fontaines. « Qu'est-ce qu'on va entendre! » dit Victor en consultant son bracelet-montre. C'était déjà entre eux une complicité.

*
* *

La mémé n'aimait guère le ménage. Elle prétendait que balayer cela fait de la poussière. Après les repas, elle se contentait de pousser les reliefs vers la cheminée à coups économes de genêts sur le plancher gras. En revanche, s'il s'agissait de lessive ou de traite des vaches, elle y apportait un soin exagéré. Dès qu'elle le pouvait, elle jetait un fichu sur ses épaules, en nouait les coins sur sa maigre poitrine, prenait un peu de monnaie dans la boîte de pastilles Vichy-État, la serrait entre les nœuds d'un mouchoir, et, sous le prétexte de quelque commission, partait pour des randonnées qui la conduisaient loin dans la montagne, en des lieux où, comme disait le pépé, le bon Dieu ne se rend que de nuit.

Le matin, une fillette au cou orné d'une longue natte qui donnait à Olivier envie de tirer la sonnette, venait apporter un journal au grand-père. Après lecture, vers les onze heures, il le faisait suivre au père Chadès qui, dans l'après-midi, l'abandonnerait aux chaises cannées du salon de coiffure.

— Mon petit-fils, je ne sais pas ce qu'ont mes yeux ce matin. Me lirais-tu l'éditorial de monsieur Blum? (Il prononçait *Blume* comme plume.)

— Avec plaisir, pépé.

Et Olivier lisait des phrases qu'il ne comprenait guère, mais que le grand-père commentait à voix haute après chaque paragraphe et parfois faisait relire. Il disait : « Il est bien instruit, monsieur Blume! » et il ajoutait toujours : « Quel dommage! » sans qu'Olivier pût connaître la signification de ce regret.

Après cette lecture, le pépé donnait à Olivier des leçons

du patois local qu'il appelait la langue. Mais les mots
étaient bien difficiles à prononcer et l'élève se trompait
toujours dans les conjugaisons.

Un matin où sa jambe lui faisait plus mal qu'à l'ordinaire, le pépé troqua à regret ses énormes *esclops* (sabots)
contre de grosses pantoufles à triple semelle de feutre.
Gagné par la mélancolie, il fit à Olivier ses confidences
que l'enfant n'oublierait jamais et qui marqueraient sa
vie future :

— Tu vois, petit, je suis le premier des Escoulas à avoir
su lire et écrire, le premier!

— Avant, on ne savait pas? Comment on faisait?

— Les nouvelles venaient par la bouche et la bouche
n'est pas toujours fidèle. Dans notre famille, aussi loin
que tu remontes dans le temps, tu trouves des travailleurs,
des charpentiers, des forgerons comme mon pauvre père
et mon grand-père, des bouviers, des tâcherons. Moi,
le désir d'apprendre m'a tenaillé quand j'avais seize ans.
Une sorte de honte qui m'a pris. Je me sentais comme
une bête, je devenais hargneux, je me cachais pour pleurer
comme une madeleine. A l'époque, pour subsister, on
travaillait de cinq heures du matin à dix heures du soir
comme des esclaves. On se nourrissait de soupe, d'un peu
de lard le dimanche...

— Jamais de viande?

— Si quelques fois l'an pour les grandes fêtes, les bap-
têmes, les communions, les mariages, parfois pour les
« reboules » : c'est après avoir construit en commun une
ousta ou une grange, après les travaux ensemble, la moisson
ou les foins. La potée de cochon ou le pot-au-feu. Ah!
qu'on mangeait! C'était comme s'il avait fallu s'emplir
pour six mois. Mais ça t'ennuie, ces vieilles histoires, mon
petit-fils?

— Oh! non, pépé, racontez encore.

— Le soir, j'apprenais l'alphabet français, je traçais des lettres au dos des factures de fers, et puis des mots, des vraies phrases avec le sujet, le verbe et le complément. Un des frères de l'école m'avait prêté un livre de grammaire. Et j'avais trouvé une encyclopédie d'économie domestique et rurale, par un nommé Trousset. Elle doit se promener encore au grenier. C'étaient toutes les choses de la campagne et je m'y retrouvais mieux. Et puis un jour, un de La Pénide est venu me faire lire une lettre de notaire qu'il avait reçue. Il ne parlait guère que le patois, celui-là. J'ai réussi à lui faire comprendre et je lui ai écrit la réponse. Après, on venait me voir d'un peu partout. J'étais comme un clerc. On me croyait savant. Mais je n'étais qu'un petit fabre de rien du tout, juste bon à battre le fer... Dis, Olivier, tu boirais pas un peu de vin avec de la limonade?

— Non, pépé, j'ai pas soif. Racontez encore.

Mais le pépé se leva, emplit les verres et proposa de trinquer.

— A la santé des absents, mon petit-fils. Il était bien gentil quand même le bon Dieu de nous laisser vivre, dans ce pays de loups et de misère. Pour ta grand-mère, ce fut pire. A six ans, elle était orpheline. Comme toi. On la louait à des paysans pour une année le jour de la foire aux domestiques, à la mi-carême ou à Noël. Par tous les temps, elle gardait les bêtes, cassait le bois, faisait des travaux dont un homme n'aurait pas voulu.

— A six ans!

— A six ans, oui. Si elle tombait bien, passe encore. Mais il n'y a pas que du bon dans ce monde. Tu sais, c'est vieux tout ça, bien avant le siècle, au début de la République. Je l'ai rencontrée un jour où j'étais allé

soigner un bœuf. C'était au Mazel de Grèzes. Elle tenait
la jambe de la bête dans ses mains comme dans un étau.
Elle ne souriait pas. On l'appelait « la louve » ou « la
sauvage ». Nul ne pouvait l'approcher et ils ne manquaient
pas ceux qui lui tournaient autour. Mais j'ai su m'y
prendre. Une fois, elle m'a jeté de la bouse à la figure.
C'était bon signe. Six mois après, je me la mariais. On se
moquait de moi dans Saugues, mais quand elle a été en
toilette, tous me l'ont enviée. Elle n'était pas comme
maintenant, tu vois? A l'époque, elle ne parlait pas. Je
lui ai appris...

— Oh! pépé...

Quels sentiments traversaient Olivier? Son menton
tremblait. Il croyait entendre parler le vieux Bougras.
Il revoyait l'Araignée sans pain et sans demeure. Puis
l'appartement de la tante Victoria et il se sentait boule-
versé de connaître tant de choses, de découvrir tout cela
qui était d'avant lui.

« Oh! pépé... » Il se leva et fit un vague mouvement vers
le vieil homme. Cela voulait dire qu'il comprenait, qu'il
était fier, qu'il... et tandis que ses yeux s'embuaient, le
grand-père en riant buvait son vin à la limonade.

— Que je suis bête, mon petit-fils, j'ai l'air de me
plaindre avec tout ce que j'ai (et il désignait la salle pauvre
avec un geste de monarque). Non! on ne se plaint pas la
bouche pleine. Dis donc, petit, tu t'es fait des amis ici? Va
donc porter le journal à mon père Chadès. Et si tu vois
des garçons de ton âge, parle-leur. Ici, il faut parler au
monde!

*
* *

Pendant deux jours, la mémé avait mesuré des aiguillées de fil, coupé la toile bleue d'un ancien pantalon de Victor et cousu minutieusement, ne levant les yeux de son ouvrage que pour regarder le chemin pierreux qui va du ruisseau de Saint-Jean à la route du Puy. Le résultat : un pantalon trop long dont Olivier remontait le bas mais dans lequel il se sentait à l'aise. Bien sûr, restait les galoches. Il s'y était tordu les pieds pendant deux jours et maintenant il marchait sans trop de gêne. Avec la complicité de Victor, il se livrait cependant à une supercherie. Dans un trou, près de la forge, des espadrilles cachées lui permettaient un rapide échange.

Il enfila la rue des Tours-Neuves, bien décidé à saluer tout le monde, et se répandit en grands bonjours. Souvent on lui posait la question du pâtissier Anglade : « De qui tu es ? » Fièrement, il répondait : « Je suis de Pierre, le fils d'Auguste, le maréchal ! » et il pensait secrètement qu'il était aussi de Virginie, la mercière aux cheveux de lin de la rue Labat. Il avait hâte de revoir M. Anglade, l'ami de son père, mais il ne voulait pas qu'il crût à la seule gourmandise. Il fallait attendre une occasion. Depuis quelques jours, un petit mot trottait dans sa tête : drame, drame... De quoi s'agissait-il ? Fallait-il déterrer de vieux secrets ? A Victor, il avait demandé négligemment :

— T'es au courant, toi, tonton, du drame ?

— Le drame ? Quel drame ?

— Oh ! rien. Comme ça... un drame.

Victor vivait si loin de la tragédie avec son regard bleu et ses façons de mordre la vie à belles dents. Seule la mémé portait en elle tous les malheurs de la famille, proches ou

lointains. Un matin, sortant de son mutisme, elle avait
dit à Olivier :

— Ton père, mon pauvre Pierre, il aimait aussi le
beurre au sel. *Moun Dièou!* les parents devraient mourir
avant les enfants.

Une autre fois, comme Victor parlait d'un poste de
T.S.F. qui apporterait de la distraction au pépé, elle
répondit fermement :

— Pas de musique ici! C'est la maison du malheur!

— Mais, *mame*, on ne vit pas avec les morts!

— Avec les miens, si. Va tendre tes ronces ailleurs!

Chaque jour, elle allait prier pour le père de l'enfant
qui attendait au purgatoire et pour son autre fille, Maria,
morte lors d'un voyage à Paris, et dont on ne parlait
guère.

Olivier passa devant le haut bâtiment de l'école des
sœurs construit sur d'énormes rochers qu'il aimait esca-
lader. Il cria « Bonjour, ma sœur! » à la religieuse cuisi-
nière et jardinière et elle choisit dans un panier une grosse
fraise tardive qu'elle lui tendit.

— Miam! merci, ma sœur.

Cela lui faisait tout drôle d'appeler « ma sœur » une
aussi vieille dame.

Il longea le mur de l'école des frères qui lui semblait
pleine de secrets, atteignit la place de la Borie, alla boire
un coup à la fontaine-abreuvoir, glissa sur une bouse et
jeta : « Ah! la vache... » Après une hésitation entre la
rue des Fossés et la rue Portail-del-Mas, il choisit la grimpette de cette dernière, toute tortueuse.

Tout près de la maison où le frère Bénilde après sa mort
avait fait un miracle se trouvait celle de la tante Finou.
Il existait de la part de la mémé une interdiction rigou-
reuse de lui rendre visite. Depuis un demi-siècle, cette

sœur aînée de son mari était l'ennemie de la grand-mère qui la chargeait de toutes sortes de péchés absurdes et lui donnait, fort injustement, en patois, des noms d'oiseaux comme *pesouillère, higanaoü, pintoune, neïche, caganouse,* ce qui la chargeait de poux, d'impiété, de vin, de folie et d'autre chose encore. Après tant de temps comment savoir l'origine de la brouille? Ferme, Victor ne la partageait pas et fréquentait aussi bien la tante Finou que ses cousines et cousins germains quand ils venaient en vacances. Olivier, lui, serait bien copain avec ses jeunes cousines auxquelles il vouerait même une admiration passionnée.

Sur la place de l'Église, là où se situait le plus beau porche, un rémouleur assis sur sa bricole pédalait pour faire tourner la meule. Olivier eut envie de crier le classique : « Baisse la tête, t'auras l'air d'un coureur! » mais il préféra demander :

— Je peux regarder, m'sieur?

La meule, en tournant, mariait l'eau et les étincelles. Qu'il y en avait des couteaux! Ceux du boucher et de la ménagère, des longs, des larges, des minces, tranche-lard, hachoirs, coutelas, surins et eustaches, couteaux de chasse et d'horticulture, et même certains de poche non réglementaires dont la lame dépassait la largeur de la main. En bourgeron noir, le rémouleur, silencieux, ne levait les yeux de son travail que pour interroger le fil d'une lame.

Il repassait encore, s'arrachait un cheveu jaune qu'il tranchait à la volée et un air de contentement éclairait son visage, le même que montrait Victor quand il venait de forger un fer.

— *Ase in couteï?* demanda-t-il à Olivier.

Olivier, qui comprit ce patois, déplia fièrement son Opinel. L'homme l'observa avec une moue, puis se mit

à l'affûter. Olivier pensa à son maigre porte-monnaie,
mais le rémouleur, devinant sa pensée, le rassura : c'était
par amitié et pour le plaisir. Il ajouta qu'aucune carne
ne résisterait à la lame.

— Merci bien, m'sieur! dit joyeusement l'enfant.

— Tu n'es pas d'ici?

— Je suis né rue Labat, à Montmartre, mais je suis aussi
d'ici, vous savez. Mon grand-père, c'est le maréchal de
la rue des Tours-Neuves.

— Hé! je le connais bien le vieil Escoulas. Comment
va sa jambe? Tu lui donneras le bonjour de ma part. On
en a fait ensemble!

Olivier aimait ces moments où le village posait un doigt
sur ses lèvres. Quel calme se répandait! Comme un peintre,
il regardait les pierres des maisons et des murs, repérait
une plante dans un creux entre deux pierres, imitait le
sifflement d'un oiseau, parcourait dix fois le même chemin
car à peine était-on au bout d'une rue qu'apparaissait
la campagne. Il pensait à l'enfance sauvage et orpheline
de la mémé et à ce que lui avait confié son grand-père;
les silences et la rudesse de la femme lui paraissaient alors
moins redoutables.

« Aïe! » Contre la grille entourant le monument aux
morts où un poilu rustique regardait vers le lointain,
cinq garçons se tenaient immobiles et Olivier sentit leurs
yeux se poser sur lui. Son premier mouvement fut de
rebrousser chemin, mais il vit l'un d'eux arborer un sourire
tellement méprisant qu'il voulut le braver. On lui cher-
cherait des crosses. Il le savait par le pépé et Victor : le
Saugain a toujours été batailleur. Ne disait-on pas de lui :

« Un chapelet à la main gauche, un couteau dans la main droite ! »

Le petit-fils du maréchal serra sa ceinture, se redressa, tira les épaules en arrière, mit son poing sur sa hanche, prit cette attitude crâne que Zévaco donna au chevalier de Pardaillan et passa tout près de ses ennemis, évitant un croche-patte de justesse. Il faisait mine de contempler les rouenneries et les lainages de chez Gendre quand retentit le défi :

— Hé ! tu te prends pour qui, le gommeux ? T'as pas mis tes frocs-citernes aujourd'hui ? Tu dirais pas bonjour ? On n'est peut-être pas assez bien pour toi ?

Olivier se retourna et les regarda comme s'il n'avait rien entendu. Deux tout petits reniflaient leurs chandelles, un grand maigre à chevelure carotte qu'il appela mentalement décroche-saucisses rongeait ses ongles ; les plus dangereux restaient Riri Lebras, le fils du scieur, et Totor Mondillon, celui du café, qui irait un jour étudier l'horlogerie à Cluses.

— Vous avez dit quoi ? demanda Olivier-Pardaillan.

— On a dit « gommeux », et « crâneur », et *maï : pisse-à-leï* », dit Mondillon.

— Qu'est-ce que ça veut dire ?

— *Pïsse-à-leï ?* Ça veut dire pisse-au-lit, gougnafier !

C'en était trop. Olivier retroussa ses manches de chemise et pria de répéter, ce qu'on fit en allongeant encore la sauce. Mais, parmi toutes ces injures, il ne retint que « pisse-au-lit ».

— Il paraît que ton pépé, la nuit, il te met son sabot entre les cuisses pour que tu ne mouilles pas la paillasse !

— Vous faites les malins, bande de cloches, parce que vous êtes cinq contre un. Quand les andouilles voleront vous serez tous chefs d'escadrille. Et je vous ai au...

— Blague pas tant, va! jeta Mondillon en lui allongeant un coup de poing en haut du bras, je n'ai pas besoin des autres. Des Parisiens têtes de chien, il en faudrait sept *couma tiu!*

Le sort en était jeté. Les autres s'écartèrent et Mondillon cracha dans ses mains comme un journalier. Robuste, rompu aux travaux, premier en gymnastique, il n'allait faire qu'une bouchée de ce blondinet. Heureusement, Olivier n'avait pas oublié les leçons de boxe du beau Mac, le boxeur barbeau de la rue Labat. Il se mit en garde et commença à danser autour de l'autre qui parut impressionné.

— Ah? Tu sais la boxe.

— Et la lutte libre, et le pancrace! jeta un Olivier féroce.

Il n'empêche que le poing du garçon s'écrasa sur son nez. En reniflant le sang qui coulait d'une narine, Olivier plaça quelques coups qui lui firent mal à lui-même jusqu'au coude. « Le plexus solaire! » disait Mac. Tu parles Charles! L'autre frappait en désordre, mais si rapidement qu'on ne pouvait l'approcher. Le combat durait et ils se mettaient en rage. Pan! Olivier tapa dans l'œil. « Un chouette coquelique! » pensa-t-il, mais il reçut un coup dans la poitrine qui lui coupa le souffle. « J'irai pas au tapis! » murmura-t-il, héroïque.

Heureusement pour lui, M. Borde, qui passait par là, vint s'interposer.

— Assez! assez j'ai dit! En voilà des manières.

Il empoigna l'un après l'autre les deux violents et les sépara, restant présent jusqu'à ce qu'ils se fussent apaisés. A demi assommé, Olivier eut le culot de jeter :

— A qui le tour?

— Je t'en ai mis quelques bons! dit Mondillon la main sur l'œil gauche.

— Et moi aussi.

Une femme passa et dit : « Si je m'en mêle ! » Elle agita un balai de branches dans leur direction et ils s'éparpillèrent en riant.

— Enfourche ton balai, *fachineîre!* cria Lebras.

Et il ajouta à l'intention d'Olivier :

— Tu ne la connais donc pas, ta cousine ?

— Ma cousine ?

— Oui, c'est l'Anna !

Cela fit diversion. Mondillon regardait Olivier avec rancune. Ils descendirent jusqu'à la fontaine et les deux combattants trempèrent leurs visages dans l'eau fraîche du bassin. Ils burent au jet et se mouillèrent la chemise. Ensuite ils s'observèrent avec gêne.

— Les gars, dit Lebras, j'ai de quoi fumer. On va se balader du côté des Roches.

Il posa sa main sur l'épaule d'Olivier qui le suivit en jetant des regards méfiants du côté de son adversaire. Arrivés devant le café National, Mondillon coiffa ses cheveux frisés et tendit le peigne à Olivier. Cela scella la réconciliation. On commenta la bagarre. Le décroche-saucisses parla de la puissance de Mondillon et de la rapidité d'Olivier.

« De quoi fumer » : ce n'était pas du tabac mais de la poudre d'or verdie ramassée au pied d'un tilleul. Olivier sacrifia à cette tradition des enfants de la campagne. Il n'en ressentit qu'un plaisir limité et, par simple politesse, oublia de dire qu'il préférait les « Hichelifes » ou les Baltos.

Après ce repos, ils bombardèrent les chiens errants avec des bouses sèches qu'ils lançaient comme des disques. Ils quittèrent le haut de Saugues en faisant une chaîne de saute-mouton interrompue par l'arrivée d'un troupeau de vaches si dense qu'ils s'écrasèrent des deux côtés du chemin.

— Écoute, l'Escoulas, dit Mondillon la main sur son œil qui commençait à prendre des nuances jaunes et bleues. Si tu reviens avec nous, on t'apprendra à jouer au *coucounis*, un jeu de boules. Tu verras bien ce que c'est... Dis donc, tu m'en as quand même mis un de taille, bandit!

— C'est ma pêche-qui-tue, mais j'ai mal sur toute la trogne. Salut! Salut, les gars.

— Salut bien.

Dans un grincement de poulie, un homme hissait une charge de bûches à son grenier. Une femme tira la corde à elle et l'on entendit le choc du bois sur le plancher. La chaussée était recouverte de sciure, d'éclats de bois et un billot agrémenté d'une hache plantée témoignait du travail de la journée. En face, une femme fessait énergiquement le derrière rose d'un garçonnet qui ne poussait pas un cri. Médard, assis sur sa brouette, observait sa technique. D'une cuisine s'échappa une odeur aigrelette de lait caillé. Dans le tintement des grosses cloches de bronze qui se balançaient aux colliers de cuir, les vaches, avant de rentrer à l'étable, buvaient lentement aux abreuvoirs des fontaines où il se produisait de véritables embouteillages. Un enfant prisonnier dans sa haute chaise faisait tourner une crécelle de bois comme pour se venger de quelque chose. Des commerçants, sur le pas des portes de boutiques, fumaient la cigarette du repos. Ce n'était pas encore le grand chaud de l'été, mais le soleil qui teignait de sang de bœuf un ciel gorge-de-pigeon le laissait présager.

— Bonjour, monsieur Pouilhes, dit Olivier, c'est bientôt l'heure de la soupe!

— On y va, on y va!

— Adieu, monsieur Combes, bon appétit!

— Toi de même!

Les hirondelles traçaient de grands cercles, haut dans

un ciel chargé d'îles de coton rose. Quand elles amorçaient
une courbe plus proche du sol, elles criaient, sifflaient, on
n'entendait plus qu'elles.

Pourquoi, le visage marqué par les coups, le corps
douloureux, Olivier ressentait-il tant de joie? L'air pur
le rendait étonnamment léger. Cette bagarre venait de
lui faire des copains et la soupe *d'aïgue bolhide* l'attendait à
l'*ousta*.

**

Olivier, en une semaine, s'était métamorphosé. Sur son
visage doré, ses yeux se teintaient d'un vert plus ardent, ses
cheveux qu'il ne coiffait guère l'auréolaient de gaze
blonde. Faire sa toilette devant le récipient d'émail à la
coulée chiche n'était guère aisé. Souvent, il partait, torse
nu, avec une serviette et un savon de Marseille, à la
fontaine des sœurs où l'eau glaçait la peau. Il devait s'y
précipiter en cachette de la mémé qui ne jugeait pas
convenable cette manière de faire.

La veille, en voyant son visage tuméfié, elle avait dit :
« *Coumé vaï la sanda ?* » (Comment va la santé?) et le pépé :
« Mon petits-fils doit tenir de l'oncle Ernest! »

— Tu as eu des ennuis? demanda Victor.

— Ben, ben... je me suis cassé la margoulette, et...

— Dis plutôt que tu t'es empoigné, c'est mieux.

— Heu... oui! Avec Totor Mondillon, mais on s'est
réconciliés.

Là où la tante Victoria aurait vu un scandale, les deux
hommes, et même la mémé, parurent amusés.

— Sacré Jo-la-Terreur, dit Victor, tu lui en as donné
aussi, j'espère?

Olivier fit danser sa main en cage devant son œil.

— Il a un coquard comme ça!

— Bravo! Bravo! Et vous êtes copains, maintenant. C'est une manière de faire connaissance, dit le pépé.

Victor tâta les biceps d'Olivier. Il lui promit de lui faire tirer la chaîne du soufflet de forge. « Et tu en auras comme les miens! » Il fit saillir ses muscles énormes et la manche parut près de craquer. Olivier n'en demandait pas tant.

Le vendredi, jour de marché, le tonton ferrait dès le lever du soleil. Une dizaine de vaches et de bœufs s'alignaient, attachés devant la forge, souvent deux au même anneau. La mémé, malgré son âge, l'aidait, repoussait, houspillait les paysans malhabiles et serrait les fers sur les sabots entre des doigts noueux et puissants comme des pinces à griffe. Le pépé, à sa fenêtre, pestait contre sa jambe qui lui interdisait le travail. Olivier continuait de chasser les mouches, inquiet d'entendre les jurons du tonton moins énervé par l'abondance du travail que parce qu'il prenait conscience d'aller trop vite et de ne pas assez le soigner. Si un paysan avait eu l'idée de poser un fer lui-même, il s'en apercevait et, l'arrachant du sabot avec la tenaille, il le jetait très loin avec des sarcasmes impersonnels.

— J'en sais qui ne lèveraient pas une paille et qui veulent faire le métier des autres! Maman, vous serrez le fer ou vous dites des grâces?

— De ce putain, de cet écorche-cheval, jetait la mémé, je ne suis pas fillade *atchi!*

« La fillade » : la bru, la rapportée, celle qu'on chargeait des durs travaux de la ferme. Mais la vieille femme au fond trouvait naturel que son fils eût cette rudesse.

— *Bougre de maoü ileva!* Mauvais caractère!

Le ton de Victor se radoucissait quand il parlait à son neveu :

— Voilà le facteur. Va donc tirer un verre de vin. Bonjour, facteur! Et il chantonna : *Pour être facteur, faut avoir du cœur!*

Tout sec, l'homme portait une curieuse moustache répartie en deux petits carrés sous le long nez comme un point tréma. Pourvu qu'il ne sorte pas de sa sacoche un de ces petits bleus redoutés car, à la campagne, ils n'annoncent que mauvaises nouvelles! Non, il tendit une enveloppe vitrifiée de jaune où Olivier reconnut l'en-tête des Papeteries Desrousseaux.

— C'est de Paris, dit Victor, et il cria à son père : C'est Paris qui écrit!

Le facteur faisait durer son verre de vin. Victor glissa tenailles et marteau dans la poche ventrale de son tablier de cuir et dit à son client, un du moulin de Coston :

— *Aspète in paoü!* C'est une lettre de ma sœur. On va la lire. Adieu, facteur, ne vous attardez pas trop, n'apportez que de bonnes nouvelles!

Déçu, le fantassin des Postes s'en alla en ajustant d'un coup de rein sa sacoche sur son épaule.

En montant l'escalier, Victor dit à Olivier :

— Il est curieux comme un trou de serrure!

Le pépé ouvrit la lettre au moyen d'une épingle à cheveux. Il lut à haute voix. La tante Victoria avait accompagné Marceau, «ce pauvre enfant», en Suisse. Le voyage avait été difficile, mais le professeur du sanatorium Sylvana gardait l'espoir de le guérir « avec du temps, du repos et de la patience ». Elle demandait à son père de consulter le médecin, à sa mère de ne pas veiller tard (la mémé tira la langue en direction de la lettre). Au cours d'un long paragraphe, elle conseillait à Victor de devenir le dépositaire d'une marque de machines agricoles car la maréchalerie, un jour ou l'autre, se perdrait. Suivait une phrase pour « notre petit orphelin » qui, lui, avait la chance d'être en bonne santé, et une recommandation : « Ne lui faites pas boire du vin rouge! » Était joint un papier coloré avec le bord découpé sur des chiffres : un mandat-lettre à toucher à la poste. En post-scriptum elle proposait de faire installer l'eau courante en indiquant qu'elle prendrait les frais à sa charge.

L'eau courante, le pépé et Victor en étaient partisans. Il suffisait de quelques mètres de tuyaux, mais la mémé s'entêtait :

— De l'*aïgue* qui vient dans des tubes, jamais! *As ouji?* Ou je quitterai cette maison! J'irai me louer comme vachère!

Les hommes ne comprenaient pas cette obstination. Elle préférait traîner ses charges d'eau plutôt que de tourner un robinet. Victor disait : « La pauvre vieille, on ne peut pas la changer, elle mourra comme ça! »

Il faudrait du temps avant qu'Olivier comprît la femme. Aller à la fontaine faisait partie de ses minces plaisirs. Soulever la cruche, voir couler cette belle eau pleine de vie, prendre des nouvelles du pays, des uns, des autres, en attendant son tour, dire le temps qu'il fait, sentir des gouttes gicler sur les bas noirs et les galoches, boire dans le creux de sa main...

— Avec cette eau de robinet, ils me font marronner. *Dingus lou coumprin!*

— Bah! dit Olivier, moi j'irai la chercher, la flotte!

Elle lui dédia un regard que teinta un éclat minéral. Quant au pépé, tenant la lettre loin des yeux, il ne se lassait pas de la relire. Comme elle écrivait bien, sa fille! Il lui avait fait donner de l'instruction, plus loin que le brevet supérieur, et ça se voyait. Il déclara que ce serait Olivier qui répondrait.

— Hé! là-haut, vous m'oubliez avec mes vaches!

— On arrive, jeta joyeusement Victor, on arrive, bonsoir! Attache-lui la devant gauche!

Et l'on entendit le grincement des chaînes retenant les sangles. La vache s'agitait. Il était temps qu'Olivier, l'indispensable chasseur de mouches, arrivât. Qu'aurait-on fait sans son aide?

***

Chaque jour, le tonton se lamentait : il serait le dernier à rentrer ses foins. Déjà, ils prenaient mauvaise couleur. En fin d'après-midi, il enfourchait sa bicyclette et, la faux sur l'épaule, la pierre de schiste dans un étui de cuir accroché à sa ceinture, il partait pour le pré au bord de la Seuge. Il s'arrêtait parfois pour converser avec un vieux rentrant son bétail.

— Mais, Victor, ce n'est plus l'heure de faucher! L'herbe sera trop dure...

Victor répondait sentencieusement : « Chacun fait comme il peut », et il descendait en roue libre sur le chemin caillouteux tandis qu'Olivier le suivait en courant. Des pêcheurs rentraient, un chapeau de paille de riz jaune sur la tête, la canne sur l'épaule. Le gendarme Fèche les attendait près du cimetière, en haut de la côte, un double décimètre d'écolier à la main, pour vérifier si les truites tirées des paniers d'osier, toutes fraîches dans leur manteau de feuilles, avaient bien la dimension réglementaire, et l'on discutait pour quelques millimètres en étirant au besoin le poisson.

— Adieu, Félix, ça a mordu aujourd'hui?

— Pas guère!

— Si tu en as trop, apporte-m'en quelqu'unes!

— Ce Victor!

Les foins : bien avant d'avoir lu Madame de Sévigné,
Olivier en connut tous les charmes. Il ne pouvait guère
aider. Simplement, fourche ou râteau de bois en main,
il allait et venait, étalait l'herbe odorante pour qu'elle
séchât mieux. Il écoutait le bruit de la pierre aiguisant la
faux. Victor lui adressait un signe, lui donnait un conseil,
crachait dans ses paumes et, bien planté sur ses jambes
écartées, le torse ployé, il se remettait au travail. A chaque
mouvement circulaire, large, appliqué, régulier, dans un
éclair d'argent, l'herbe se couchait sur le sol. Et Victor,
mécanique parfaite, avançait lentement. Au bout du pré,
au bord de la Seuge, là où les joncs se mêlaient à l'herbe,
il s'arrêtait, essuyait son front, se retournait et regardait
les jonchées bien alignées. Il lui arrivait de pincer le haut
de son nez et de se moucher sans mouchoir, en pleine nature.

— Oh! tonton. C'est sale...

— Dégourdi sans malice, va! Tu crois que c'est plus
propre de le mettre dans sa poche?

Devant cet argument logique, Olivier riait et tentait
d'imiter son oncle.

Il regardait le vélo avec concupiscence, le déplaçait
sans raison, parfois posait le pied gauche sur la pédale de
droite, bien à plat, sans utiliser le cale-pied, et roulait
quelques mètres comme avec une trottinette, s'arrêtant
pour essuyer les taches du cambouis de la chaîne sur sa
jambe.

Des grenouilles, de petits crapauds vernis couraient
dans l'herbe, sautaient, se cachaient au fond des rases
humides. Des familles de choucas nichant dans le bois de
pins venaient aux nouvelles. Une caille margotait. L'air
fraîchissant était bon à boire. Les panaches des arbres
frémissaient. Quand le vent tournait bien, on entendait le

clocher de Saugues sonner ses coups et recommencer cinq minutes plus tard pour les distraits et les sourds.

Victor, le nez en l'air, prenait le vent, jetait un dernier regard sur les andains, tournait ses yeux clairs, d'un bleu enfantin, vers son *nebou :*

— Dès que j'aurai engrangé, les vaches pourront venir. La mémé se languit de garder.

Et en donnant un dernier coup à une ligne d'herbe oubliée, il ajoutait :

— Huit heures! Il faut rentrer. Pars devant, Olivier. Je te rattraperai avec la bécane.

Olivier rentrait au moment où les oiseaux se taisaient, longeant le chemin de traverse avec son double ruban d'ornières, donnant des coups de bâton aux orties, aux chardons agressifs élevant leurs chandeliers plus haut que lui, regardant les cernes des plantains poussiéreux, les ronces, les ciguës, les pissenlits, les pieds-de-coq, les cardères, l'envahissante bruyère à odeur de miel, toute cette affluence de végétaux rudes, de fleurettes jaunes, bleues, rouges, mauves dont il aurait voulu connaître les noms. Çà et là, des drailles semées des perles noires des moutons filaient, sinueuses, entre les ganasses de pins sylvestres. Les prairies mariaient le vert citron acide au vert sombre. Dans le lointain, les montagnes qui cernent le pays de Saugues formaient une ligne ondulée. A hauteur du moulin Rodier, il humait l'odeur forte du bouc, agitait sa main sous son menton comme une barbiche et disait à haute voix :

— Qui est-ce qui pue? C'est le bouc!

Et il fallait atteindre bien vite le haut de la côte car apparaissait déjà Victor qui pédalait ferme. Alors, Olivier courait à perdre le souffle pour arriver le premier à la maison.

Trois

TANDIS que le grand-père coupait un lard jaune épais de trois doigts au cellier et que Victor, aidé par sa mère, entravait une mule mauvaise dans le métier des vaches, Olivier se livrait à une opération mystérieuse.

Le col de son pyjama (il disait : mon « pige-moi-ça ») retroussé pour la toilette, il se tenait en face du miroir, une gousse d'ail à la main, hésitant encore à s'en servir. Il se décida enfin à s'en frotter les lèvres comme avec de la pommade Rosat. La gousse lui échappa des doigts et alla glisser sous le buffet. Alors, il fit couler du vin au fond d'un verre et le but. Comme ce nouveau-né qui devait devenir Henri IV, il était maintenant sûr de sa force.

Il allait ramasser les épluchures d'ail quand le pépé, revenant avec un fond de vin mêlé de fleurs, lui demanda :

— Tu manges de l'ail ?

— Euh... oui, j'aime bien.

— Comme ça, tout cru. On dit que c'est bon pour le sang.

Le cérémonial d'Olivier provenait d'une association d'idées : gravée sur une pierre de la maison, au-dessus de la porte, figurait l'inscription *1610*. De la mort du roi Henri à sa naissance, il n'avait fait qu'un saut.

Un peu gêné cependant, il alla vers la fenêtre. Les vapeurs matinales quittaient la montagne. Les rayons du soleil caressaient le rideau, gonflaient le gros édredon posé sur la croisée, laquaient le plancher.

— Savoir si le beau tiendra? dit le pépé en retournant au cellier d'où arrivait une odeur de salaison et de plantes aromatiques, hier la lune était pâle comme une morte...

Olivier savait que lune pâle veut dire pluie, lune rouge vent et lune blanche beau temps. Il adorait le matin. S'il s'éveillait tôt (mais jamais aussi tôt que Victor), il feignait le sommeil. La lumière arrivait toute neuve par l'étroit fenestrou donnant sur la courette aux murs humides et moussus. Il écoutait, économes et pesants, les pas de ses grands-parents, imaginant le parcours des galoches et des sabots. Le feu de genêts craquait, des bûches jetaient les premières explosions, et une trop forte chaleur se glissait dans la chambre, obligeant Olivier, qui en l'absence de Victor pouvait occuper toute la place, à rejeter les draps et cette couverture kaki « cravatée » par le tonton à l'armée.

Debout, il embrassait son grand-père, qui, parfois, piquait un peu, et s'approchait de la mémé, mais elle reculait vite pour verser dans un bol de faïence une casserolée odorante.

— *Mondze, mondze!*

Mange, mange! Il se plantait devant l'horloge et voyait son reflet dans la vitre. Il imaginait que le balancier dansait sur son ventre et qu'un cadran tenait en équilibre sur son crâne. Il faisait tic-tac tic-tac en balançant le menton, ce qui amusait le grand-père.

— C'est pas tout ça, avait dit Olivier ce matin-là, j'ai du turbin. J'ai décidé de balayer la cour!

— Tu as bien le temps, dit le pépé, et la poussière, un peu plus un peu moins... Tiens, le grenier, je crois qu'on ne l'a jamais balayé. Si tu montais, tu en trouverais des bricoles. Même des livres, si les souris ne les ont pas mangés...

Des livres! Olivier tira l'étroite porte de côté, près de la fenêtre de gauche, celle qu'on n'ouvrait pas, et gravit l'escalier de meunier. A hauteur des deux dernières marches, entre plancher et plafond, un espace à jour contenait les débarras d'un demi-siècle. Il passa une main prudente et la retira salie de toiles d'araignée. Il frissonna et remit à plus tard cette exploration.

Comment conquérir un grenier? Des yeux, dans l'ombre, brillaient comme de petits phares. Le temps de s'interroger et un miaulement rauque, déchirant, coléreux le cloua sur place. Les deux points brillants disparurent en même temps qu'une flèche velue qui frôla les jambes de l'enfant. Au contraire du brave Pieds-Blancs, les deux chattes de la mémé, l'une couleur d'écureuil, l'autre tigrée, restaient intouchables. A peine les effleurait-on que, le dos en porc-épic, la queue en chandelle, elles crachaient et jetaient les griffes en avant. Modestement nourries, elles recevaient volontiers le torchon de la mémé à la volée. Pourtant, la femme était la seule qui pût les approcher et souvent l'une d'elles venait en hommage déposer une souris à ses pieds.

La lumière pénétrait dans la pièce par les fentes de volets mal agencés. Chaque pas soulevait de la poussière qui dansait dans les rais obliques. Il fallait éviter deux planches disjointes qui craquaient.

Tout d'abord, dans ce capharnaüm, Olivier ne vit que les sacs emplis de pommes de pin et de branchettes. Il s'assit sur un coffre en forme de cercueil et, peu à peu, son regard s'habituant à la pénombre, des objets se distinguèrent de la masse confuse. Il y avait de nombreuses boîtes de conserves vides sous les fuites de la toiture, une seringue de Fly-Tox, des stores de paille verte détruits par les intempéries, une fourche de bois à laquelle il manquait deux dents, un filtre pastorisateur en porcelaine d'amiante, des cageots, deux malles ventrues, toutes sortes de cartons et de caisses.

Il tria du regard. Entendant des bruits de cloches dans la cour, il aperçut par une fente de la porte-croisée les trois vaches, la Marcade, la Dourade et la Blanche, poussées par l'aiguillon de la mémé et les jappements de Pieds-Blancs, qui sortaient pour le pacage. Des cuirasses de bouse séchée leur couvraient les cuisses. Le tonton disait que ces écailles les protégeaient des mouches, mais il ajoutait qu'un de ces jours il faudrait bien les étriller. Olivier regarda la coiffe blanche, les épaules osseuses, la démarche cahotante et rapide de la mémé, puis, quand elle tourna au portail, son visage tendu d'énergie. Il se dit une fois de plus qu'il avait une drôle de grand-mère.

— Bon, au boulot!

Il réunit bientôt quelques trésors : un décor de crèche en carton peint, un masque de Carnaval qui sentait la colle, une épuisette, une chaussure orthopédique, une boîte à dragées ovale au rebord plissé contenant des timbres avec la Semeuse oblitérés, des images de stars du chocolat Tobler, un bâton de cire à cacheter, une croix de guerre avec des palmes en travers du ruban et une médaille militaire, des ficelles de fantaisie et des écorces d'oranges séchées.

Il descendit avec cette boîte et le pépé lui dit :

— Que tu sens l'ail, mon petit-fils! Montre-moi donc cette boîte. Je crois qu'elle vient d'un baptême.

Assis près de la table, il l'ouvrit et tria minutieusement son contenu comme s'il était précieux.

— Tu vois, ces écorces d'orange... Elles étaient à ma

fille, à ta tante, oui. Il y a bien longtemps. Ah! en ce
temps-là...

Olivier s'assit à l'envers sur une chaise tandis que le
pépé, dans sa belle tête blanche, cherchait des souvenirs.

— ... En ce temps-là, je te jure qu'on n'allait pas à
l'hôpital en carrosse. Ah! commerce! La vie était bien dure
et l'argent sans poignées pour le prendre. Je revois ton
père et ta tante, Pierre et Victoria, à ton âge ou presque.
Lui, un gamin de roc, solide comme un mur maître,
toujours prêt au coup de main ou au coup de poing.
Elle, jolie à ôter l'œil, déjà, et fière, voulant mener toute
la boutique, et le diable et son train, et tirant les oreilles
du Piérou quand il faisait son fameux. Je les avais mis à la
laïque parce que c'étaient mes idées. Il n'y avait guère
qu'eux et l'instituteur dans ces locaux vides. Tous allaient
chez les frères. Ce sont de bons maîtres, ceux-là, mais je
te répète : c'était pas dans mes idées, que veux-tu? Mais
eux, ils en ont enduré. On n'avait pas oublié les Inventaires...

— Qu'est-ce que c'est?

— Une mauvaise affaire. A la séparation de l'Église et de
l'État, le pays ici ne tenait pas à ce que le gouvernement
mette ses gens dans l'Église. C'était en mars de 1906. Ça
a failli faire une révolution à Saugues. Donc, on n'avait
pas oublié et le mot « laïque » sonnait mal. Ton père et
ta tante, les pauvres, les autres gamins leur couraient au
derrière. Les pierres, les injures, ça pleuvait bravement.
Victoria était mince comme un clocher, mais elle avait du
nerf et des griffes. Quant à Pierre, il savait jouer du bâton
et frappait le premier. Pan! dans les jambes. Pan! en
travers de la mâchoire. On le craignait.

Le pépé bourra sa pipe et se pencha pour ramasser un
brin de tabac sur le plancher. Olivier gratta une allumette

et attendit que la flamme fût bien rouge pour la pencher vers le fourneau. La pipe, ça lui plaisait, mais il gardait le mauvais souvenir de l'expérience avec Marceau.

— A l'époque, dit le grand-père, le sang coulait plus rouge. Au moment de ce fichu inventaire, les républicains avaient brisé la porte de l'église. Va voir, il y a encore la cicatrice. Ici ça n'avait pas plu, et, même moi, je n'avais pas trouvé ça très honnête. Mais on continuait à payer pour cette sacrée porte qu'on ne réparait pas pour faire honte aux rouges comme moi...

Le pépé éclata de rire :

— Rouges ou blancs, la vie restait la même pour tous. C'est là qu'on faisait les retrouvailles. Ici, le plus bête sait tout faire. Dans les hameaux, quand un paysan est malade, les autres font son travail, rentrent son foin, soignent ses bêtes. Et les plus avides ne lui feraient pas tort. Ici, un proverbe dit : « Si tu glisses, tends la main ! »

— Là-haut, il y a une drôle de godasse, toute gonflée par le dessus et avec des grosses semelles...

— C'est une chaussure de ton père. Et là, ce sont ses médailles. Il est revenu le pied éclaté, gazé, avec des éclats d'obus dans tout le corps. Il a fait un bel enfant et il est mort. On fait faire la guerre par des gamins et ils n'ont pas le temps de vivre.

— Et les écorces d'orange ?

— Ça c'est plus gai. C'est un souvenir de Noël. Victor mouillait encore ses langes. Les trois autres, Victoria, Pierre, Maria, poussaient. J'avais coupé un sapin de la montagne et je l'avais caché au grenier. Quand ta grand-mère est revenue de la messe de minuit avec sa lanterne, sa chaufferette et ses enfants, le sapin se dressait devant la cheminée avec tout plein de rubans, de fleurs en papier et de bougies qui brûlaient.

— C'est chouette, Noël!

— Devant l'arbre, plein de cadeaux : des écheveaux de laine pour ma femme, une orange pour chacun des enfants et quelques papillotes! Ce n'était pas besace, mais la maison fut emplie de joie et on but du vin chaud...

Olivier regarda pensivement les écorces séchées à en être noires. Il pensa à une orange La Valence entourée d'un papier de soie dans la corbeille d'une ouvreuse au cinéma Marcadet. Puis il eut la vision des jouets de Jami, si beaux, si riches.

— Rien qu'une orange chacun?

— Rien qu'une orange... Et ils l'ont fait durer, durer. Une cuisse de temps en temps. Pierre et Maria ont mangé l'écorce, mais Victoria l'a gardée, puis l'a oubliée. Elle est là, vois-tu. Mais combien d'oranges elle a dû manger depuis?

Le vieil homme rangea ses souvenirs dans la boîte de carton. Un hanneton au vol lourd, aux pattes crochues, cogna contre la vitre, semblant dire « Attrapez-moi! » Dans la rue passèrent des bicyclettes à une allure folle et on entendit les sonnettes et les trompes de caoutchouc, puis ce fut un char de foin, haut comme une maison, tiré par des vaches. Le marteau de Victor chantait plus clair sur l'enclume après chaque série de coups puissants. On entendit le tambour.

— Tu restes trop à la maison, Olivier. Tâche moyen de te faire les jambes. Tu me diras ce que raconte le tambour de ville. C'est un cousin, un Chateauneuf...

*

Guidé par le son, Olivier parcourut les ruelles. Il aperçut Mondillon devant chez Bardin sur le cours. Assis

sur le bord du trottoir, il confectionnait un lance-pierres.
Ils partirent à la recherche du *tambournié* et le trouvèrent
au fond de Saugues devant le café des cousins Itier. Petit,
le nez en arête, les joues creuses, la peau couverte d'une
barbe en pelote d'épingles, les membres secs, le tambour
maniait savamment ses baguettes. Après plusieurs roulements, quand il jugea l'assistance assez importante pour
colporter la nouvelle, il prit un temps de réflexion, chaussa
des lunettes aux verres embués, dressa son papier à bout
de bras, ménagea ses effets, et on entendit alors une voix
de trompette qui semblait venir du fond d'un gouffre :

— *Onvisse à la ponpulation...*

Mondillon donna un coup de coude à Olivier et grimaça
pour imiter le tambournié. Il dit :

— Si tu veux rire, fais semblant de lire par-dessus son
épaule, tu vas voir...

Olivier se pencha, mais l'homme retira vite le papier
de sa vue. Alors, Mondillon s'avança à son tour. L'homme
eut un mouvement d'impatience, cracha, donna un nouveau roulement de tambour.

— *Onvisse à la...*

— ... Ponpulation! termina Mondillon, mais il ajouta
aussitôt : « Ouille ouille ouille! » car il venait de prendre
un coup de baguette sur les doigts.

— Tu es plus bête que l'année où tous l'étaient! jeta le
tambour d'une voix non officielle.

Et, solennellement, il lut un avis concernant une clé de
grange perdue et qu'on était prié de rapporter à la mairie.
Il ajouta en claironnant : « Qu'on se le dise! »

— Olivier, viens par ici, qu'on te voie un peu!

Une ravissante jeune femme appelait l'enfant. Elle
portait une robe à fleurs bleues et un tablier rose à volants.
Devant la terrasse du café Itier, elle souriait, et cela dis-

tribuait du soleil sur tout son visage. Elle saisit Olivier
par les épaules, et, tandis qu'elle lui donnait un baiser
parfumé en haut de la joue, il se sentit troublé.

— Entre aussi, toi. Tu es le petit Mondillon?

Ils pénétrèrent dans le café qui sentait la verveine. Dans
un coin, devant un bock, un voyageur de commerce
emplissait des bons de commande. Les murs s'ornaient
de paysages maritimes peints sur des morceaux de bois
ovales, de réclames d'apéritifs comme le R, l'Arti ou la
Suze, d'affiches contre la grivèlerie. Chacune des tables
recouvertes de toile cirée à carreaux portait un bouquet de
fleurs des champs à côté du cendrier.

— Raoul, tu descends?

La parenté était éloignée, mais on l'appelait « la petite
cousine » ou « la Lodie du fond de Saugues ». Elle se
montrait si gracieuse, si alerte, qu'elle semblait danser
entre les tables. Sa voix chaude chantait avec plus d'accent
que chez les autres Saugains. Quand elle se penchait,
son décolleté plus blanc que le cou et les bras hâlés s'offrait
avec un joli sillon à la naissance des seins, et Olivier se
sentait tout drôle.

Son mari, Raoul, était un grand bel homme brun au
visage piqué de bleu et aux yeux cernés du rouge de la
tension. Une cigarette collée au coin de ses lèvres ajoutait
à son air railleur et désabusé. Il proposa aux enfants de
boire quelque chose et ce fut du diabolo-fraise.

— Bon sang d'Olivier! dit-il — et c'était comme s'il le
connaissait de longue date. Il paraît que tu es un malin.
Comme Victor, il ferrerait une mouche! Quand est-ce
qu'on va aux écrevisses avec lui?

— Ben, je ne sais pas.

— Alors, tu es chez la tante? dit Lodie. Comment ils
sont avec toi? La Victoria ne doit pas toujours être com-

mode, hein? Il faut obéir. Surtout quand on n'est que le neveu. Et Marceau, ah! celui-là, il en a fait ici...

— Peut-être plus qu'on en dit! insinua Raoul en plissant les yeux pour éviter la fumée de sa cigarette.

— *Vaï te dzaïre*, bestiasse! Il est mal arrivé avec ses réflexions. Enfin, bien brave quand même. Et toi aussi, Olivier. Bois encore un coup. Et ce Mondillon, qu'est-ce qu'il regarde partout avec son œil croquant?

Le café aux vitres propres, aux rideaux frais, était accueillant. Tandis que Lodie et Raoul servaient des clients, que Mondillon feuilletait *La Science et la Vie*, en faisant claquer un instrument à lamelle d'acier imitant le criquet, Olivier pensait à tous ces êtres qui défilent sans cesse dans une vie, ceux de la rue Labat, ceux du faubourg, du canal, de l'école, ceux du village, ceux de demain. Il aurait voulu tous les garder, les réunir dans une même tribu amicale.

— J'ai un peu connu ta mère, dit un copain de Raoul qui se trouvait là, ah! c'était une belle plante.

Vite, Olivier détourna le regard. Il craignait toujours de retrouver la vision de la mort au petit matin et de l'enterrement avec Mme Haque.

Mondillon, parce qu'il s'ennuyait, lui fit une pichenette traîtresse à l'oreille et il répondit par un pinçon tournant.

— Attends, je vais encore te repasser le paletot! dit Totor.

— Hé! tiens ta langue, jeta Raoul, ou bien va jeter ton vinaigre ailleurs!

Mais Olivier dit que c'était pour rire. Il embrassa ses cousins et leur promit de revenir les voir. En sortant, il dit à son camarade :

— Quel délicieux petit café!

— C'est farce comme tu parles! On voit bien que t'es un Parisien.

— Je suis de Saugues aussi, un vrai Auvergnat, mon pote !

— Tu apprendras bien un jour la géographie et tu verras que Saugues n'est pas en Auvergne.

— Où alors ?

— C'est la porte du Gévaudan, mon cher.

Ils montèrent la rue. Les filles du boulanger Michel leur offrirent à chacun un caramel géant. Ils traitèrent de « mal cuit », de « foutraque » et de « baise pantoufle » un grand qui les bousculait exprès. Pour éviter son sabot, ils firent de rapides sauts de côté avant de s'esquiver, fiers de leur agilité.

Sur la porte du salon de coiffure de Chadès, un écriteau « Fermé pour cause de football » inspira Mondillon. Ils se rendirent à la mairie. Dans la cour, autour du beau Fernand Anglade qui tenait le ballon rond, lacé comme une chaussure, les valeureux joueurs de l'Union sportive saugaine, en tenue de sport, se faisaient photographier dans une attitude virile. L'équipe semblait piaffer sur place. Étaient alignés le tonton Victor, qui entre deux fers s'était mis en tenue, les deux frères Lonjon et les deux Chadès, Blanc, Delpoux, Cros, Leydier, Laurent. Ils portaient des culottes blanches et des maillots rayés à larges bandes verticales. Certains serraient des serviettes-éponges autour de leur cou comme pour un match. Des supporters, souvent anciens de l'équipe eux-mêmes, les entouraient. On voyait, long comme un if et le visage éveillé, Oscar Dumas, le conseiller technique, et l'arbitre Jean-Baptiste Crouzet, un sifflet pendu au cou. Le père Chadès et Queyrolhe, le garde champêtre, arboraient un air de légitime fierté.

Quand le photographe eut installé son trépied avec le gros appareil à plaques et la toile noire, il demanda au

pâtissier de tenir l'assiette à magnésium. Une allumette,
un vif éclat de lumière blanche, un instant de silence,
et un cri retentit :

— Pour l'U.S.S., hip, hip, hip, hourrah!

Les muscles du tonton Victor roulaient sous son maillot.
Il paraissait très jeune et son visage rayonnait de joie pure.
Olivier se dit qu'une telle équipe ne pouvait être qu'invincible et l'A.C.L. (Association des cheminots de Langeac) ne pourrait résister à tant d'ardeur. Les héros
immortalisés annoncèrent que la caisse du club permettait
l'offrande d'un apéritif d'honneur dont on se souviendrait.

*
* *

La mémé, au retour du pré, se préparait à la traite.
Olivier adorait ce moment-là. Il se glissait furtivement
dans l'étable, s'asseyait sur le billot à fendre et observait
chaque geste. Cette mémé si revêche, au visage que
n'égayait jamais un sourire, découvrait une douceur
inattendue lorsqu'elle s'occupait des bêtes.

Elle attachait la queue de la vache à la jambe avec un
lien, puis, assise sur un trépied, elle caressait un moment
la volumineuse mamelle pour donner confiance à la bête,
posait son front contre le flanc chaud et, un trayon dans
chaque main, opérait un mouvement ascendant et descendant. Les deux jets alternatifs semblaient n'en faire qu'un,
puissant, ininterrompu, et le lait moussait dans le seau de
bois.

La grosse Marcade, d'un brun rouge taché de noir vers
le col, jetait parfois sa tête sur le côté et tentait de se
lécher l'épaule. La mémé faisait « Hâ! Hâ! », et la bête
se tenait tranquille. Le râtelier, au-dessus de la mangeoire,
contenait quelques brassées de foin de l'an passé que les

animaux tiraient patiemment. On entendait le bruit du lait, la respiration des puissants naseaux et le frottement des chaînes contre le bois.

Olivier, qui ne se lassait jamais de contempler les doux yeux des vaches, restait là, béat dans la chaleur, saisi d'une sorte d'indicible bonheur, ignorant sans doute qu'il vivait des instants de qualité. Il voyait les instruments aratoires, l'entonnoir à tétine, le cagibi de planches destiné aux veaux, la pierre du moulin à sel en forme de renard lové, le placard rustique où jadis dormait le bouvier, les étrilles et les brosses, la rigole à purin où l'on faisait aussi ses besoins, à califourchon tout au bout.

A Victor, il posait des questions du genre : « Une vache, c'est plus fort qu'un cheval? » et son oncle lui donnait tous les renseignements désirés. Il rêvait aux cinquante litres d'eau bus dans la journée par une vache, à ces nombreux litres de lait qu'ils devenaient, et cela lui donnait une idée de transmutation quasi magique. Victor lui parlait de ces robustes vaches d'Auvergne bonnes à la fois pour le trait, le laitage et la boucherie. Un soir qu'il trayait, il avait dit à Olivier de regarder de plus près pour lui faire la farce d'un jet de lait chaud sur le visage.

— Oh! dis, tonton, tu exagères!

Pour se faire pardonner, il lui avait donné des explications. Il fallait traire en croix, aller vite pour ne pas perdre une partie de la crème, tirer jusqu'à l'épuisement du lait car le dernier est le meilleur.

— Tu veux essayer?

Olivier avait pétri vainement les trayons. Comme ce geste apparemment simple était difficile!

Tandis que la mémé passait de la Marcade à la Dourade, Olivier monta à la salle commune, s'approcha du pépé qui tressait une ceinture de corde et lui parla à l'oreille.

Le grand secret c'était : « Je peux prendre un sucre ? » Il redescendit, s'approcha de la Blanche, la plus maigre des trois vaches, celle aux cornes irrégulièrement contournées, si petite que Victor disait d'elle : « Elle est née dans les jours courts », et généreusement lui tendit un sucre.

— Qu'est-ce que tu fais ? demanda la grand-mère.

— Je lui donne un sucre. J'ai demandé la permission.

Que se passa-t-il alors ? La vieille femme cessa brusquement la traite. Son corps se pencha en arrière et son visage se transforma. Quelque part, tout au fond d'elle-même, une joie lointaine, venue du fond des vieilles campagnes, celle qui vient des choses les plus simples, était en train de naître. Elle regarda Olivier tout penaud, son sucre dédaigné à la main, et elle éclata d'un rire de tête qui lui mit les larmes aux yeux. Elle riait, elle riait pour vingt ans et, après chaque éclat, ses mains se levaient et retombaient sur ses cuisses.

— Hé ! que se passe-t-il ?

Le pépé venait d'ouvrir la porte et se penchait. La mémé en s'essuyant les yeux lui cria en patois que *lou gamin* voulait nourrir les vaches avec du sucre et le pépé rit à son tour.

Interdit, Olivier risqua cependant, par contagion, un léger sourire et dit :

— Ah bon ? Ça n'aime pas le sucre, les vaches ?

— Écoute, dit le pépé, essaie avec du sel.

Mais Olivier crut à une plaisanterie et décida de s'abstenir. Il aida sa grand-mère à monter les seaux de lait et prit l'air évanescent et lointain de quelqu'un bien au-dessus de toutes ces choses. Le visage de sa grand-mère gardait un reste de malice. « Bon, c'est moi qui paye ! » se dit-il. Pour elle, il resterait « celui qui donne du sucre aux vaches », et cela le faisait entrer de plain-pied dans le folklore.

Méticuleuse pour le lait, les récipients de la mémé étaient lavés et relavés; elle recouvrait aussi les seaux avec de la gaze. Au moyen d'un entonnoir à passoire, elle filtra le liquide onctueux et annonça qu'elle ferait du beurre le lendemain.

Entre la traite et le souper, Mme Gendre, la marchande de bonneterie, venait, son pot émaillé de bleu à la main, pour acheter ses deux litres de lait. Ce soir-là, sa fillette Renée, celle qui plus tard serait sage-femme au Puy, l'accompagnait. Pour l'heure, c'était une jolie petite fille blonde, à peine plus grande qu'Olivier, dont les cheveux se répartissaient en deux nattes épaisses. Elle portait un tablier bleu à col Claudine et des souliers vernis retenus par une boucle de jais sur des bas de coton blanc. Ses joues roses, le haut de son visage étaient semés de grains de sable dorés et ses prunelles d'un bleu-gris sous les longs cils clairs l'illuminaient. Un peu garçonnière avec sa poitrine encore plate, ses membres élancés, elle mordait constamment des lèvres roses qui gardaient les traces des gerçures de l'hiver.

Le grand-père fit les présentations, et comme la fillette portait en elle beaucoup de distinction, Olivier tendit la main d'une manière particulière, un peu poseuse, et crut très subtil de dire : « Enchanté! »

— Bonjour, dit-elle avec un regard franc, comment t'appelles-tu?

— Moi? Heu... Olivier.

— Moi, c'est Renée.

Après cela, elle se plaça près de la fenêtre, fit un sourire au grand-père et, les mains derrière le dos, garda une

attitude réservée. Olivier alla jusqu'à la cheminée, déplaça
une bûche et revint vers les grandes personnes en simulant
un sifflotement.

— Tu vois, dit la dame à sa fille, ce petit garçon n'a ni
père ni mère. C'est un petit orphelin. Pauvre enfant!

Oh! qu'Olivier n'aimait pas ça, mais alors pas du tout.
Il savait quelles litanies cela entraînerait. Cela ne manqua
pas. La mémé, en mesurant le lait, poussa quelques
soupirs et dit : « *Pille de drôle*. Ah! Sainte Vierge! Croix
du Bon Dieu! » Les deux femmes firent les apitoyées.

La fillette alors regarda Olivier avec une sorte de crainte
mêlée d'un vague respect comme si sa condition d'orphelin
lui conférait un soudain intérêt. Plus tard, elle lui confierait
quelle impression profonde elle avait ressentie ce soir-là.
Le « sans père ni mère » lui semblait porter tout le malheur
du monde.

L'enfant, lui, étant sur la sellette, craignait que l'anecdote du sucre à la vache ne fût rapportée et, près de la cheminée, il se tassait sur lui-même pour se faire oublier.
Le grand-père détourna l'attention sur la fillette.

— Dites, madame Gendre, il faudrait qu'elle se fasse
un peu de mie, cette petite Renée! Elle n'a que l'arête!

A son tour, Olivier regarda l'intéressée, qui aurait voulu
disparaître. Il s'approcha d'elle sans perdre un pouce de
sa taille. Le dos des fines mains était brun comme une
écorce. Quel joli dessin avaient le long cou, les oreilles
finement ourlées, les tempes où vagabondaient quelques
cheveux! Il aurait voulu en suivre les volutes avec le bout
de ses doigts. Alors, pour cacher son admiration, il s'abîma
dans d'obscures contemplations, de l'ogre dessiné par une
tache du plafond à la lumière bleue du soir jetant un
cercle à la surface du lait.

Il se demanda si la visiteuse connaissait Paris. Pour se

donner du courage et vaincre une impression d'infériorité, il pensa à son court passé qui lui parut immense, à ses rencontres, à ses flâneries, à ses aventures. Alors, il devint celui qui a beaucoup vécu et que rien ne peut impressionner. Il se rendit à la chambre et de là, pour prouver son détachement, les poings bien enfoncés dans les poches, il chantonna la chanson des duettistes Charles et Johnny :

> ... *Un petit Chinois qui faisait la fête,*
> *Il emmène sa gigolette*
> *Sur le Yang-Tsé-Kiang...*

S'il n'y avait pas eu les visiteuses, la mémé aurait jeté : « On ne chante pas ici! » Il le savait, en profitait et voulait montrer à Renée qu'il était « un type à la page ».

*
**

Comme la Saint-Médard avait été sèche, on oublia les Sept Dormants « qui remettent le temps » et on ne craignit guère la Sainte-Marguerite « où la pluie est maudite ». Les commerçants arrosaient le sol poudreux des pas de porte avec des arrosoirs ou des carafes. Sur les chemins, les véhicules soulevaient des nuages de poussière. Seule l'eau des fontaines restait fraîche.

Dans la forge, une chaleur de four n'arrêtait pas le travail de Victor. En chemise grise, en pantalon bleu, Olivier entra dans cette fournaise avec l'espoir que son oncle lui confierait quelque travail.

Appuyé contre l'établi, il aligna par rang de taille les outils du maréchal-ferrant : brochoirs, paroirs, butes, tricoises, rénettes, mandrins... Il actionna la tige de l'étau, fit tourner un clou entre ses doigts et proposa :

— Tu sais que si tu as besoin d'un coup de main...

— Qu'est-ce que je pourrais te donner ? Tiens, tu tireras la chaîne du soufflet, ça te fera les muscles.

Olivier se dressa sur la pointe des pieds et saisit la poignée de buis polie comme de l'ivoire au bout de la chaîne noire de suie. Il fit haleter l'énorme poumon de cuir et le cône de braise prit de l'éclat, la flamme jaillit multicolore avec des crépitements. Victor ajouta une pelletée humide et noire, glissa son fer dans ce feu et corrigea :

— Pas si vite. Tu manques de biais. Tu tires jusqu'au bout, lentement, et tu laisses remonter de même. Comme si tu respirais bien à fond.

— Je comprends.

Comme aux leçons de gymnastique à l'école quand on vous apprend les mouvements respiratoires, en somme ! Olivier s'appliqua et attendit une approbation qui fut donnée par un signe de tête.

Bien protégé par son tablier de cuir, un mouchoir taché de sueur au cou, des traces noires sur la peau, ses cheveux collés au front, les manches de sa chemise relevées, Victor se mesurait avec le fer à cheval. Il le retirait du feu avec sa pince et, le promenant sur les formes arrondies de l'enclume, il le meurtrissait du marteau, le façonnait, éprouvait sa résistance. Quand le métal passait du jaune au rouge, il tapait plus vite, et plus vite encore quand il bleuissait. Alors, il le glissait de nouveau sous la braise et Olivier recommençait son mouvement.

— Tu vois, dit Victor, je les forge deux fois.

— Pour quoi faire ?

— Pour qu'ils soient plus solides.

Le Boileau des programmes scolaires ne disait pas autre chose. Il existait chez Victor l'intérêt du travail artisanal bien fait et de la bonne réputation. Son père l'avait ainsi formé, disant : « Bon forgeron vaut mieux que voleur de grands chemins » et aussi : « Frappe, frappe, et tant pis si on ramone pour le prix de la suie! »

Il « fréquentait » à Langeac et cela lui valait quarante kilomètres de vélo par jour. La mémé ne ménageait pas ses allusions malveillantes « aux filles d'Auvergne » et parlait aux anges de ces particulières « qui se marient sous les sapins », mais Victor faisait semblant de ne pas comprendre. Et puis, quoi? il avait l'âge.

Quand, bien coiffé, sa casquette neuve à l'arrière de la tête et sentant l'eau de Cologne, il fixait ses pinces à linge au bas des jambes de pantalon, Olivier glissait malicieusement :

— Les voyageurs pour Langeac, en voiture!

— Siffle encore mon beau merle! répondait Victor.

Il raconta à Olivier son retour du régiment. Il était resté quinze jours chez sa sœur et en avait profité pour se laisser pousser un collier de barbe. A son arrivée à Saugues, la mémé qui se trouvait dans la cour était vite rentrée pour lui fermer la porte de la maison au nez :

— *Vaï t'in*, marque-mal! Galapiat! Mal attelé!

— Hé! *mame*, quelle mouche vous pique?

— Il y a que tu n'entreras pas ici avec cette barbe de traîne-la-route!

Le pépé intercéda en vain. Elle jeta de la fenêtre :

— Pauvre *dégus!* Ah! manque-respect! Jamais personne n'est entré ici avec une barbe. Une barbe!

Devant cette position absurde, Victor refusa de céder. Il rangea sa valise à la forge et grimpa de pierre en pierre le long du mur, mais elle ferma la fenêtre et il dut redescendre.

— Pas de contes ici! *Vaï tè la faïre coupa!*

La farce villageoise dura tout le jour. Les copains

de Victor vinrent en procession plaider sa cause.

— Hô! Marie, ouvrez-lui donc! Si ça lui plaît de porter la barbe! Ne lui faites pas baiser le verrou, le pauvre!

— Quel train ils mènent ces branle-besace!

Suivirent une aspersion d'eau et des rires, des rires! On forma un orchestre de fer-blanc, on chanta, on dansa. Elle ne céda pas.

Alors, après une tournée générale chez la Juliette, Pierre Chadès sacrifia la barbe. On accompagna le vaincu jusqu'à sa demeure, et sa mère, qui, sûre de son triomphe, avait préparé une poitrine de veau farcie de lardons et de jambon, cassa des œufs pour une pachade géante, assaisonna de la doucette sauvage, écrasa des pommes de terre avec du sarassou, sortit un pain d'anis du jeudi saint, et l'on festoya jusqu'à la nuit en l'honneur de la barbe défunte!

Victor aimait raconter ce souvenir et ajoutait : « On ne la changera pas! » avec attendrissement.

— Tu peux laisser un peu le soufflet.

Il jeta le fer rouge dans le baquet d'eau et le feu vaincu siffla de colère. Olivier, à l'imitation de son oncle, s'essuya le front avec l'avant-bras et prit une attitude harassée. Le marteau glissa sur l'enclume pour écarter la poussière argentine. L'air, le feu et l'eau se mirent eux aussi au repos.

Après avoir retiré du foyer des scories aux formes tourmentées, Victor se pencha vers un recoin d'ombre sous l'établi. Il en ramena un bidon militaire recouvert de tissu kaki imbibé d'eau et but à la régalade, puis il tendit le bidon à Olivier qui fit couler du liquide dans son cou. C'était une des boissons que préparait la mémé pour les fortes chaleurs : de l'eau améliorée d'eau-de-vie, de café et de cassonade.

Victor compta les chapelets de fers d'un gris bleuté
sur les tringles avec leurs trous bien percés, leur courbe
parfaite. Il parla à Olivier des différentes formes de fers,
en nomma les régions : pince, mamelles, quartier, talon,
éponges; dit les étampures, les contreperçures, la garniture,
l'ajusture, les appendices. Tant de mots pour un objet
si simple émerveillèrent Olivier. Son oncle prenait de
l'avance et se réjouissait. Il pensait au football, à la pêche,
à Langeac, aux parties de cartes. Mais il restait toujours
quelque coup de main à donner :

— Victor, tu m'aiderais pas à réparer mon char?

— Victor, j'ai une pute d'armoire et je n'arrive pas à la
lever.

— Victor, tu me prêterais pas la main pour...

« Victor, Victor... » Les travaux de force faisaient penser
à lui et il ne rechignait jamais. Fier de sa puissance phy-
sique, pour étonner il saisissait son énorme enclume aux
deux extrémités, par les coins, le rond et l'aigu, et, d'un
mouvement lent, il la hissait jusqu'à hauteur de son menton avant de l'enlever d'une secousse au-dessus de sa tête
à bout de bras. Olivier, devant un tel exploit, sifflait d'admiration. Personne d'autre à Saugues ne pouvait le faire.

Avec l'enfant, Victor, parfois, se sentait timide et manifestait toujours de la discrétion. Le dimanche, il tirait une
pièce de son maigre pécule et la lui glissait dans la main,
tout gêné, comme s'il risquait d'être pris en faute. Alors,
il ajoutait vite une plaisanterie pour faire oublier son
geste.

— Merci, merci, Victor!

Olivier se dressait sur la pointe des pieds pour une triple
bise et Victor le regardait avec un sourire affectueux et
mélancolique.

Contre le mur, le bois de fayard à l'écorce mordorée

attirait les guêpes. La chèvre de bois et la scie à poignée attendaient.

— Il va bientôt falloir s'occuper du bois. Pour l'hiver... On n'en finissait jamais.

Près du travail à vaches se trouvait la niche au toit pointu de Pieds-Blancs, maison en réduction recouverte de vieux sacs et d'une toile cirée usagée. Contre les pierres, des champignons pendus à des fils séchaient. Par-dessus le mur passaient les branches du tilleul des sœurs. Pendant l'été, ces dernières assuraient une garderie et on entendait les bruits des jeux dans leur cour. Devant, autour de la fontaine, des papillons blancs voletaient. Les cloches de l'église, les sonnailles, les voix de l'eau, le chant de l'enclume se mêlaient dans une symphonie villageoise.

Olivier venait de passer l'étrille sur les cuisses et les flancs des vaches, de lisser leurs robes avec une brosse de chiendent, de leur assurer une litière de paille sèche. Maintenant, il parcourait la rue des Tours-Neuves avec le vélo de Victor sur lequel il parvenait tant bien que mal à se tenir.

Il connaissait bien la cousine Anna, celle des coups de balai lors de l'empoignade avec Mondillon. Cette nièce du pépé vivait avec une mère âgée qui sortait peu. On la disait originale. Elle portait des vêtements colorés, chandail de laine mauve et foulard bleu ciel; une fleur de velours grenat tout effrangée égayait son chapeau de paille. Se protégeant du soleil, elle gardait le teint blanc, et de courtes mèches jaunes et blanches retombaient sur son front comme les franges d'un tapis. A défaut d'un pré lui appartenant, elle faisait brouter sa vache le long des chemins, patiemment, tout le jour, en tricotant debout, spirituelle et vive. Prompte à la boutade, la dent dure, elle réservait ses anathèmes aux hommes, ces maîtres d'esclaves que sont les femmes qui triment pendant que ces ivrognes vont au café.

— Mais, cousine Anna, puisque vous n'êtes pas mariée...

— C'est bien pour ça! Toi, tu seras comme les autres, avec ton vélo!

La mémé sortit de la cour. Sur sa coiffe, elle avait posé un large chapeau de paille noire. A la main, elle tenait un panier d'osier blond. Olivier rangea la bicyclette contre le mur et il lui sembla qu'elle lui adressait un regard bienveillant. Il s'enhardit :

— Je peux venir avec vous, mémé?

— A ta volonté.

Depuis qu'Olivier l'avait tant fait rire en proposant du sucre à la Marcade, elle paraissait moins fermée.

Olivier adorait causer avec l'Anna. D'abord, elle était rigolote. Et puis, derrière ses sarcasmes, on la sentait bonne fille, pleine de pauvreté et de malheurs vaincus. Enfin, le pépé l'aimait bien et, sans monter, de la cour, elle venait lui raconter des histoires du pays qui l'amusaient.

C'était vendredi, jour de marché. Par toutes les routes, tous les chemins convergeant vers Saugues, arrivaient les gens du canton. Il en venait d'Esplantas, de Grèzes, de Servières, de Croisances, de Bergougnoux, de Cubelles... Des femmes, la plupart en coiffe, à pied, de lourds paniers au bras, parfois sur la tête en équilibre, des cyclistes, des guimbardes attelées, des chars, des autos, des camionnettes, des mulets, des ânes, et même un side-car chargé de légumes donnaient au paysage cet aspect habité qu'on trouve dans les tableaux ou sur les cartes postales d'autrefois. Ces femmes, ces hommes, souvent venus de loin, ignoraient sans doute la part de beauté qu'ils ajoutaient à l'ensemble. Et comme dit l'un d'eux : « Le chemin ne me pèse pas une once. »

Par ces présences humaines, Saugues resplendissait, se chargeait du sang neuf d'une vie nouvelle. La tour des Anglais, moins sombre avec ses pierres irisées dans le soleil, se revêtait de majesté débonnaire. Les commerçants, travaillant à plein, montraient leur bonne humeur, multipliaient les plaisanteries en patois, hélaient leurs amis. Les enfants se poursuivaient autour des groupes en jetant des cris perçants comme ceux des hirondelles.

Parfois, un mouvement houleux se produisait : quelque part, deux hommes s'empoignaient et, pour le spectacle, on ne se hâtait pas de les séparer. Mais si la main cherchait le couteau dans la poche, on s'interposait, « on n'est pas des sauvages », c'était bon autrefois. Il arrivait aussi que ce fût courtois, pour dépenser un trop-plein de forces :

— Hé! *lou fabre*, viens te mesurer avec moi!

— Quel train tu mènes, bûcheron? De ce *macharé!* Passe ton chemin et ne t'adresse pas à plus fort que toi. Apprenti n'est pas maître!

— Ah! farce! je ne te savais pas un dort-debout...

— *Torne ou dïre!*

« Répète-le! » Sous le défi, l'homme en rajoutait, s'assombrissait, mais on savait qu'il n'était question que de faire toucher les épaules.

— Tiens ma veste, Joseph, ce ne sera pas long!

Bientôt les deux colosses, butés l'un contre l'autre, narines dilatées, dents serrées, poussant leurs efforts jusqu'au tremblement, muscles tendant les chairs comme des cordes, les veines du cou gonflées, jouaient à la lutte de l'invincible et de l'inébranlable. Heureusement, l'affaire

se situait au carrefour et quelqu'un criait : « Arrêtez, voilà
les gendarmes! » Cela se terminait devant un bon canon
de vin bleu.

Suivie d'Olivier, la mémé, rapide, se glissait dans la
foule onduleuse. Elle ne cessait de saluer des paysans, de
jeter du patois que l'enfant, instruit par le grand-père,
finissait par comprendre. Le vocabulaire n'était pas compliqué : le temps, les récoltes, la santé, la famille, le bétail
formaient les éléments faciles, rassurants, de la conversation. Il s'agissait surtout de constater le bon ordre des
choses : « Vous êtes monté à Saugues » ou : « Vous êtes
là » ou encore : « Il fait beau temps » et cela sous-entendait :
« Tout va donc pour le mieux, tout tourne rond! »

Et Olivier saluait lui aussi : les amis, de plus en plus
nombreux, et une inépuisable cohorte de cousins. La
différence avec les autres, même si on ne les connaissait
pas davantage, consistait à s'appeler par un titre de parenté
et d'y aller des trois poutous sonores. La mémé, si sauvage
d'habitude, s'exaltait, poussait Olivier vers l'un ou vers
l'autre, et que de *préco, petsaïre, paoure efant!* Elle expliquait
des généalogies compliquées où les mariages ajoutaient
de fausses parentés, les cousins des cousins devenant des
cousins, et Olivier s'y perdait bien vite. Mais qu'importe!

Parfois, on restait silencieux, saisi de timidité, plein
d'embarras, ne sachant comment couper court à une
conversation fatiguée. Alors, des soupirs, « allez, il faut
continuer! », des mains osseuses accoutumées au travail,
malhabiles à la cérémonie, se tendaient.

« Il faut parler au monde! » avait dit le pépé. Parler au
monde, pour lui, signifiait sans doute parler aux gens. Pour
Olivier, cela devenait « parler à l'univers ». Un soupçon
de poésie se glissait, il entendait Marceau réciter ses

œuvres emphatiquement et il s'imaginait lui-même parlant à la multitude. Et le jeu continuait : « Bonjour Séraphie! Bonjour Camille! Bonjour Marie! Bonjour Vitaline! Bonjour Adélie! Bonjour, bonjour... »

— Tiens, le Louis Montel.

D'un blond roux, vif comme un feu follet, la blague à la bouche et l'ironie au coin de l'œil, il déplaçait sa casquette, tapait un grand coup sur l'épaule d'Olivier, lui promettait de lui montrer ses moutons dont un, plus malin que les autres, qu'il avait baptisé Azale.

Parfois, Pierrot Chadès venait respirer devant la porte du salon, engageait une conversation et l'on voyait surgir un diable blanc, serviette au cou et le visage enduit de mousse qui criait :

— Alors, tu me la fais la barbe ou tu chantes?

Pierrot riait et exagérait sa précipitation.

La mémé salua encore des Pallut, des Blanc, des Vidal, elle désigna respectueusement le maire, M. Bonne-Chevans, le chanoine Ginoux qui marchait en lisant son bréviaire. Olivier discuta un instant avec le grand Joseph Paulet, mais rejoignit bien vite sa grand-mère.

— Hé! tu as peur de la perdre, ta mémé!

Le pharmacien Promeyrat, en blouse blanche, immense et bien planté, vendait de l'aspirine ou triait des plantes médicinales dans de grands sacs de jute. Bien des patients oubliaient de prendre les médicaments indiqués en lettres illisibles sur les ordonnances. Ils allaient souvent au plus simple : du vin de Bordeaux pour se refaire le sang, de la graisse de vipère ou de blaireau pour les douleurs, des œufs pondus le vendredi saint et à manger avant Pâques contre le cancer, des vésicatoires, des emplâtres, des ventouses, des cautères, le poumon de mouton sur le front contre les maux de tête. Et le rhabilleur de membres, le guérisseur,

les herbes de la Saint-Jean pourraient bien faire des cente-
naires!

Un traîne-savates appelé le You disposait deux quilles
distantes d'une quinzaine de centimètres. Avec une seule
boule, il fallait abattre les deux à la fois, et une chopine
pour le gagnant. Clément Allès et son frère René, en
costumes de collégiens, réussirent deux coups. You mani-
festant sa mauvaise foi, Olivier fut pris pour témoin.
Après avoir eu gain de cause, les garçons refusèrent le
lot, serrèrent la main de l'enfant en lui faisant promettre
de se revoir. La mémé expliqua que c'étaient des Andrièoü
(leur sobriquet) du Rouve. Plus tard, ils deviendraient
de bons copains.

Autour de la place du Monument, dans les ruelles, des
paysannes étalaient leurs produits. Olivier remua le nez
avec les lapins des paniers à couvercle, fit cot cot cot
avec les poules, roucoula avec les pigeons, joua avec des
chiots. Il aurait voulu caresser tout ce qui porte plumage
ou pelage et il s'indigna en voyant les poules portées la
tête en bas et les lapins saisis par les oreilles.

Apercevant derrière une vitre Renée Gendre qui faisait
sauter dans sa main une balle de goudron, il lui adressa une
sorte de révérence qu'elle ignora. La mémé tâta les fromages
cylindriques. On en extrayait un petit cône dont on goûtait
la pointe avant de le replacer comme un bouchon. Les
artisouns, vers microscopiques, faisaient la qualité de la
pâte. Les œufs emplissaient des paniers et l'on vendait du
beurre frais entouré de feuilles vertes.

Des forains, des marchands de vanille et d'aromates,
de balais et de brosses, de mercerie et de peignes imitation
écaille, occupaient le cours et les places. Un bonimenteur
vantait une pommade pour les cors, durillons, œils-de-
perdrix, et l'essayait sur ses pieds pas très propres. La

mémé, haussant des épaules incrédules, dit à Olivier :

— Méfie-toi des gens qui parlent trop bien!

Il n'oublierait pas, et non plus cette affirmation devant la bijouterie de pacotille : « Les perles font pleurer celles qui les portent! »

Une fermière proposait des quarterons de prunes, affirmant qu'elle les faisait de 29 et non de 27. Louis Montel laissa tomber sa casquette et la ramassa en même temps qu'un fruit qu'il tendit à Olivier en affirmant qu'il venait de tomber de l'arbre. « Oh!... » fit l'enfant, mais il lui dit doctement :

— Cravatage n'est pas vol!

La marchande ne protesta que pour la forme et tira une autre prune pour compléter son tas.

Le tablier de la mémé s'emplit de salade, de fromages, d'oignons, de morue sèche, de salé, de lentilles du Puy, d'œufs emballés par six dans du papier journal.

Le marchand de semences affichait : « Gardez-vous de planter des tubercules dégénérés! », et les noms des plants de patates enchantèrent Olivier : Beauvais, Abondance, Chardonne, Eesterlingen, Fin de siècle, Ronde jaune, Royale, Saucisse, Géante, Early, Andrea, et d'autres, excellentes, qu'on ne cultiverait plus dans l'avenir parce que peu rentables. Il regarda encore la ferblanterie, les robes dansant sur les cintres de carton, la verrerie, la faïence, les sabots.

Bientôt, on ne vit plus que des femmes. Les hommes, la bouche sèche d'avoir trop parlé ou parce que c'était bien l'heure, avaient rempli les débits de boisson pour vider ces canons de vin qui mettent le chaud aux joues. Les étals regagnaient les voitures, on pliait les toiles, on rangeait les tréteaux. Des papiers volaient, des chiens furetaient dans les caissettes vides.

Les gens des hameaux se rassemblaient pour faire le chemin ensemble, jetaient d'ultimes regards vers les étalages. Dans la foule, moins dense, plus lente, les garçons tentaient de rompre des guirlandes de filles se tenant par le bras. Elles faisaient semblant de ne pas les apercevoir, mais dès qu'ils s'étaient éloignés, elles se retournaient et se mettaient à rire sans qu'on sût pourquoi.

— Qui je vois? s'exclama la mémé.

Elle marcha plus rapidement, entraînant Olivier dans son sillage. « Qui je vois? C'est bien lui : le tonton de Massé! » Était-il vieux son frère aîné, celui qui dans l'enfance l'avait toujours soutenue! Fait comme la lettre *z*, sec, le front haut, les yeux percés à la vrille, barbu comme un hérisson, le rictus finaud de ceux à qui l'on n'en conte point, il était vêtu d'une redingote à pèlerine très longue, toute raidie et d'un vert de bouse. A la main, il tenait un énorme parapluie céladon qui le suivait depuis des lustres. La mémé l'interpella sans douceur :

— *Hô! Hô! Chèse atchi tiu?*

« Tu es là, toi! » Et montrant Olivier : « Le fils de Pierre! » Le vieux tourna la tête de côté et le corps suivit peu à peu. Il parut chercher dans ses lointains souvenirs et sans doute ne trouva pas.

— Embrasse le tonton de Massé!

La mémé qui détestait qu'on l'embrassât ne se gênait pas pour le mettre au supplice. Il eut la sensation d'approcher ses lèvres d'un chardon. Le vieillard, hors d'âge, avait fait la guerre de 70. Resté absent dix ans du pays, jamais nul n'avait su de quoi ces années de vagabondage s'étaient remplies.

Il finit par demander des nouvelles d'Auguste et de Victor, puis il jeta sur un ton de défi à la cantonade :

— *Saï qué!* On ne me mettra pas de sitôt le joug des agonisants sur la teste !

— Sans adieu ! *Minadza-ti!* Ménage-toi !

— *Minadza*, Marie !

Au retour, ils virent devant la boulangerie les gens de Prades qui s'apprêtaient à traverser la montagne pour rejoindre leur vallée fertile où l'on cultivait les fruits et les légumes. Ils voyageaient à dos de mule ou suivaient à pied sur le rude sentier leurs montures trop chargées. Olivier les regarda fixer des deux côtés du bât, dans les couffins, d'énormes roues de pain bis que le boulanger, en tricot de corps, tout poudré de farine, leur tendait.

La mémé, voyant son frère s'éloigner, appuyé sur son parapluie, dit sans indulgence : « Regarde-le. Il tremble comme un cul de pie ! »

— Allez, à la soupe !... Vous allez manger... C'est bien l'heure...

Sur la route du Puy, le monde avait pris son pas de route. « C'est chouette la cambrousse ! » pensait Olivier.

Quatre

L E pépé s'enroulait une longue ceinture de flanelle rouge autour du ventre. Olivier la tenait tendue et cela lui rappelait Bougras.

— A force de faire le cul-de-plomb, dit le vieil homme, je charge par-devant.

Il tapa sur son ventre et ajouta comiquement :

— Quand tu seras à la capitale et qu'on te demandera comment je suis, tu diras : « C'est un gros homme! »

Il pela finement des pommes de terre, puis, s'arrêtant, il en choisit aux formes contournées et les piqua d'allumettes figurant les pattes d'animaux bizarres.

— Celle-ci, on dirait un chameau! dit Olivier ravi.

— Et celle-là, une girafe. Attends, je vais faire un zèbre.

Ils épuisèrent ainsi les allumettes, et bientôt l'arche de Noé fut reconstituée, mais la grand-mère réclama ses pommes de terre et la zoologie fut coupée en petits morceaux.

Dehors, Victor fendait des bûches, et on entendait le bruit de la hache qui, parfois, sa course accomplie, s'enfonçait profondément dans le billot. Dans la rue, les Cœurs vaillants, fanion en tête, passèrent en chantant : *Sous sa couleur jaune, le p'tit Cœur vaillant...* Olivier aurait bien rejoint ses copains qui se tenaient du côté de chez

Chadès, les Dédé Anglade, Jacquot Gignac, Astruc, Saugues, Paulet ou Mondillon, mais il appréciait ces moments avec le grand-père.

Il aimait le son clair de sa voix, ce calme qui émanait de lui, la douceur de son sourire triste. Il éprouvait aussi le besoin de lui parler. Pour le vieil homme, la rue Labat n'était pas taboue comme chez l'oncle et la tante de Paris. Olivier décrivait ses amis de jadis, évoquait les boulevards, les parties de gendarmes et de voleurs sur les flancs de la Butte, les soirs d'été où la rue se chargeait de gens joyeux, le Bol d'or de la marche, la course des garçons de café, le pot-au-feu des vieux. Et Chiron? Et Criqui? Et Rigoulot, était-il aussi fort qu'on le disait? Olivier, parfois, proposait d'imiter un chanteur, un acteur, contrefaisait Victor Boucher ou Saturnin Fabre, mais le pépé qui ne les connaissait que de nom suivait mal.

— Viens avec moi, je vais te faire goûter quelque chose!

Il emmena son petit-fils au cellier où pendaient ces mobiles du vieux temps : des quartiers de lard, des saucissons, du jambon et de l'épaule, des chapelets d'aulx, des bouquets de menthe et de verveine. Les rayonnages étaient chargés de pots de confiture, de bouteilles contenant des préparations à base d'herbes, de pots de saindoux et de beurre, de reinettes ridées, de légumes. Il ne fallait pas se laisser manquer!

D'un garde-manger recouvert d'un treillis métallique, il sortit un fromage qu'il tâta du pouce et emporta sous l'arrondi du bras, précieusement.

— Goûte comme il est bon! Il y a longtemps que je le réservais!

Olivier exagéra son plaisir. Le pépé ouvrit le buffet, piqua un œuf aux deux extrémités avec une épingle et invita l'enfant à le gober. Le repas terminé, il dit :

— Mais je suis bête comme un trognon. Il faut sortir, t'amuser, aller avec les jeunes... Les étés passent si vite!

A la mémé qui se préparait au départ, il dit en patois qu'il fallait emmener ce petit, lui faire connaître la campagne. Pourquoi ne garderait-il pas les vaches avec elle? Et la mémé dit d'un ton rogue :

— S'il n'a pas peur du chemin, il n'a qu'à toujours suivre!

Olivier l'aida à détacher les vaches. Elles sortirent de la cour l'une derrière l'autre en se dandinant. Elles connaissaient bien le chemin. Le chien aboya pour signaler sa présence. La mémé donna de légers coups de bâton presque affectueux sans utiliser la pointe de l'aiguillon.

Ils descendirent ainsi la rue de la Borie jusqu'au cimetière où les monuments funéraires, les croix de pierre dépassaient le ruban de mur pour regarder la campagne. Les gens leur criaient :

— Alors, vous allez gîter?

On ne pouvait répondre que par l'affirmative : c'était tellement évident. Pour rejoindre le pré, sous le petit bois, au bord de la Seuge, il fallait parcourir un bon bout de chemin. Olivier musardait, prenait du retard pour mieux courir ensuite. Parfois les lèvres de la mémé remuaient et il savait qu'elle murmurait une prière. Avant les repas, en préparant le manger, elle disait les grâces pour elle toute seule, en cachette. Elle se signait souvent, très rapidement, devant le cimetière, à chaque croix, à chaque reposoir, ou aux raisons dictées par ses pensées secrètes. Parfois, elle levait haut la tête, tendait le menton, apparaissait maigre, sèche, tannée, noueuse comme Gandhi, et sa frêle présence rayonnait.

« Une grand-mère pas comme les autres!» Pas d'attendrissements, de manières, de câlineries, de tendresses. Elle allait droit sa vie sans être embarrassée de ce qui se fait en société, des attitudes qu'on doit prendre. Elle priait, mais elle savait aussi dire son fait au mauvais clérical ou à la bigote. Elle fréquentait l'église, or on lui prêtait des manières de rouge. Son Dieu était celui des simples; il aimait les pauvres, il se défiait des riches; ici le paradis avec ses anges, là l'enfer avec ses diables, et au milieu un tout petit corridor appelé purgatoire avec des âmes pour lesquelles il fallait prier. Parce qu'elle ne savait pas feindre, certains la croyaient méchante. Et si on lui rapportait un commérage la concernant, elle répondait : « On ne peut plaire à tout le monde, on n'est pas louis d'or. »

Elle marchait d'un pas vif et menu, son torse se projetant d'un côté, puis de l'autre, ses pieds chaussés de galoches légèrement en dedans comme ceux qui ont dû porter de lourdes charges, avec toute l'énergie d'un corps façonné par la peine. Au grand air, elle devenait une autre. Faite pour la vie sauvage, elle se retrouvait, et cela imprimait sur son visage musculeux, tendu, une sorte de bonheur étonné d'être.

Sur un fond de ciel bleu se détachaient de gros nuages d'après-midi d'une blancheur éblouissante. Les feuilles argentées des peupliers cliquetaient dans le vent tiède. La cime des seigles frissonnait. Toute la flore semait sa gaieté : capitules de fleurs blanches de l'herbe au charpentier, bonnets roses et grenats du serpolet, chardons mauves et bleuets, petites marguerites, hautes frondes triangulaires des fougères, dernier éclat jaune des genêts. En contrebas, les courbes de la Seuge invitaient à la promenade. Des fermes lointaines, on apercevait les toits de tuiles brunies sur un fond de pâturages et de bois aux nuances pastel, sous les autels lointains des montagnes noires.

— Ah! ta tante Victoria faisait de fines reprises!

Un souvenir venait de traverser l'esprit de la mémé et elle le jetait tout cru.

— Mémé, c'est quoi, là-bas?

Tout se nommait : les hameaux, les moulins, les fermes, les chemins, et Olivier faisait répéter des mots vivants et imagés : La Gardette, Moulin-Neuf, Montaillet, Moulin de Rodier.

Après la descente, les vaches tournèrent sur la droite en direction du Villeret. Aux approches de la pâture, elles pressaient le rythme de leur marche. Le ventre de la Marcade, la belle Salers hautement encornée, vu de derrière, formait un cercle parfait. Victor disait qu'elle ferait deux veaux. La Dourade, d'un ton plus pâle, doré, s'arrêtait parfois pour arracher une touffe d'herbe au bord du chemin et reprenait vite sa place derrière la Blanche. Pieds-Blancs, la queue basse, gravissait à toute allure un promontoire pour mieux observer son troupeau. Il haletait quelques coups puis, après un bref ouâ-ouâ, il rejoignait la colonne, jetant encore quelques aboiements pour affirmer sa présence de gardien vigilant et actif.

Une fois la prairie de serpolet dépassée, les vaches descendirent vers le pré enclos dans une large courbe de la rivière. La mémé montra un espace d'un vert plus soutenu, délimité par une rase. Destiné à la pousse du regain, les vaches ne devaient pas y paître. Quand l'une ou l'autre se risquait vers ce lieu tentateur, elle criait au chien :

— *Tapa lou, tapa lou, vaï la quere!*

Les oreilles droites, le chien chaussé de blanc partait comme une flèche, semblait nager dans les hautes herbes, aboyait sa colère. Si la vache s'entêtait, il lui faisait faire demi-tour en lui sautant au mufle et la poursuivait en lui mordant rapidement le jarret.

Au milieu du pré, la carrosserie arrière d'un camion vert

formait un refuge. Des pierres la maintenaient, ainsi qu'une maçonnerie à l'endroit en demi-cercles des roues. La mémé y trouva un seau qu'Olivier alla emplir à la rivière. Elle jeta du sel, mélangea avec une branche et demanda à l'enfant d'arroser les endroits où l'herbe mêlée de joncs et de bruyères devenait si dure que les vaches la dédaignaient. C'était vrai qu'elles aimaient le sel, le pépé n'avait pas menti! Elles suivaient Olivier, ramassaient l'herbe salée d'un coup de langue, soufflaient, broutaient, mâchaient. Sur le conseil de sa grand-mère, il prit du sel dans sa paume et la Marcade vint le lécher. Maintenant, il ne craignait plus les cornes et il aimait ces grosses bêtes mélancoliques et affectueuses.

Parfois, un pêcheur se glissait entre les saules ou les aulnes au feuillage luisant et l'on entendait le ronron de son moulinet. Des sauterelles vertes faisaient des bonds formidables. Si on les attrapait par une patte, elles la laissaient dans les doigts et Olivier, décontenancé, regardait cette petite plante vivante qui se rétractait.

Il cueillait des fleurettes qu'il n'osait offrir à sa grand-mère et les posait près d'elle comme par hasard. Il observait les processions de minuscules escargots le long des herbes dures. Il courait en soufflant sur un duvet de chardon. Il faisait siffler un rameau vert. Une mésange tintinnait. L'air vivifiant le grisait. Il humait, buvait, emplissait ses poumons des odeurs de la terre. Son corps lui semblait plus léger et il regardait les panaches des pins de la Margeride avec une impression de dominer les choses et de leur appartenir.

Assise sur l'herbe au bord du chemin, la mémé refaisait le pied d'une chaussette de laine brute. Elle dénoua un torchon et attendit qu'Olivier fût près d'elle pour lui faire signe de s'asseoir. Il s'accroupit, les mains croisées sur ses genoux repliés. Une épaisse tranche de pain à la mie serrée dans sa main gauche, elle coupait des cubes sur lesquels elle posait une lamelle de ce lard rose qu'elle tenait sous son pouce à l'ongle dur comme un outil. Elle portait la nourriture à sa bouche, mâchant du côté où il lui restait le plus de dents, en inclinant la tête. Un morceau sur deux fut tendu à Olivier qui se découvrit une faim de loup. Il avança la bouche et elle le nourrit comme un oisillon. Jamais aucun goûter ne lui paraîtrait plus savoureux que ce repas frugal.

— Si tu as soif, monte à la source, là-haut, à droite du bois, où c'est plus vert, en suivant la rase, près des chèvres.

Il traversa le chemin dévoré d'herbe, étêta des graminées, se griffa les jambes aux ronces des mûriers, dépassa les prunelliers. Des hectares d'arbres de Noël se déployaient. Une chèvre blanche leva sa barbiche vers lui. Il ne lui manquait que des lorgnons pour ressembler à Bibiche, son ancien maître de la rue de Clignancourt. Le meneur de biques était un de La Bastide, malade des yeux. Il tenait haut la tête pour voir dans la fente sous ses paupières gonflées, et cela lui donnait un port étrange. Long et maigre, le visage cuit comme un pain, il se tenait tout droit dans sa houppelande, tenant son bâton plus grand que lui comme une crosse d'archevêque. Un parapluie était arrimé à son dos par une ficelle.

— Bonjour, m'sieur. Je peux boire à votre source ?

L'homme ne parut pas entendre. Il leva plus haut la tête, renifla, racla sa gorge, pinça son long nez et dit d'une voix aigrelette :

— *Aco!* Va boire tout ton soûl, mais c'est pas ma source. Elle est à qui veut boire !

— Merci quand même.

Olivier atteignit un pli dans la paume du terrain, s'approcha du trou cerné d'herbes sur lesquelles il se mit à plat ventre. Il éloigna des impuretés de la surface, se pencha et but longuement, comme un animal. Cette eau était étonnamment fraîche et il y plongea son visage. Quand il leva sa tête mouillée, il sentit qu'on le regardait : un mouton, frais tondu, attendait son tour pour boire. « Oh!... » Olivier tendit la main pour le caresser, mais il s'échappa d'un saut de côté. Puis une rainette apparut au bord de la source et floc! plongea.

En s'essuyant la bouche, Olivier confia au berger que l'eau était bonne. Il ajouta qu'il faisait chaud et se demanda comment l'homme pouvait supporter son manteau. Des pinceaux de poils couleur de chaume sortaient de ses oreilles et de ses narines. L'arête de son nez courbe paraissait tranchante comme une lame. Les tendons de son cou, noueux, étaient des plantes grimpantes. Son regard malade glissa autour de lui comme s'il cherchait une offrande puis il dit à l'enfant en lui désignant une chèvre qui crottait :

— Tu vois, elle dit son chapelet par-derrière.

Olivier apprécia l'image et rit poliment. En revenant vers le pré, il entendit le clocher qui sonnait cinq coups et, se tournant vers le chevrier, il lui cria :

— C'est cinq heures!

— Oh! ça je le sais sans l'entendre.

— Comment vous faites?

— Il faut savoir à quelle heure se referment les fleurs, les salsifis des prés, les liserons des champs, les euphorbes et d'autres... quand l'ombre s'étend. C'est comme pour prévoir le temps : il y a les douleurs, les animaux qui sont des baromètres. Je t'enseignerai.

Olivier passa le reste de l'après-midi au bord de la Seuge à regarder les vairons nager en famille dans les creux d'eau, les loches et les goujons glisser sur les fonds de sable. Il tenta de faire des ricochets avec des cailloux plats, mais de l'autre côté de l'eau un pêcheur à la poitrine bardée de musettes et de paniers lui signala que cela effarouchait les truites. Pieds-Blancs courait vers des corneilles, qui, pour se moquer de lui, craillaient. Là-haut, la mémé marchait dans l'herbe en tricotant et parfois regardait loin vers la montagne.

Quand les vaches, le mufle levé, mirent de la paresse à pâturer, la mémé leur envoya le chien pour le chemin du retour. Olivier, perdu dans sa rêverie, dut courir pour les rattraper sur le chemin.

Deux fois par semaine, il écrivait une lettre qui commençait par « Ma chère tante, mon cher oncle ». Le pépé, avant d'ajouter un mot affectueux, lui disait :

— Comme tu écris bien, mon petit-fils !

Olivier ne savait s'il s'agissait de ce qu'il disait ou de la qualité des pleins et déliés. Sans ces missives, il n'aurait pu mesurer l'écoulement du temps. Certes, le calendrier éphéméride offert par la Maison Oriol de Chavagnac-Lafayette montrait bien les dates en chiffres rouges, mais chaque feuillet offrant un dessin avec une blague naïve, Olivier arrachait toujours quelques pages de trop pour en découvrir de nouveaux.

Il essuyait soigneusement le dos de la plume de son stylographe sur un coin de buvard et écrivait sur du papier écolier, commençant par les phrases habituelles sur la santé et le temps et se laissant peu à peu entraîner par ce lyrisme qui lui vaudrait de bonnes notes en composition française. La tante Victoria répondait chaque semaine par une lettre collective tapée à la machine

(« pour être plus lisible », disait-elle) ne contenant qu'une vague allusion à la missive de son neveu et des recommandations d'obéissance. Parfois, l'oncle Henri ajoutait quelques mots suivis de ce paraphe compliqué si mal imité par certain faussaire nommé Marceau. Le temps de la promenade boulevard de Strasbourg et de l'offrande de sucettes à la menthe paraissait déjà lointain.

Marceau, soigné en Suisse, donnait du souci et on parlait d'une thoraco, mot qui, pour Olivier, résonnait sinistrement, mais dont on ne sut lui donner l'explication. Utilisant une fois de plus la méthode du docteur Coué, il unit son grand-père et son cousin dans une même incantation : « Je veux qu'ils guérissent, je veux... » et ses lèvres remuèrent comme celles de la mémé.

Il écrivit à l'adresse du sana une lettre qu'il voulait enjouée et réconfortante. Elle commençait par « Chère vieille branche! » Il évoqua les bons tours joués ensemble, y compris ceux dont il avait été la victime, il dit aussi à son cousin que ses poèmes étaient « formids » et qu'il aimerait en lire d'autres. Il ne reçut pas de réponse. Une carte postale illustrée d'un château en ruine vint de Montrichard, avec un gros pâté, de Jami. Sur une autre de Jean et Élodie, postée à Fontainebleau, il était question du tandem de leurs rêves enfin acheté.

Parfois, Olivier, assis sur l'escalier de l'étable, rêvassait. Sa mémoire le transportait à Paris et il revoyait des moments de sa vie. Les yeux mi-clos, il se promenait à la Maison Dorée ou au Palais de la Nouveauté, il hantait les cinémas Marcadet-Palace ou Barbès-Pathé, des images de films traversaient sa mémoire. La belle Virginie comptait des boutons ou passait ses commandes de fil, les copains Loulou et Capdeverre jouaient à tique et patte, la mère Haque fessait son tapis avec le battoir d'osier, et, peu à peu, quelque copain d'antan réapparaissait, flou au début, puis très net sous l'effort de la pensée, et la rue Labat, autour d'un moment d'existence ressuscité, devenait un théâtre dont il était le spectateur.

Il relevait la tête, voyait Pieds-Blancs à ses pieds quémandant une caresse. Il jouait avec une des oreilles si douces et repartait vers ses nuages. L'oncle Henri, ses longues jambes étendues devant lui sur fond de tapis de Chine, humait un manille en forme de patte d'éléphant. Il parlait : « Olivier ? »

— Oui, mon oncle.

— Voudrais-tu m'acheter des cigarettes. Tu prendrais...

— Des Gauloises bleues ?

— Pourquoi pas ? Et aussi des Gitanes vertes.

L'oncle Henri aimait disposer des cigarettes de toutes marques dans les coffrets d'étain bien alignés. Olivier, un papier posé devant lui, son stylomine en main, jouait au jeu des mots :

— Pas de Boyards maïs, de Favorites liège, pas d'Élégantes ?

— Tiens, c'est une idée, disait l'oncle, et, amusé, il ajoutait des Najas, des Baltos, et les américaines à la mode : les Chesterfield, les Lucky, les Camel...

« Tu es là, mon petit-fils ? » Olivier revenait au présent, dans cette nouvelle partie de sa vie, toute neuve, ouverte à tant d'inconnu. Il engageait la conversation avec la Marcade prête à vêler, redonnait un coup de brosse sur les robes luisantes, sautait de côté pour éviter une bouse, la faisait couler dans la rigole, éparpillait de la paille propre.

Armé d'un gros savon, il tirait Pieds-Blancs par le collier jusqu'à la fontaine. Le chien se débattait en vain : bientôt son poil moussait blanc et quand on l'avait rincé il s'ébrouait, éclaboussant les jambes de l'enfant et, semblant éprouver un soudain plaisir, allait se sécher au soleil.

Des bruits de pas pressés venaient de la salle commune. La mémé avait posé deux seaux de lait sur des bacs emplis d'eau froide pour faire monter la crème. Elle choisissait le moment où l'herbe du pré était bien verte et tendre pour préparer un beurre délicieux dont une partie serait salée pour la mauvaise saison.

Pris de curiosité, Olivier monta l'escalier en sifflotant. Les mains dans les poches, s'efforçant de ne pas faire claquer ses galoches, il s'assit près de la table, apparemment indifférent, mais bien décidé à ne rien perdre du travail de sa grand-mère.

Tandis que le pépé, son journal sur les genoux, regardait vers la route du Puy, elle sépara le caillé dont elle ferait des fromages ronds. Elle plongea son doigt dans la crème pour voir si elle n'attachait pas et parut satisfaite.

— Olivier, mon garçon, dit le pépé, si tu allais chercher la baratte au cellier ?

Flatté, il alla quérir le précieux instrument. Il avait la forme la plus simple : celle d'un cône tronqué avec un couvercle percé d'un trou où passait un bâton renflé par le bas. Une fois rincée, la mémé y versa le contenu des seaux, fixa le couvercle et commença à agiter le bâton d'un mouvement rectiligne en donnant au liquide onctueux des chocs rapides.

L'enfant s'intéressa à des aventures de Bicot déjà dix fois lues. Ce personnage venu du Nouveau Monde ressemblait aux copains de la rue Labat. Autour de lui, quelle famille ! Le père Bicotin avec son crâne dégarni et tout en bosses voulant toujours jouer les redresseurs de torts et s'en tirant généralement avec les fameuses trente-six chandelles. Sa femme, bonne ménagère, ne cessait de préparer des tartes qui sortaient fumantes du four. Et la grande sœur, cette snob de Suzy, courtisée par des mondains gominés, qui essayait de donner des bonnes manières à Bicot! Lui, il ne rêvait que de rejoindre ses Ran-tan-plan, Julot, Ernest et Auguste, poulbots aux vêtements rapiécés, clochards en miniature, pour tenter de créer un club de ce base-ball si peu connu en France.

Floc! Floc! chantait la baratte. Parfois, la mémé changeait de bras. Elle refusa toute aide de son mari ou d'Olivier. C'était son travail à elle.

Le pépé fit glisser un tiroir du buffet et le posa sur la table. Que cherchait-il dans ce fouillis d'objets hétéroclites comme on en trouve dans tous les tiroirs? Il finit par tendre à Olivier une lettre de deuil et lui conseilla de la lire. Il s'agissait d'une lettre du père Cent rapportée par Victor du régiment. Elle contenait des propos mêlés de style macaronique comme « onslasoulra-lagueulorum » ou « lesr'vues-çamassum! » qu'il fallait lire à haute voix pour comprendre. Olivier finit par trouver le nom de Victor « brigadier dit Bras-de-fer ». Le pépé expliqua cette coutume de fêter les « cent jours au jus » en attendant la fuite.

L'enfant ne détacha pas ses yeux de tout ce que contenait ce tiroir : une tabatière en os, des timbres antituberculeux, du papier pour les pots de confiture, un chapelet (celui de la tante Maria) dans un écrin de vrai cuir, des bobines, les restes d'un papillon cloué sur un bouchon, des images pieuses représentant la Vierge à l'enfant, la Sainte Famille, les saints Médard et Roch, des cachets de première communion, des bésicles, un buvard, du papier sent-bon, une boule de papier d'étain...

Olivier revit un carton chez sa mère où il plaçait ses trésors et que Virginie appelait « ses reliques », puis il pensa à l'armoire de sa chambre chez la tante Victoria, avec les livres de l'Araignée et les autres, les collections de tickets de métro aux noms de diverses stations, les affaires d'écolier.

Floc! Floc! le son devenait plus mat, la mémé continuait de battre sa crème, une goutte de sueur coulant sur le cuir de sa joue. Le pépé trouva ce qu'il cherchait : un long flacon d'eau de mélisse des Carmes Boyer dont il versa quelques gouttes sur trois sucres, un pour chacun.

— Mmm! c'est fort... merci pépé.

Comme le vieil homme consultait un manuel de maréchalerie, Olivier confia :

— A Paris, j'ai plein de bouquins!

— Ici, il n'y en a guère, dit le pépé, mais si tu fouillais sous le plancher du grenier, là où je t'ai dit, c'est bien rare si tu n'en trouverais pas...

— J'irai voir, avec un bâton.

— Et puis, mon ami, le père Chadès pourrait t'en prêter. Tu lui demanderas de ma part. Bien poliment.

Pourquoi la mémé, entre deux mouvements, haussa-t-elle les épaules? Un jour, elle lui dirait à dessein : « Tous les gens qui écrivent, c'est rien de bon! »

Bientôt, elle cessa de battre. Minutieusement, elle délaita en pétrissant le beurre qui ressortait entre ses doigts crispés, le trempant fréquemment dans l'eau fraîche. Pour lui donner sa forme, elle le tassa dans un moule en bois tout simple et, enfin, l'orna de dessins tracés avec l'extrémité d'une cuiller. Elle fit ainsi deux pâtés ovales et rangea le reste dans un pot de grès qu'elle retourna sur un plat empli d'eau. Les déchets du lait, le *mergue*, le *sarassou*, ne seraient pas perdus.

Elle étala du beurre sur une tranche de pain bis qu'elle partagea en quatre morceaux sur lesquels elle fit couler une

pincée de sel. Ils goûtèrent cet échantillon. Le beurre
était jaune, doux, savoureux, et ils se régalèrent. Olivier
fut chargé de porter le quatrième morceau au tonton qui
nettoyait sa forge.

— Glisse-le-moi dans la bouche. J'ai les mains trop sales.

— Tout d'un coup?

— Oui, plein la gargamelle!

Ils rirent et Olivier se sentit très bien. Il proposa « un
coup de pogne » et fut chargé de changer l'eau du baquet.
Pour la peine, Victor lui prêta sa bécane dont il avait
baissé la selle à son intention.

Du cours National à la place de la Borie, Olivier fit
bien des essais infructueux. Ses jambes n'étaient pas tout
à fait assez longues et il ne parvenait à pédaler qu'en danseuse. Au bout de quelques tours, le vélo se couchait sur
le côté et il devait se donner du mal pour ne pas tomber
ou recevoir le choc du cadre au mauvais endroit. S'il
apercevait un passant, il descendait bien vite et poussait
le vélo devant lui, par le derrière de la selle, en prenant
soin que le guidon restât droit, avec des mouvements de
main habiles et nonchalants.

— Hé! petit, viens au jardin, je crois qu'il reste quelques
fraises!

Il reconnut la sœur, celle qu'on disait simple, à qui le
royaume des cieux serait ouvert, et qui s'occupait des
gros travaux de l'école religieuse. Si noiraude que fût la
mémé, elle l'était davantage. Un peu tordue sur le côté,
son visage penché, large et rond comme une lune, souriait,
éclairé de soleil. Elle agitait des doigts couleur de terre
avec des grâces de vieille petite fille.

Le jardin potager se trouvait de l'autre côté du chemin, derrière un muret orné de plantes grimpantes et sur lequel les chats aimaient prendre le soleil. Tandis qu'elle sortait une énorme clé de la poche de son tablier bleu rapiécé de rectangles gris, Olivier rangea la bicyclette près de la forge.

Il faisait une chaleur de serre, mais dès qu'Olivier se glissa sous les arbres fruitiers, une bienfaisante fraîcheur le gagna. Il s'agenouilla devant les fraisiers, les caressa. En s'inclinant, les feuilles dévoilaient les derniers fruits bien mûrs, un peu salis de terre, qui fondaient dans la bouche.

— C'est bon! Vous en voulez, ma sœur?

— Oh non! Aujourd'hui, je fais pénitence, mais mange, mange tant que tu veux!

Comme chez le pâtissier Anglade, en somme! Et on oserait dire devant Olivier que les gens du Centre ne sont pas généreux! La sœur, que la mémé appelait la Clémentine, dans ce jardin touffu paraissait toute heureuse. Son dur travail devenait sa récréation. Gavé de fruits, assis sur une pierre, Olivier la regarda buter les céleris, lier les chicorées pour les faire blanchir, mettre de la paille brillante comme de l'or au pied des plantes pour leur garder le frais. Se dressaient là des poiriers en espaliers, des pruniers gris, un cerisier où il restait quelques fruits minuscules portant les cicatrices des blessures d'oiseaux, noirs comme du jais et d'un goût qui restait longtemps dans la bouche.

La sœur accompagnait ses gestes de commentaires, parlait aux plantes, priait pour le soleil ou pour la pluie, disait :

— Je vais planter des amaryllis d'automne, des lis pour l'autel, des perce-neige, des fritillaires impériales...

Et Olivier entendit encore : « glaïeuls, bégonias, passe-roses... ». Rien de plus joli que les noms de fleurs.

— Approche des pétunias. Le soir, quand j'arrose, ils embaument comme le jardin des anges!

Il reviendrait souvent dans ce carré heureux, regardant trotter un hérisson, vibrer un papillon sur une fleur, butiner un bourdon, danser des ballets de moucherons. L'opiniâtreté des fourmis, la fuite d'un ver de terre, le glissement d'un escargot jaune, tout cela lui donnait une idée d'autres mondes, de galaxies en réduction que Guy l'Éclair aurait pu explorer.

La sœur Clémentine travaillait en artiste. Avec son sécateur, elle taillait des buis en forme de fuseaux, de vases, de boules. Elle ignorait la fatigue, elle appartenait au jardin, elle s'intégrait à lui, elle devenait Nature.

C'est là qu'un après-midi silencieux Olivier ressentit la sensation forte de l'été. La force végétale l'envahit lentement, le soleil le brûla, il entendit battre son sang. Les blancs daturas, tantôt ouvraient leurs coupes triomphales, tantôt retombaient, épuisés, comme des demoiselles mortes poitrinaires. Une rose rouge se dévêtait dans la chaleur, des abeilles flottaient sur les fleurs, une grosse mouche bleue paraissait ivre, un faucheux ascendait un tronc, tous les insectes se grisaient de l'odeur de la terre en travail. Ivre comme eux de stupeur et de torpeur, l'enfant s'abandonna aux lourds parfums de la maturité. Il écarta les bras comme un épouvantail et imagina qu'il lui poussait des branches, qu'il devenait un arbre qui marche et qui danse. Traversé par les images les plus folles, il s'y abandonna avec délice. Il connut des sensations nouvelles éloignées des dictées de la raison, une liberté qui le faisait frère du martinet, cousin de la branche fleurie, compagnon de l'insecte. Seul au monde, il réinventa le jardin d'Éden et s'imagina qu'il créait les plantes en murmurant leurs noms.

Il resta là jusqu'aux flammes paisibles du couchant,

oubliant tout, jusqu'à la bonne sœur qui vidait son dernier arrosoir dans un arc-en-ciel. Derrière le mur, près de la forge, Victor devait fumer la cigarette du soir, entre travail et souper, son briquet à la main, et pensant à la journée. Puis la sœur appela comme on appelle des poules :

— Hé! petit, petit... Tu t'es endormi, tu sais!

— Oh non, ma sœur, je n'ai pas dormi.

— Alors, c'était tout comme...

Elle rit comme chante un oiseau et Olivier, pris de soudaine gaieté, jeta un sonore : « Au revoir, ma sœur! » Son côté Butte-Montmartre réapparut car il pensa : « Ma frangine ». En sortant, il trouva la mémé qui rentrait ses vaches. Elle tenait son tablier de cheviotte noire relevé sur son ventre et des herbes mouillées apparaissaient sur les côtés. Elle écarta le pan, parla en patois, puis se reprit :

— Porte voire un peu ça à l'*ousta*.

Il plongea ses mains et sortit un paquet de verdure et de feuilles qui enveloppait des truites luisantes aux reflets roses et dorés.

— Des truites. Où vous les avez eues? Qui les a données?

— Qui le sait? dit-elle en tapotant son tablier. Qui le sait? Peut-être Celui qui met des queues aux cerises...

Il faudrait quelques jours avant qu'Olivier eût l'explication. Au pré, quand les alentours étaient déserts, la mémé quittait ses galoches et ses bas, retroussait sa lourde jupe et ses jupons, et, pieds dans l'eau, allait tâter les herbes aquatiques, glisser ses mains sous les pierres pour braconner la rivière. Cela, elle ne l'avouait jamais, même à ses proches, mais Victor, un jour qu'il était derrière un orme avec une belle Saugaine, en avait été le témoin.

*
* *

Après un souper de pommes de terre écrasées avec du fromage blanc, tandis que Victor se pressait de descendre à Langeac sur sa monture mécanique et que le pépé triait des lentilles, Olivier rêvait d'évasion.

Après souper, les gens se promenaient sur la route du Puy, et s'asseoir sur le muret en face du notariat de maître Charrade permettait un aimable spectacle. Les promeneurs se donnaient le bonsoir et affirmaient que la journée avait été belle. Olivier savait aussi que Renée Gendre, bras dessus, bras dessous avec ses amies, passait là. Un soir, il s'était approché d'elle et, tout rougissant, n'avait pu prononcer que des banalités. Une autre fois plus causante, elle lui avait demandé des nouvelles de Marceau.

Le pépé devinait toujours les choses. Il dit qu'il était trop tôt pour se coucher et qu'Olivier devrait bien accompagner sa grand-mère à la veillée. Victor disait « à la causette » et, sur un ton lointain, parlait aux poutres enfumées de ces vieilles qui passent leur temps à cancaner. Les rapides ripostes de la mémé, elles aussi, s'adressaient aux anges : « Il en est qui cherchent la nuit derrière les armoires ! » Ou, sur un ton plus acerbe : « Ceux qui parlent le plus haut n'ont rien dans la bourse ! » Et encore : « Ce sont les ânes qui portent reliques ! » C'était en patois, mais Olivier, instruit par les leçons du pépé, commençait à comprendre et mesurait la valeur des attaques.

— Eh ! qu'il vienne s'il veut ! jeta la mémé à Olivier. Je suis sans secrets, *boun dièou !*

Vite, l'enfant mouilla ses cheveux et y passa le peigne. La tignasse qui s'allongeait sur les oreilles et le cou résista et il fit « aïe ! aïe donc ! » Le pépé constata :

— C'est qu'il est coquet, mon petit-fils!

Et la mémé fit une allusion à sa fille Victoria qui passait jadis tout son temps à s'attifer.

— *Dispatsa-ti oun paou!*

Olivier courut derrière sa grand-mère qui parlait toute seule et il entendit : « Ce Victor, quel gâte-paroles, il me gangrène le sang! »

La nuit promettait ses étoiles filantes. Les chats sur les murs et les toits respiraient avec délices. Des femmes, sur le pas des demeures, faisaient durer la soupe du soir et restaient encore longtemps, le bol vide à la main. Une machine à coudre grignotait le temps. Olivier pensa à la rue Labat et soupira. Sur le cours National, la mémé hésita. Irait-elle chez la Clerc ou chez Mme Pic, aux Roches?

Elle se décida pour la Clerc (qu'on appelait ainsi parce qu'elle était veuve d'un suisse d'église). Elle tenait commerce d'épicerie dans une ruelle médiévale près de la tour des Anglais. Là, on débitait le rhum à la mesure et la moutarde au poids; les bonbons collés dans les bocaux formaient des pierres multicolores, belles comme des émaux; des flacons d'extraits Noirot promettaient de préparer chez soi tous les spiritueux; on dédaignait souvent la balance Testut pour la balance romaine qu'on croyait plus équitable. Sur le comptoir, un présentoir de métal contenait des sachets de graines de semence jaunis. Au-dessus du tonneau de vinaigre un panneau-réclame vantait les comprimés Barral pour conserver les œufs. Au fond de l'âtre, une marmite de fonte pendait à une potence à créneaux toute noircie et des toiles d'araignée énormes tendaient leurs pièges.

Quand ils pénétrèrent dans cet antre qui sentait le poivre et la cannelle, la musique d'un carillon composé de

tubes de toutes tailles les accueillit. Sur des chaises ou
des sacs de légumes secs refermés, des vieilles se tenaient
assises. Par mesure d'économie, la Clerc n'allumait pas
l'électricité et il fallut du temps pour que le regard s'habi-
tuât à l'obscurité. Elles étaient une dizaine, toutes en
coiffe blanche et se ressemblant. Cette atmosphère de
catacombes leur plaisait. Elles restaient là des heures
durant, le corps immobile, les mains seules actives. Olivier
eut droit à un banc de couturière et la mémé à une caisse
égayée d'un coussin de sacs de jute.

Les éternelles variations sur le thème du petit orphelin
qui n'a ni père ni mère eurent lieu et la mémé se sentit
intéressante. Mais quand on demanda si Olivier était
sage, elle répondit qu'il agissait comme tous les enfants.

Fasciné par cette assemblée, Olivier, dans la pénombre,
regarda comme des bêtes, des rongeurs ou des oiseaux
nocturnes, toutes ces mains animées, sèches comme
bois de lit, tavelées de taches, cireuses, pleines de nodo-
sités, l'extrémité de certains doigts tordue. Les coiffes
étaient les mêmes, seule la couleur du ruban ou celle de
la tête d'épingle changeait. Le deuil ajoutait parfois un
tulle noir, le froid une coiffe de dessous. Il n'était que bas
de laine noirs et galoches. Les vêtements paraissaient tous
du même tissu.

La surdité isolait la plus ancienne qui avait passé
nonante. Des sillons en toile d'araignée marquaient sa
peau ivoirine. Elle restait la dernière, sans doute, à faire
de la dentelle comme autrefois. Le carreau sur les genoux,
elle entrecroisait les bobines de buis tandis qu'un joli
ruban coulait dans une corbeille d'osier à ses pieds. Autrefois, quand la leveuse venait à Saugues, ces dentelles se
vendaient en Espagne et jusqu'aux Amériques. Cet art
se perdait : qui savait encore distinguer les points et les

modèles, des brides de Langeac aux monistrolles et aux allègres? Et au Puy, des machines allaient tellement plus vite.

La Clerc essuya avec ses pouces des lunettes à verres ovales dont elle glissa les fines branches sur sa coiffe. Une Marie à museau de renard, au visage sillonné de rides aux endroits où habituellement on n'en trouve guère, faisait une couverture au crochet. Léonie, les yeux entourés de gros cernes qui lui donnaient l'aspect spectral d'un hibou, jouait de l'épingle sur un cercle à broder en forme de tambour de Basque. La Philomène aux sourcils épais comme des chenilles, celle qu'on disait si pauvre qu'elle ne vivait que d'eau chaude et de déchets, tricotait un interminable cache-nez avec de la laine ayant déjà servi et nouée par endroits. Certaines jouaient à quatre aiguilles pour les chaussettes ou fabriquaient des chandails à torsades. La Clerc demanderait à Olivier de tendre les bras pour la mise en pelote d'un écheveau, et il adopterait le mouvement rotatif voulu, pliant les doigts à chaque tour pour laisser passer la laine.

Le silence fut troué par une sorte de lamento modulé d'une voix de tête par une femme toute rabougrie, aux poignets gonflés de veines noires, qu'Olivier n'avait pas aperçue.

— *Ah! Ah! Préco, préco, moun Dièou, qué su marirouse, marirouse, paoura, paoura...*

La mémé posa son ouvrage dans le creux de son tablier entre ses genoux. Le bleu acier de ses yeux flamboya dans le noir. Les poings tendus en avant, elle jeta :

— *Tisa-vous, Maria, sès pas tant marirouse qu'ieoü!*

« Taisez-vous, Maria, vous n'êtes pas aussi malheureuse que moi! » Cette revendication du malheur déchaîna un chœur de pleureuses digne des lamentations de Jérémie.

Ces vieilles femmes, entre église et cimetière, portaient en elles tant de souvenirs et de deuils qu'il fallait exprimer un trop-plein de douleur. Dans l'orgueil, dans la possession de son mal, chacune apporta ses longues plaintes mêlées d'imprécations, de reproches, de prières, et cela forma un chant collectif venu du fond des âges, une messe tragique où l'on se frappa la poitrine, où l'on accusa le sort et les intempéries du monde.

— *Mounstré de sort! Paourès de n'atrès!*

— *Quona desoulacion!*

— *Vierge Marie!*

Impressionné, Olivier se tassa sur son banc et regarda les rangées de pieds galochés. Une sensation de peur l'envahissait. Ces femmes endeuillées devenaient proches de ces formes noires qui l'avaient visité dans ses cauchemars après la mort de sa mère. Les gestes des tricoteuses, des brodeuses, de la dentellière, paraissaient lents et malhabiles. Les recoins d'ombre se faisaient redoutables et la ruelle, derrière les vitres, se chargeait de dangers, de méfaits et de crimes. Pour se rassurer, il regarda les aiguilles, les crochets, les bobines, les ciseaux, les dés à coudre armant les doigts, les lunettes, les étuis, il pinça le bas de la robe-tablier de sa grand-mère.

Aux lamentations succédèrent de vagues conjurations et des murmures de prières, et, peu à peu, le silence envahit la boutique comme de l'eau emplissant une coupe.

— C'est qu'il ne comprend pas, ce petit, dit la Clerc en tendant avec des mines douillettes un sucre d'orge à Olivier.

— Si, un peu, merci madame.

— Bien honnête!

Ainsi, comme sur le haut plateau battu par les vents, la bourrasque hurlait rude et s'éteignait comme elle était

venue. Il en fut ainsi et dans la nuit de la veillée grandit
un petit soleil. La mémé émit un rire de gorge et elle dit :
— C'est Padelle qui me fait rire. Qui l'a connu ?

Sans attendre une réponse, elle conta l'histoire de ce
domestique de ferme, entêté et bourru, qui avouait n'aimer
que la soupe. Un jour de fête où il y avait du poulet, on
lui servit un bouillon d'orties qu'il fit semblant de manger
avec plaisir et gourmandise tandis que les autres se goin-
fraient de viande savoureuse.

Olivier, voyant glousser les femmes, se disait : « C'est
pas tellement marrant ! » mais c'étaient bien ces simples
narrations quotidiennes et vraies qui faisaient plaisir. En
fait, elles ne quitteraient pas son souvenir. La Clerc parla
d'un conscrit qui parcourait les rues de Saugues en criant :
« Au secours ! Au secours ! Ma vie est en danger ! »

Et la plus ancienne, toute sourdette qu'elle était, devinait les histoires, souriait aux mimiques, racontait que le
fossoyeur disait : « Moi, je n'enterre pas... » et ajoutait
avec une révérence : « ... J'accompagne ! » On parla de
ce cornard de Monistrol-d'Allier dont la femme avait
« la serrure joyeuse » et on ajouta : « Chez l'Ernestou,
c'était la poule qui faisait cocorico ! » Et son portail fait
de bois coupé pendant la mauvaise lune... Et celui-là qui
mangeait son « cinquantième » en offrant à la fille d'un
métayer des bas à cinquante francs la paire...

Chaque histoire était ponctuée de gloussements. Les
vieilles s'éloignaient de la tombe et se rapprochaient du
berceau. A la recherche du ridicule chez autrui, elles
émettaient des ricanements dignes de ce Voltaire qu'elles
ignoraient. Et l'on disait : « Ah ! de ce *ramèna-merda !* de cet
innocent ! de ce cherche-ligue ! de ce... »

Quand elles furent à court d'inspiration, leurs mains
brunies s'activèrent davantage pour rattraper le temps

perdu. Olivier, regardant la pointe de son sucre d'orge à
torsades vertes et blanches, écarquillait les yeux, se répétait :
« Je vois dans le noir ! » et s'imaginait une vision de chat.

Un pas résonna sur le pavé de la rue. On aperçut une
jeune fille, un pot de lait à la main. Au bout d'un moment,
une langue se délia :

— C'est la Marie qui vient de passer. Celle du Piérou
de Vazeilles. Si...

— Une bonne petite, et travailleuse ! trancha la Clerc
sur un ton péremptoire.

Mais comme il fallait bien médire un peu, on dut chercher dans son parentage et, tant bien que mal, on trouva
une grand-tante, toujours cul par-dessus tête, qui aurait
été au Puy l'entretenue d'un négociant en vins. La Clerc
protesta et traita la médisante de *pissa-pèbre* (pisse-poivre),
ce qui jeta un froid.

Quand la conversation languit, la mémé donna le signal
du départ :

— *Nous tsoudro ana i leï !* Demain, le travail n'attendra
pas...

— *Vaï,* on en fait toujours bien assez.

Demain, Olivier, au chaud de la forge, raconterait sa
veillée à Victor, lequel dirait, philosophe : « Toutes ces
vieilles qui pètent sur des sacs de haricots ! »

Seul le chant des cloches pouvait couvrir celui du
marteau sur l'enclume. Le dimanche matin, par malice,
Victor frappait dès l'aube avec plus de générosité avant
d'aller à sa toilette et de se vêtir en dimanche. Dès son
éveil, Olivier prenait son sourire de fête. Le pépé avait
toujours préparé une table bien garnie. La charcutaille,

les tomates en salade, le sarassou qui fait les hommes forts,
le chevreton et la fourme formaient la matière solide du
déjeuner de huit heures, en attendant le dîner de midi un
quart si Victor ne s'attardait pas au concours de belote
chez Catouès où la Marthe servait vin rouge, anis et
quinquina.

— Au travail, on fait ce qu'on peut. A table, on se force,
disait Victor en se lavant les mains à la fontaine.

Dès que la mémé était rentrée de la messe, on attaquait,
le couteau déplié au poing. L'enclume s'était tue, le clocher
se reposait, on entendait chanter les coqs. De la cour des
frères venaient des roulements de tambour et des accords
de cuivres. Dans le lointain, une T.S.F. fit entendre :
C'est pour toi Lola, ô ma brune... et Olivier ajouta d'une voix
ensommeillée : *Que ce soir j'ai fait ce tango!*

— On ne chante pas ici, dit la mémé encore aux pensées de la messe.

Elle glissa quelques pièces dans une aumônière : pour la
messe du bout de l'an qui apaiserait les âmes du purgatoire.

— Cet Olivier, dit le pépé voyant bâiller l'enfant, il
dort, mais qu'il dort! Il dort comme une légitime.

— *A quaoü lou dïsès!* fit Victor.

Des gens passaient sur la rue, raides dans leurs habits
bien repassés du dimanche. Des enfants couraient pour
le plaisir et des chiens aboyaient. Le pépé, à la fenêtre, eut
une conversation avec l'autre maréchal, celui de la place
Antique.

— Qui étrennera ma barbe? demanda le tonton.

Bien sûr, ce ne pouvait être qu'Olivier. Il posa un baiser
sur la joue bien rasée et reçut un billet de cinq francs plié
petit dans le creux de la main.

— Merci, tonton! chuchota-t-il car Victor lui avait

demandé en pareil cas « de ne rien dire à personne ».

Avec un bon sourire le pépé se leva, tendit la main à son fils, le tira vers lui et l'embrassa trois fois.

— Bonne fête, mon Victor!

Oui, c'était la Saint-Victor! « S'il pleut à la Saint-Victor, la récolte n'est pas d'or. » On éprouvait des craintes car le ciel se plombait et les mouches menaient grand train. Olivier lança un croûton de pain dans la cour pour ce Pieds-Blancs toujours affamé. Dans la chambre de Victor, un panier de linge sale débordait et la mémé parlait de la lessive du mois.

Olivier ne cessait de regarder, de découvrir quelque objet jusqu'ici passé inaperçu. Ainsi, ce rameau de buis, derrière le crucifix qui veillait sur la mémé croyante et le pépé païen, ces épais fers à repasser en fonte aux poignets de feutre piqué près de la cheminée, ce bouquet de balsamines ornant la table de chevet, le journal *La Haute-Loire du dimanche* sur une chaise, ces écaillures de la toile cirée, une en forme de quartier de lune, l'horloge servante en robe de bois, la bouteille de verveine vellave distillée avec vingt-trois plantes aromatiques que le pépé venait d'offrir à son fils, les betteraves rouges venues du four du boulanger... Chaque objet prenait une vie particulière, devenait le centre de la pièce, et, par sa présence rayonnante, tout devenait plus chaud.

Quand les flonflons d'un orphéon s'amplifièrent, Victor conseilla à Olivier :

— Vite! Vite! Va voir l'Espérance saugaine!

Olivier fit glisser la culotte de son pyjama, enfila le pantalon de golf, chaussa les sandales et, après avoir saisi une part de tourte, dévala l'escalier la bouche pleine.

Guidé par le son, il rejoignit la place de l'église au moment où la fanfare de l'Espérance, après avoir rythmé le pas sur place, commençait son défilé. Qu'ils étaient superbes les musiciens! En tenue de grenadiers de l'Empire (velours rouge et blanc, chapeaux à aigrettes ornés d'aigles impériales, brandebourgs, pantalons et souliers blancs), ils arboraient des airs martiaux et pleins d'entrain comme des soldats d'opérette, et Olivier pensa à Maurice Chevalier au cinéma dans *La Veuve joyeuse*.

Il en était de tous âges, des enfants aux plus de quarante ans, bien alignés, avec un large espace entre chacun d'eux. Olivier reconnut quelques compagnons des jeux et des courses dans les rues de Saugues. Tout au sérieux de leur rôle, ils ne regardaient guère les gens et semblaient grisés par le son de leurs tambours, alternant tout d'abord avec les instruments à vent, les cymbales, la grosse caisse, puis, les accompagnant dans une liesse triomphale. Ran! Ran! Ran! Sur leur passage, les fenêtres s'ouvraient, des applaudissements crépitaient. Les jeunes, au pas cadencé, suivirent le cortège.

Olivier, après avoir avalé goulûment le reste de sa part de tourte, se joignit à Mondillon et au petit Gignac. Au passage, ils prenaient d'autres enfants par la main et le défilé s'allongeait. Ils voulurent entraîner Marie-Rose Cubizolles et Marie Domaison, mais elles résistèrent, toutes roses de plaisir et n'osant faire comme les garçons. Dans la fanfare, les hymnes les plus guerriers ou patriotiques se transformaient en musique pacifique et ne voulaient que dire : « Nous sommes là, c'est la fête, joyeux dimanche! »

Ils parcoururent ainsi les rues du village, martelant le sol doré de bouses sèches, s'arrêtant longuement aux carrefours, avant de se séparer sur la place Antique où les exécutants conversèrent un moment avant d'aller se changer pour la messe ou le café.

Olivier entra chez Chadès où il était question du match de football de l'après-midi contre Langogne.

— Tu-tu verras, on les aura au moins par trois, non quatre à un... Si, couillon! Tu penses avec une pa-pareille équipe!

Non, Gustou aux poteaux ne laisserait pas passer une balle «...et ceux de l'avant, tiens!» Pierrot faisait cliqueter ses ciseaux dans le vide, au-dessus d'une chevelure. Il s'énervait tout seul et répondait à des objections imaginaires.

— Et toi, toi, dit-il à Olivier, demande au Victor d'oublier le pousse-café à midi. Le sport exige...

Olivier s'assit et consulta *Le Miroir des Sports.* On y voyait Georges Speicher et Maurice Archambaud, dit « le nabot », qui pédalaient dur. Puis, négligemment, Olivier se lança :

— Mon pépé m'a dit que M. Chadès pourrait me prêter des livres...

— Bien sûr, mon petitou, dit Gustou Chadès, va le voir, il prépare le manger!

— Les idées mènent les hommes! ajouta Zizi en levant l'index vers le plafond.

L'enfant se glissa dans l'arrière-boutique, monta trois marches et rejoignit Chadès père qui farcissait un estomac de porc avec du riz et des pruneaux.

— Monsieur Chadès! Monsieur Chadès!

— C'est toi? Tu viens pour tes cheveux. C'est bien... Pierrot va te prendre, il te fera la brosse. Ou Couquette! Oh! Zizi!

Olivier, les mains en porte-voix, se préparait à hurler son explication, mais Pierrot vint, se plaça en face de son père et ce dernier lut sur ses lèvres.

— Ah! des livres... Regarde dans l'armoire, mais tu les rapportes aussi propres!

En effet, ils étaient bien rangés ces bouquins, et recouverts avec du papier de fleuriste. Le regard d'Olivier brilla. Il reconnut des couvertures violemment coloriées comme celles des Pardaillans. Se trouvaient là toute la série des *Carot Coupe-Tête* de Maurice Landais où l'on voyait des sans-culottes et des ci-devant en perruque, *L'Auberge sanglante de Peirebelhe*, *Gaspard des montagnes* d'Henri Pourrat, des livres de Louis Boussenard et du capitaine Mayne-Reid. Une lecture instructive était proposée par le livre de l'abbé Fabre, mort récemment à Saugues, sur la Bête du Gévaudan, et des numéros de *Je sais tout*. Il y avait aussi des œuvres de Gyp, de Paul Hervieu, de Jean Richepin, de Pierre Veber.

Olivier choisit *L'Auberge sanglante* et *La Bête du Gévaudan*. Déjà, il avait hâte de trouver la solitude pour lire, pour « être ailleurs » comme cela lui était arrivé avec Hector Malot chez la tante Victoria. Ne sachant comment remercier, il secoua la main au dos poilu du vieux Chadès, demanda à Pierrot de remercier encore et encore. Celui-ci lui dit :

— Ça-ça ne m'étonne pas que tu aimes les livres. Tu-tu es toujours un peu dans la lune, non?

Assis sur le bord du trottoir, devant le café-tabac, Mondillon et Dédé jouaient à chi-four-mi, jetant leur main devant eux et comptant les points donnés par les fatales rencontres de la pierre, de la feuille, du puits et des ciseaux.

— Salut, les potes! On fait joujou? jeta ironiquement Olivier.

— Blague pas tant, l'Escoulas.

— Salut, les gars!

— *Adiouchas!*

Des fenêtres de chez Chany s'exhalait une bonne odeur

d'omelette au lard. Dans la vitrine de Bardin s'alignait tout un assortiment de cannes à pêche démontables, des moulinets, du fil vert, des bas de ligne tout montés, des crins, des hameçons dans des sachets transparents, des mouches artificielles. Devant la porte, au-dessus du bouquet de gaules d'un seul tenant et d'épuisettes, s'accrochaient des grappes de paniers de pêcheurs et de balances pour les écrevisses.

Plus bas, un galvaudeux qui faisait rafraîchir une canette de bière, à cheval sur le bec de la fontaine, invitait à venir boire « son pipi ». Le restaurant Laurent (chez l'Ermelinde) était bruissant de gens venus manger les tripes du dimanche matin arrosées de canons de vin frais. Dans la villa du notaire, la petite Paule faisait des gammes au piano et Olivier chanta do mi sol do — do sol mi do.

Un intermède comique lui fut offert par la cousine Anna. Tout en laissant retomber mollement son bâton sur la croupe de sa vache, elle apostrophait une demoiselle raide sous son chapeau fleuri :

— Tu te prends pour l'œuf de la poule blanche, eh! Marie de l'étable!

— Taisez-vous donc, mauvaise langue!

— Et tu fais ta Mademoiselle Hortensia, bougresse!

Olivier fit diversion en demandant à Anna ce que cette dame, qui fuyait d'un pas pressé, lui avait fait.

— Elle m'a fait, elle m'a fait... qu'elle existe!

Ils rirent ensemble et, par amitié, elle fit mine de poursuivre l'enfant à coups de bâton.

Il regardait les bébés nus à plat ventre et les jeunes mariés dans la vitrine du photographe quand il aperçut Renée Gendre qui montait la route du Puy. Elle était habillée un peu trop sérieux pour son âge : tailleur de toile noire et corsage blanc en rayonne orné d'une grosse cravate à pois noirs. L'orage se préparait et chacun se pressait de rentrer. Il se redressa, tenant ses livres à la main comme des armes, se plaça résolument devant elle comme pour lui annoncer quelque événement, mais dit bêtement :

— Bonjour. Heu... il fait beau, hein ?

Elle le dépassa avec un vague signe de tête, et il se sentit penaud et maladroit. Il rougit de colère contre lui-même. « Il fait beau, hein ? » Quelle idiotie ! On entendait les roulements de tambour du tonnerre.

Cela lui fit penser aux grenouilles qui coassent, puis aux corbeaux qui croassent. En remontant vers la rue des Tours-Neuves, il se mit à les imiter : « Coâc, coâc, brek-brek », puis « Crroâ, crroâ ! » quand il vit de nouveau Renée une couronne de pain à la main, qui sortait de chez Meyronneinc. Il crut qu'elle haussait les épaules. « Ah ! ces filles... » Il décida de s'offrir un chou à la crème.

Il courut jusque chez le pâtissier Anglade, entra, serra la main de l'ancien ami de son père et dit fermement :

— Je voudrais un chou à la crème, mais je tiens à payer !

— Mon *pille de canou*, c'est à ta fantaisie. Tu payes le premier et je t'offre les autres. Un cheval ne marche pas sur une seule jambe... Et puis, tu boiras bien un peu de limonade pour faire descendre !

— Non, vraiment, non merci, m'sieur Anglade.

— *Vaï*, mon *pïto*, ne dis pas non. Tu ne serais pas déjà un *testu* d'Escoulas, toi ?

— Merci bien, dit Olivier la bouche pleine de crème légère à goût de vanille.

Il ajouta « bonjour, petite fille » à l'intention de la

nièce parisienne et, comme la boutique était vide de
clients, il dit au pâtissier qui roulait sa cigarette :

— M'sieur Anglade, vous m'avez parlé d'un drame,
avec mon père. C'est quoi, s'il vous plaît?

— Oh! c'est pas rien, des affaires de famille du passé,
je te dirai un jour...

— Regardez-moi un peu ce goulafre!

C'était Victor qui entrait en costume, avec une casquette toute neuve, ses chaussures de foot qu'il venait de
faire réparer à la main. Il acheta une tarte aux cerises et
tandis que Mme Anglade nouait le paquet, il engloutit
deux éclairs au chocolat.

— Alors, tu vas leur en faire voir à Langogne, dis? fit
Anglade. Ne vous empoignez pas après la partie comme
la fois dernière!

Victor fit une plaisanterie en patois qu'Olivier ne
comprit pas. Puis il précisa qu'il appartenait à la ligne
de défense. Il ajouta un compliment pour son neveu. Le
pâtissier affirma que l'enfant tenait de sa mère par la
couleur des cheveux, mais que pour le caractère c'était
bien un têtu d'Escoulas.

— *Aco, par isimple*, dit Victor, il ne manquerait plus que
ça qu'il se laisse faire!

— *Testa d'ase, couma tiu!*

— Tiens un peu ta langue, pâtissier! Allez, à la soupe!

Malgré les quatre choux à la crème, le « fils de Pierre »
avoua qu'il avait « une faim canine », et Victor répondit
que c'était une bonne maladie.

Cinq

ILS étaient là tous les quatre isolés par le mauvais temps comme sur une île, qui regardaient l'orage se former.

« De ce vent... ça va faire vilain! » dit Victor, et le pépé ajouta : « *Pastre, prin toun manteï!* »

Durant tout le repas, on avait entendu mugir les tourbillons qui soulevaient la poussière. Issue des nuages chargés de nuit une lueur fantastique se déplaçait, dévorait la plus vaste part du ciel, effaçait les découpures des toits, métamorphosait les roches, les arbres, les murailles. Des roulements de cataclysme et tout devint confus, fantomatique. A l'horizon, une nappe violette, des ailes de feu, de soufre, des lueurs d'assassinat, la voix de tôle remuée du tonnerre roulant, traînant, se répétant, rendaient la montagne folle.

Olivier se serra contre sa grand-mère qui ne le repoussa pas. Victor, à la pensée du terrain détrempé où le match aurait lieu, se sentait pessimiste. On était tellement habitué à son sourire que lorsqu'il ne resplendissait pas, le tonton paraissait de mauvaise humeur. Quand la mémé, par conjuration, se signa et jeta un brin de buis dans le feu, il haussa les épaules et parla de superstition, ce qui fit dire à la femme :

— J'en connais qui sont comme des bêtes sur la terre!

— *Boun Dièou.* Que de litanies! fit Victor agacé.

— Tu vois, dit le pépé à Olivier, l'orage rend les gens colères comme des mouches.

Il ajouta qu'à Saugues tout savait se montrer violent, le soleil comme la pluie, les êtres comme le temps.

L'eau luttait avec le vent et chaque éclair semblait vous viser. Le pépé parla « d'un d'ici mais qui vit à Paris », voleur de deux paratonnerres pour en revendre la pointe de platine. Il évoqua l'histoire du cerf-volant de Franklin. Il appela le tonnerre « le tambour des limaçons ».

La mémé était furieuse car elle n'irait pas garder : trop d'eau donnerait le gros ventre aux vaches, mais déjà elle savait en quels endroits, dans les cernes des prés, poussaient les mousserons. Fourmi tranquille, de ses pérégrinations elle rapportait toujours quelque trésor enclos dans son tablier : des champignons, bien sûr, mais aussi, au hasard de la glane, un vieux fer trouvé sur le chemin, une casserole hors d'usage, de la dent-de-lion, des herbes, ou simplement du bois mort, des pommes de pin.

Victor souffla sur l'amadou de son briquet qui prenait mal. Le pépé fixa de minces bandes de cuir fauve sur le haut de ses sabots avec des clous dorés à tête plate. Dans l'étable, les vaches s'agitaient et Pieds-Blancs gémissait continuellement. Pour oublier sa peur, Olivier débarrassa la table, puis il essuya la vaisselle que sa grand-mère lavait dans le baquet cerclé comme un tonneau. Un éclair alluma les vitres, suivi d'un formidable grondement :

— Celui-là, il n'est pas passé loin! dit le pépé comme s'il s'agissait d'un obus.

On entendait la pluie couler sur les toits, tomber au grenier dans les boîtes de fer-blanc, gifler les vitres qui se chargeaient de larmes. Puis les nuages se mirent à filer très vite et suivit un silence angoissant. La mémé épongea sous la fenêtre.

Le vent se coucha comme un chien. La pluie cessa de vous tomber sur les nerfs. La respiration parut plus facile : l'orage passait. Des vapeurs s'élevèrent des prairies, un timide rayon de soleil apparut. Le pépé s'écria : « L'arc-en-ciel!», son index dessinant un demi-cercle. Olivier ouvrit des yeux émerveillés sur cette arche magique.

— Tu vois, dit le pépé, la seule raison de tout ce vacarme était de nous donner un arc-en-ciel!

— J'en avais vu à Paris, dit Olivier, mais pas si grands!

Le pépé ajouta malicieusement :

— C'est grâce à la mémé qui a jeté du buis dans le feu...

La vie reprit. On vit passer un char à quatre roues tiré par deux vaches, une carriole, puis une famille chargée de bouquets qui se rendait au cimetière. Un fermier vint prendre langue pour le ferrage d'un cheval. Victor glissa les éléments de son équipement de footballeur dans un sac de camping et s'en alla rejoindre ses coéquipiers et le groupe des supporters à l'autocar. Olivier crut bon de lui glisser dans un chuchotement les cinq lettres prometteuses de succès. La mémé, qui pensait à vêpres ou à ses champignons, en profita pour se glisser en silence hors de la maison.

— Il pleut, il fait soleil, le diable tire sa mère par l'oreille! scanda le pépé.

Olivier regarda la couverture de *L'Auberge sanglante*. Maître Leblanc égorgeait un voyageur, sa femme, la Marie Breysse, étranglait une dame, et le domestique Fétiche jetait un enfant contre un mur tandis que le feu, dans la cheminée, attendait ses victimes délestées de leurs biens.

— Ils en ont moins tué qu'on ne l'a dit, affirma le pépé, et peut-être même pas du tout! La vérité, on ne la saura jamais.

Il finit sa tasse de café et ramassa le fond de sucre avec le petit doigt. Puis il ajouta :

— Autrefois, je tenais pour vrai tout ce qui était écrit dans les livres. Mais, parmi ceux qui écrivent, il en est aussi qui sont menteurs comme des vaches sans queue.

— Et la Bête du Gévaudan ?

— Ah ça ! c'est autre chose. L'abbé Fabre, un savant d'ici que j'aimais bien malgré ses idées, a fait tout un inventaire des victimes. Elle en a tué un bon cent. Et même un Jean Chateauneuf du Mazel de Grèzes, avant la révolution de 89. Un petit berger. Il devait être de notre famille...

— Qu'est-ce que c'était cette vilaine bête ?

— Lis le livre. C'est du vrai, du vécu. Je ne suis pas du côté des prêtres, mais l'abbé Fabre, François de son prénom, c'était un qui aimait les gens et les enfants. Il en racontait des histoires, c'était quelqu'un ! Je te montrerai son ousta. J'allais parler avec lui. L'hiver, il venait se chauffer à la forge. Il en savait !

— C'était un gros loup ?

— Ou plusieurs, ou une hyène échappée d'un cirque, ou un garou, qui le sait ? A l'époque, on était superstitieux, alors on voyait le diable partout.

— Fedou, il dit qu'il y a encore des loups !

— Lui, c'est un beau parleur. Il jette la pierre et cache le bras. C'est pour te faire marronner, *pille de mascle !*

— Il dit qu'ils ne sont plus dans les bois, mais dans Saugues !

— C'est autre chose : il veut parler des gens qui sont comme des loups parfois.

— Et des renards, il y en a ?

— Oui, et aussi des blaireaux. On les prend pour les poils et pour les onguents.

— C'est quoi des onguents?

— Des pommades pour guérir. J'en mets sur mon mal, ça le ralentit, mais il monte petit à petit.

La pensée de sa plaie fit faire au pépé une grimace de douleur. Puis il regarda sa jambe grossie par le pansement et jeta avec colère :

— *Noun de Dièou!* Je suis là depuis six mois de dimanches comme une pute sans pratiques, leste comme un établi de chêne! On verra qui l'emportera, de la jambe ou de moi!

Il se leva brusquement, troqua ses lourds sabots contre de plus légers, brossa ses cheveux blancs, coiffa son feutre noir, serra les dents d'énergie et, une flamme dans les yeux toute pareille à celle de la tante Victoria à certains moments, il dit solennellement :

— Mon petit-fils, nous allons nous promener tous les deux dans Saugues!

— Mais, pépé...

— Ne dis rien. Passe-moi la grosse canne.

La main posée sur l'épaule d'Olivier, il descendit les marches en s'arrêtant à chacune. Arrivé dans l'étable, il regarda les vaches avec orgueil.

— Comme elles sont belles! Et bien tenues! La Marcade, c'est parce qu'elle est marquée de taches plus claires, la Dourade rouge clair, et la Blanche...

— Parce qu'elle est blanche, termina Olivier.

Dehors, la pluie avait avivé les couleurs, le toit de la forge, les pierres brillaient. La traversée de la cour mal pavée fut difficile, mais sur le chemin plat le pépé se reprit et présenta son visage au soleil. Olivier, inquiet, lui prêta son épaule. L'homme hésita entre la droite et la gauche et choisit la direction de la Borie. Quand ils l'atteignirent, il montra à Olivier des maisons en contrebas dont celle du café Domaison :

— Là, tu vois, nous habitions. Avec le père et mes frères, à quatre, nous frappions l'enclume du soleil levant au soleil rentrant. A l'époque, on ne commandait guère aux manufactures. Tout se faisait ici et tout était plus solide.

Un instant, Olivier eut la vision de quatre hommes, forts comme Victor, qui s'agitaient parmi le feu. Le pépé s'assit un moment sur une pierre.

— L'aîné, c'était Ernest. Ici, les bien vieux parlent encore de lui. Il mesurait un mètre quatre-vingt-dix et plus et pesait les cent kilos tout de muscles. Un emporté qui faisait feu du fer et du poing. Un chercheur de mauvaises raisons. Personne ne l'aimait. Alors, il battait les gens pour ça...

— Hô! père Escoulas. *Coumo vaï la sanda?* jeta d'une fenêtre quelqu'un de chez Domaison.

— Bonjour, Honoré. Elle va comme elle veut, mais moi je vais mon chemin. Et vous?

— On le fait aller! Ça pourra faire.

Olivier demanda :

— Il était plus fort que Victor, l'oncle Ernest?

— De la tête, cent fois plus faible. Mais quel homme! Une nuit, il était à pêcher à la main dans la Seuge, avec ton pauvre père encore tout gamin. Et voilà que les gendarmes, au clair de lune, arrivent à cheval, piquent sur eux. Pierre court dans l'eau et plonge au plus profond de la rivière. Ernest se dresse et tend le poing, les insulte, leur fait l'arbre fourchu. Ils le poursuivent jusqu'au bois, mais là, ils sont obligés de mettre pied à terre. Le bois, il le connaissait comme son couteau, il fait un détour, revient et trouve les chevaux attachés à un arbre. Il saute sur l'un, prend l'autre par la bride et part au galop!

— Oh là! Comme au Far-West!

— Sais-tu où il est allé? Jusqu'au Puy, à plus de qua-

rante kilomètres, une idée comme ça qui lui était passée
par la caboche. Là, il a attaché les chevaux devant la
gendarmerie et il est rentré à pied, sans se presser.

Le pépé se pencha, serra sa jambe dans ses mains, et dit :

— Des idées pareilles, les hommes n'en ont plus. Mais,
vois-tu, pour d'autres choses, Ernest n'était pas de bon
exemple. Je sais bien que ça pétait dur entre rouges et
blancs, mais à chaque marché du vendredi il cherchait
querelle au monde. Une fois, il en cogna quatre qu'on dut
transporter à l'hôpital Saint-Jacques pour les rapetasser.
Il a fini par passer au tribunal du Puy et la famille a eu
honte. « Ce forgeron aux poings d'acier, à la tête de
saindoux », a dit l'accusateur. Il a fait quinze jours de
prison. On n'avait jamais vu ça dans la famille. Et il est
revenu plus révolté, plus fou qu'avant. On se détournait
de son chemin. Des histoires de l'oncle Ernest je pourrais
t'en raconter cent !

— J'en avais entendu parler quand j'étais tout petit, dit
Olivier. Et aussi que mon père...

— Pierre, c'était le seul qu'il craignait. Il se serait
laissé battre par lui, conduire comme un mouton en foire,
et tu sais la raison ? C'est parce que ton père l'aimait...

Le pépé ajouta :

— Ta grand-mère aussi aime les gens plus qu'elle ne le
montre, mais elle le taira toujours. Ici, en patois, on ne
trouve guère de mots pour les sentiments, alors on les tait
aussi en français. Assez de pause, la promenade attend.
Allons, en route !

Le vieil homme parlait comme s'il allait parcourir des
kilomètres. Il fit l'effort de monter la rue Portail-del-Mas,
celle où habitait la tante Finou. Arrivé devant chez elle, il
poussa le battant entrouvert de la fenêtre. Sa sœur aînée,
assise sur un fauteuil, les mains croisées sur son ventre,

calme sous sa coiffe au ruban mauve, dormait. Il se pencha, effleura son épaule du bout des doigts, soupira et repartit. Il jeta un regard vers Olivier qui comprit : bien que fâchés, il existait bien des choses du passé entre eux. Plus tard, l'enfant viendrait voir la vieille femme sans le dire, attiré aussi par ses cousines en vacances.

Pourquoi le pépé, ennemi de tout ce qui rappelait la guerre, s'arrêta-t-il devant le monument aux morts? La place était déserte, le soleil buvait lentement les restes de l'orage. Le pépé fit une nouvelle station sur le banc de l'épicier. La canne tendue, il désigna les noms gravés sur le socle de pierre et les lut en détachant chacun d'eux : Aldon, Alibert, Anglade, André, Barande... Gaillard, Gévaudan, Gignac, Hermet... Il y avait d'autres noms familiers à Olivier, des Exbrayat, des Flandin, des Chadès. Il compta six Sabatier, cinq Cubizolles, quatre Mazel...

— Je les ai presque tous connus, dit le grand-père. Ils y sont partis sans joie, va! Le Saugain n'a pas l'esprit militaire et quitter la petite patrie, c'est plus dur que tout. Mais ils sont partis. Ils sont partis comme ceux d'ailleurs. Et les revenus n'étaient pas toujours intacts. La guerre les a sapés, leur a mangé les poumons, leur a ôté des membres, les a brûlés d'ypérite, les a vieillis, les a portés à boire...

Il se leva et jeta un dernier coup d'œil vers les côtés nus de ce socle sur lesquels, plus tard, viendraient s'ajouter les noms d'une autre guerre. Sa jambe devait lui faire horriblement mal, et cela se traduisait par un tic de souffrance sur le côté de sa bouche. Il garda cependant la tête haute mais sa main pesa de plus en plus sur l'épaule d'Olivier.

— Quand le train du monde quitte ses rails, quand les gens ne parlent plus étayé, on peut s'attendre à tout.

Cet Hitler, c'est un dangereux, il fait mettre des uniformes aux enfants. Ton oncle Henri, il en dit quelque chose?

Olivier se revit derrière un rideau écoutant les conversations des brillants invités de la tante Victoria. Ils parlaient beaucoup de cela, mais ils ne disaient pas tous la même chose.

— Je ne sais pas, pépé.

Il pensait encore à ces noms du monument et ne pouvait imaginer tant de morts dans un aussi petit village. Ils marchèrent sur le cours National où le goudron était plus doux aux jambes. Le pépé, comme s'il allait être condamné à la cécité de Michel Strogoff, regardait tout avec avidité, remarquait qu'une boutique avait été repeinte ou qu'un mur avait été crépi et revenait à ses pensées.

— Ton pauvre père, quand il est revenu au pays, en 17, je ne l'ai pas reconnu. « Te voilà toi? » Il a pleuré. Il marchait entre deux béquilles, son pied gauche était logé dans la chaussure d'orthopédie, il portait encore des éclats d'obus dans la chair, mais ce qui le changeait le plus, c'était... autre chose... Je t'ennuie, petit? Non? Tiens, par exemple, il ne parlait plus qu'en français, il avait oublié son patois. Et lui, dégourdi comme un écureuil, il restait hébété, paraissait toujours aux quatre chemins. « Où es-tu, mon Piérou? » demandait la mémé. Il levait les yeux comme s'il allait répondre « Par là... » mais il se taisait.

Olivier ne revoyait qu'une image floue de son père debout dans la mercerie. Appuyé contre le comptoir, il tenait la main de Virginie dans la sienne en le regardant assis par terre. Il paraissait très grand.

— Je les revois enfants, Victoria et ton père. Je les avais mis à la communale, tu le sais. Ils étaient à peu près les seuls et ceux de la catholique les attaquaient. Pierre rentrait, les habits déchirés, avec des bleus, mais il ne se plaignait pas. Et Victoria non plus. Au contraire, ils s'entêtaient. Mais après cette guerre, ton père était un autre. Il n'était plus un hardi, il voulait fuir, quitter le village. Un jour, il est parti avec Virginie, ta mère... et, à la capitale, il avait le mal du pays, il ne voulait pas revenir comme pour se punir, mais c'est nous qu'il punissait.

La mélancolie passa comme l'orage. Le grand-père quitta son chapeau et le remit comme s'il venait de saluer l'invisible. Il sourit et dit :

— Maintenant, je suis un grand-père qui se promène avec son petit-fils. Il doit l'ennuyer avec ses histoires, mais c'est si bon pour lui.

Il s'arrêta et prenant le menton d'Olivier comme s'il allait jouer à la barbichette, il l'obligea à tourner ses yeux vers les siens :

— Dis-moi, tu te plais ici?

— Oh oui alors!

— C'est bien vrai? Les jours font semblant d'être les mêmes mais il y a chaque fois quelque chose de nouveau. Tu aimerais rester avec nous? Mais non, je dis des bêtises. Ici, il n'y a pas d'avenir pour toi. A Paris, Victoria fera quelqu'un de mon petit Olivier. Tu sais, le métier de maréchal-ferrant n'est plus bien bon. Il se perdra. Je suis du passé, et pourtant...

Il respira un grand coup, leva sa tête blanche, et regarda vers la route du Puy, vers la montagne :

— Et pourtant, j'ai toujours pensé à l'avenir!

Il contempla les tilleuls, un enfant qui jouait avec une balle de son, les grilles vertes de la boucherie, l'eau débordant du bassin de la fontaine, la maçonnerie des martinets sous l'arête d'un toit, une vieille poussant une brouette

chargée de fagots, et chaque regard s'accompagna d'une
approbation de la tête : tout était en place.

— Pépé, vous avez mal!

Il n'avançait plus qu'à pas menus. Son visage se crispait
sous l'effet de brusques élancements, puis la douleur
s'apaisait lentement, par vagues décroissantes. A un
moment, Olivier crut qu'il allait tomber et ils titubèrent
ensemble, fragile attelage. Au coin de la rue des Tours-
Neuves, il dut s'appuyer contre le mur et l'Ermelinde
lui proposa de la goutte pour se remettre.

— Regarde ces poiriers qui dépassent du mur, Olivier.
Une année, ils ont donné tant de poires que leur propriétaire en a porté au curé en disant : « Mangez, mangez,
monsieur le curé, mes lapins n'en veulent plus! »

Comme la mémé, le pépé riait aux choses quotidiennes.
Il mesura du regard la distance qu'il lui restait à parcourir et parut rassuré.

— Autrefois, entre les ferrages, je courais comme un
poulain. En ai-je fait! Autant que ta grand-mère aujour-
d'hui. Les femmes tiennent mieux que nous. Tu sais, il
y avait de bonnes fondations, une sacrée bâtisse, mais la
lèpre des pierres s'y est mise. Ce que j'ai ne guérira jamais,
le sang me pèse trop à la jambe. Je ne danserai plus la
bourrée, une autre danse m'attend. Tiens, regarde cette
grange, c'est la Laurent qui nous la loue. As-tu déjà
dormi dans le foin?

— Non, pépé, mais...

— Je sais : tu crains ce que diront la mémé et Victor de
cette promenade. On le leur fera savoir car il faut laisser
la maison claire. En avant!

Luttant contre son mal, le forgeant comme un fer, il
marcha presque normalement. Il savait qu'il ne pourrait
plus faire d'autre promenade. Alors, il voulait retrouver

son insouciance d'autrefois. Un instant, l'image fugitive de Victor le remplaça et il fredonna une bourrée :

> *Que veniez-vous chercher, jeune homme de la montagne ?*
> *Que veniez-vous chercher, si vous ne vouliez pas danser ?*
> *Il ne fallait pas venir, jeune homme de la montagne,*
> *Il ne fallait pas venir, si vous ne vouliez que dormir.*

Il tendit sa canne à Olivier et, les doigts levés des deux côtés de sa tête, esquissa quelques pas de danse. La bourrée à deux temps, la montagnarde, il les mima avec la grâce du jeune homme qu'il avait été. Le souvenir des bals champêtres, des fêtes aux moissons ou aux reboules, de tout le bon de l'existence lui mit du feu aux joues et du rire à la bouche.

> *Moi j'ai cinq sous, ma mie n'en a que quatre.*
> *Comment ferons-nous, quand nous nous marierons ?*
> *Nous achèterons une petite écuelle, une petite cuiller,*
> *Nous y mangerons tous deux...*

Il s'arrêta, faillit tomber, se rattrapa au cou d'Olivier en répétant : « Ah! que c'est bon, ah! que c'est bon! »
— Rentrons, dit-il tout essoufflé, on va dire : Ce vieux est saoul comme une pelle à feu!
Tout haletant, mais d'une apparence joyeuse, il s'appuya de nouveau sur Olivier, lourd, si lourd que l'enfant sentait son poids jusqu'au bout de ses jambes. Il ne disait rien, « le fils de Pierre », il se sentait plein de bonheur et pourtant il avait le cœur gros. Il se retint. Quand le pépé fut de nouveau installé sur sa chaise où il s'endormit, Olivier descendit vite à l'étable et sa main entourant le cou de

la Marcade, il pleura enfin tout doucement **contre son**
épaule.

*
* *

Les *prestations* : souvent Olivier avait entendu ce mot
sans le comprendre. Victor le lui expliqua : il désignait un
impôt local qu'on ne payait pas obligatoirement en argent,
mais, si on le préférait, en travail. Il s'agissait généralement
d'entretenir les routes en sarclant les herbes des fossés,
de boucher les trous, de casser des pierres, et, dans l'année,
les moins riches donnaient un ou deux jours de peine à
la commune.

Ils se réunirent à quatre devant la forge : Victor, le
cousin Raoul Itier, Louis Montel et un des Roches qui
tendait un ventre rond que son pantalon ne contenait pas.
De leurs musettes sortaient les goulots de litres de vin.
Ils étaient munis de pelles, de pioches, et Victor portait
une masse à long manche. Ils se rendaient « au huitième »,
c'est-à-dire sur la route du Puy, à huit kilomètres, à mi-
chemin de Monistrol-d'Allier. Cet endroit était marqué
par la présence d'une baraque où parfois les jeunes, le
dimanche, allaient danser, au son de la cabrette, du
crincrin, d'un accordéon ou d'un simple phonographe,
la danse du balai ou du tapis, virer la bourrée ou tenter
valses et fox-trot en buvant des canettes de bière qu'on
allégeait de limonade.

Les quatre bicyclettes démarrèrent, les hommes tenant
le guidon d'une main, l'autre serrant le manche de
l'outil reposant sur l'épaule. Plus que d'un travail, il
s'agissait d'une réjouissance et ils partaient sur la route
chaude comme pour un pique-nique.

De sa fenêtre, le pépé, encore fatigué de sa promenade de la veille, leur cria :

— Ne faites pas trop les moucherons de vin!

— N'ayez crainte, Auguste, on rapportera les bouteilles vides!

Vers onze heures, après la lecture de l'éditorial de M. *Blume,* il conseilla à Olivier :

— Tu devrais les rejoindre. La mémé va te préparer une musette et tu pourras manger avec eux. Tu prendras par le raccourci, il te fera gagner deux bons kilomètres.

C'est ainsi qu'Olivier descendit par le chemin qui longeait le mur de pierres scintillantes du jardin des sœurs, traversa le ruisseau de Saint-Jean, et commença à gravir le chemin qui évitait tant de méandres de la route. Tandis qu'il marchait dans la chaleur, sachant que son grand-père le regardait de la fenêtre, il se retournait souvent en agitant les bras.

Lorsqu'il eut rejoint la route, il s'assit parmi les herbes sableuses, les chicorées ternies, le chiendent, la vipérine, et regarda Saugues comme, quelques mois auparavant, il observait Paris de la terrasse du Sacré-Cœur. A gauche, il voyait cette demeure mystérieuse derrière son enceinte qu'on appelait « le Chalet » et, sur la droite, la grande bâtisse rectangulaire percée de tant de fenêtres de l'école des frères. Au centre, la tour carrée nommée tour des Anglais et le clocher pointu de Saint-Médard formaient le cœur autour duquel se pressaient les maisons à toit rouge qui s'étendaient bientôt aux alentours, le long des routes et chemins, comme les pattes d'une grosse araignée.

Sur des verts tendres, d'autres, presque noirs, s'étalaient comme des taches d'encre. Un entourage de montagnes aux couleurs douces préservait cette Suisse de la Margeride. Des vaches, clochers vivants, faisaient entendre la musique suspendue à leur collier et des chiens se tenaient, langue pendante, auprès des pâtres. C'était le bon de l'année et la nature, pleine d'entrain, jetait ses cavaleries dorées et ses herbes nourricières autour des roches gris souris. Les arbres, pins, sapins, hêtres, trembles, bouleaux, tilleuls, érables, saules, ormeaux, dans leur lutte vers le haut, ponctuaient le paysage de signes puissants et durables.

Sur les reins d'Olivier, la musette pesait car elle contenait de la nourriture pour plus d'un, une pachade dorée encore tiède, du saucisson de montagne et un solide jambonneau constituant le meilleur du repas. Il marcha sur la droite de la route frappant les cirses, les onopordons et les carlines à coups de bâton vigoureux, s'arrêtant pour écouter jaser un étourneau ou guiser un chardonneret, voir sautiller une bergeronnette ou suivre le vol d'un oiseau de proie, buse ou épervier, en s'effrayant à la pensée de ces aigles qui, dans les vieilles histoires, enlèvent les nouveau-nés. Il côtoyait les sentes bordées de noisetiers, de sureaux, d'aubépines, d'églantiers, de genévriers, qui serpentaient vers des hameaux silencieux. Parfois, il posait le doigt sur une épine noire, appuyait légèrement et une petite goutte de sang perlait. Des sauterelles, devant lui, crépitaient comme des gravillons jetés et parfois les plus grosses déployaient leurs ailes bleues.

Il s'arrêta, s'assit parmi les digitales pourpres, les choux d'âne, et huma ce que Jean, lorsqu'il rêvait du tandem, appelait « un bon bol d'air ». Il retira ses sandales et vit les traces blanches des brides sur ses pieds empoussiérés. Il mouilla son index et étala un peu de sale, se moucha comme Victor avec ses doigts, s'essuya au mouchoir, fit un petit pipi qui chassa une araignée à longues pattes et repartit d'un pas vif, comptant les bornettes des cent mètres et celles plus grosses à tête rouge des kilomètres.

Mais quelle côte! Même Leduc ou Antonin Magne auraient été obligés de grimper en danseuse. Parfois, une automobile passait, et il essayait de deviner sa marque. Un attelage chargé d'arbres énormes roulait en direction du Puy. Il envia un gamin qui descendait vers Saugues à bicyclette en se penchant sur le guidon.

Puis la route s'adoucit. Au bout de sa marche, il aperçut de petits groupes de travailleurs. Les uns cassaient des pierres, d'autres pelletaient ou étalaient du goudron comme de la marmelade dans les trous d'une tartine. Quand il aperçut ceux qu'il connaissait, il agita ses mains au-dessus de sa tête et ils lui répondirent en secouant leur casquette.

Les mouvements des corps avaient fait descendre les pantalons sur les hanches et les chemises, marquées de sueur, flottaient. Seuls quelques vieux cuisaient sous leur bourgeron. Tous travaillaient sans trop forcer mais la réverbération solaire, le chaud du goudron, peut-être aussi de trop fréquents recours à dame Chopine rendaient les visages cramoisis.

— Alors, l'artilleur! jeta Louis Montel. Tu arrives à temps pour boire un canon.

— Non, pas de vin pur, dit Victor en écrasant une grosse pierre de sa masse, comme à Biribi.

Mais Montel, dit Catouès, arrachait la bouteille coiffée d'un verre de la rase où elle gardait le frais. « Et toi, Victor, tu n'aurais pas bu un canon par ce chaud à son âge? » Pour ces cantonniers d'occasion qui n'attendaient qu'une occasion de se distraire, l'arrivée d'Olivier faisait diversion et il devenait un centre d'intérêt.

— *Coī moun nebou!* disait Victor, aux gens de l'équipe, *moun nebou de Paris!*

Après avoir bu un demi-verre de vin pur, Olivier gonfla ses pectoraux, tâta ses biceps qui avaient durci, et jeta :

— Si vous avez besoin d'un cantonnier, je suis là.

— Et un peu là! railla Raoul Itier.

D'homme en homme, une rumeur se propagea : c'était l'heure du casse-croûte. Celui de la mairie enfourcha sa motocyclette et dit qu'il reviendrait sur le coup de trois heures. Par équipes, les travailleurs se disséminèrent sous les arbres, s'asseyant sur les pierres ou sur le tapis craquant des aiguilles de pin mortes. Olivier prit place sur une butte. En contrebas proliféraient ces plantes sauvages dont un vieil ami lui apprendrait bientôt les noms : hautes gentianes, ravenelles jaunes, varaires blancs, bardanes aux boulettes rosâtres, knauties mauves, orchis pourpres, molènes, sainfoins et anserines violacés, œillets de poète cramoisis...

L'enfant joignit ses provisions à celles de ses compagnons et s'étalèrent sur des torchons les éléments d'une fameuse ripaille. L'acte de nourriture les unit à ce point qu'ils ne cesseraient de manger qu'à l'épuisement des victuailles. Bientôt, le vin aidant, et il coulait dru! des plaisanteries fusèrent, grasses à souhait, en patois le plus souvent qu'Olivier ne comprenait pas toujours. Tant pis d'ailleurs si la finesse lui échappait, il riait par contagion.

Victor parla de sa mère. Elle boudait car elle aurait voulu participer aux prestations, comme un homme, mais on ne voulait pas de femmes!

— J'en ferais deux fois tant que ces ivrognes, ces malfamés demi-pendus, et ça t'épargnerait une journée de boire!

— Mais, *mame*, c'est l'habitude, avait dit Victor.

— *Taisa-té, salouparié de mondze-laine.* Sagesse et jeunesse ne vont pas du même train!

Du lit, prenant parti pour Victor, le pépé avait jeté sentencieusement :

— De femme à barbe, il suffit d'une tous les cent ans!

Sur ce, la mémé avait juré qu'elle quitterait la maison, qu'en septembre, lorsque les vignerons du Vaucluse viendraient ramasser les aides pour la vendange, elle y partirait comme autrefois dans son jeune temps. C'était sa menace favorite, et il ne fallait pas lui dire qu'on ne voudrait pas d'elle car elle partait en claquant la porte et ne rentrait qu'à la nuit noire.

Les hommes répétèrent pour Olivier quelques histoires qu'ils avaient coutume de dire en patois. Victor affirma qu'elles y perdaient du sel, mais l'enfant, un peu gris, riait de tout très fort. On parla de Philibert Besson, le député trublion, « candidat d'aucun parti », de ses déclarations tonitruantes et de ses procès.

— Il en remontrera aux Parisiens, dit celui des Roches.

— Un jour, dit Montel, tu le verras arriver à Saugues, à moto, pour coller lui-même ses affiches.

« Ah! il est fêlé de la tirelire... Avec lui, on serait européens et il n'y aurait plus de guerre... Il en vaut plus que ceux qui nous font la loi de loin... Ils le destitueront, tu verras... » Chacun apportait son opinion sur cet ennemi des robins, de l'administration et des gendarmes, attaquant la Compagnie du chemin de fer comme don Quichotte les moulins à vent.

— Et Prosper Momplot, il en faisait bien d'autres!

Oui, les « étoiles » ne manquaient pas dans la région. A Saugues, avec la dernière de Fedou le magnifique, on avait de quoi dire. C'était toujours rugueux, matois, fleurant bon le terroir.

— Tu sais ce qu'il a fait? commença Raoul. Au Puy, il va voir un avocat qui lui cherchait des raisons pour une affaire de mitoyenneté. Il l'écoute sagement, puis il dit : « Monsieur l'avocat, prendriez-vous un beau lapin

de garenne? » Et l'avocat répond. « Ça c'est autre chose,
certes oui! » Et Fedou qui répond : « Alors, vous êtes
plus habile que mon chien! »

— Quel artiste! dit Victor parmi les rires.

Et les farces aux bigotes. Et les casseroles aux queues
des vaches. Et le cochon de Louisou auquel on avait peint
la queue en vermillon. Et cet autre à qui on avait conseillé
pour un bouillon de pie de ne pas déplumer l'oiseau. Et
tous ceux qu'on faisait courir pour des 1er avril durant
toute l'année. Bientôt, cela redevenait vert : histoires de
jeunes mariés ou de cornards, galipettes et pantalonnades.
Une imprudence de parole engendra un début de dispute :

— Tu serais poli avec mon cousin que ça ne serait pas
plus mal!

— Avec un œuf, j'en sais qui veulent faire trois omelettes.

— C'est pas pour moi que tu dis ça?

— *Vaï te dzaïre et bouliguès pas tant,* tu donnes chaud!

Se dzaïre : se coucher. Ils y pensaient depuis un bon
moment. Il faisait bon sous les arbres et tout disposait à
la sieste. « On en pique un bon? » Ils s'allongèrent dans
la fraîcheur verte. Chacun sous son arbre. Montel riait
tout seul et répétait : « De ce couillon! De ce couillon! »

Olivier mis en joie chanta *Dans la vie faut pas s'en faire.*
Il se sentait important comme une grande personne. Il
rêva tout éveillé qu'il sautait comme Tarzan parmi les
arbres. Il écouta les roulades d'un merle, regarda les
hautes branches et la forêt se mit à tourner comme un
manège. Le vin, le soleil... Victor, à moitié endormi,
scanda : « Mon neveu en tient une, mon neveu... » Dans
l'après-midi, l'état général des routes de la Haute-Loire
ne devait guère s'améliorer.

*

* *

« Le travail n'attend pas! » Un jet de burette à huile
sur l'avant-bras marqué d'une brûlure et Victor continuait
de rectifier son fer à cheval. Mollement, Olivier tirait sur
le soufflet. Il gardait dans la bouche le goût du quatre
heures : une délicieuse mesclade, c'est-à-dire du sarassou
pétri dans du lait crémeux, suivi d'une poire cuisse-madame
apportée par la cousine Lodie.

Parfois, en l'absence de Victor, Olivier pénétrait dans
la forge, activait un reste de braise rougeoyante, glissait
un vieux fer avec la pince et se mettait à frapper du lourd
marteau en imitant les gestes du tonton. Hélas! ce fer
qui s'assouplissait si bien sous les coups de son oncle lui
résistait. Alors, il laissait retomber le marteau, jetait le
fer dans le baquet et choisissait un bon juron local du
genre « *Marcarelle de noun de Dièou!* » ou « Putain de moine! »
qui le portait à rire tout seul.

Bientôt, une fièvre intense de travail le prenait. Il
mettait les hayons à la grosse brouette et transportait le
fumier paillu dans le jardin des sœurs, nettoyait un coin
de grenier, faisait resplendir l'étable, balayait la cour.
Après les ferrages de chevaux, il peignait les sabots en noir.
Il lui arrivait aussi, lorsque le canasson était rétif, de tenir
le tord-nez de cuir. « S'il bouge, tu serres un peu! » disait
Victor. L'enfant tortionnaire, la sueur au front, s'excusait
auprès du cheval vicieux, lui expliquait : « C'est pour
ton bien, tu comprends? » Les paysans s'habituaient à
lui, le conviaient au canon que Victor transformait en
limonade ou en menthe à l'eau.

— Tu viens jouer, Parisien?

— Plus tard, les gars, j'ai du bisenesse. Ça n'attend pas!

Il partait dans Saugues, saluait la Juliette Chany ou le Pierrot Chadès, Marinette Laurent ou M. Gaillard, évoquait Montmartre avec M. Mons, bijoutier rue Blanche, parlait du temps avec Jammes, Roussel ou Chapel, admirait les bijoux, les montres, les hochets d'argent, les timbales chez Fraisse, entrait à la poste pour acheter un timbre, admirait dans une vitrine les cèpes, chanterelles, mousserons et morilles séchés qui conquerraient le monde sous le joli nom de « Roi des montagnes ». Les champignons intriguaient Olivier, ils étaient aux végétaux ce que sont les serpents au règne animal : des bons et des mauvais. Le pharmacien Promeyrat lui expliquait :

— Tu vois, la vipère, elle a la tête triangulaire, plus large que le corps...

Mais quand on s'en apercevait, il devait être trop tard! Si le malheur arrivait, Olivier saurait faire un garrot et il sucerait les lèvres de la plaie. Il se voyait sauvant des générations entières, on lui élevait un monument. Le bon Promeyrat ajoutait en montrant le tableau mural des champignons : « Regarde-les bien! » et il nommait : le cèpe (ou bolet), la coulemelle, la girolle, la langue de bœuf, la morille, la clavaire, le mousseron, le rosé... D'un geste, il accusait les vénéneux, les *bastars*, et son visage rond devenait tragique. Il montrait aussi le tableau des oiseaux utiles qu'il nommait en latin et en français, mais les autres, les destructeurs, il disait qu'il ne fallait pas les détruire pour autant. Chaque leçon se terminait par l'offrande d'une poignée de boules de gomme ou d'un bâton de réglisse d'Uzès.

A la maison, la mémé préparait un fortifiant. La racine de gentiane macérait dans l'alcool avec des raisins secs, des fleurs de sureau séchées, de la cannelle et diverses herbes de la montagne. Pour le pépé, on avait dû recourir au médecin qui avait prononcé des mots compliqués, dont « ulcère variqueux », peut-être pour ne pas dire plus grave, ordonné des pommades et des pilules de couleur dans des flacons flammés recouverts de chapeaux de papier plissé.

Le lieu préféré d'Olivier restait la forge. C'est là qu'il écoutait les dénominations des robes des chevaux. On disait alezan cerise, porcelaine, gris étourneau, pommelé, herminé, aubère foncé, et cela sonnait joli comme dans les poésies de Théophile Gautier.

Victor conseillait de ne jamais se tenir derrière un cheval, de faire connaissance avec lui, de bien le regarder, de lui parler. Cela Olivier savait le faire mais ses conversations avec les animaux mettaient en joie les paysans qui échangeaient avec Victor des plaisanteries en patois. Pour laisser croire qu'il comprenait, l'enfant jetait à tous vents des exclamations, des débuts de phrases : *Saï qué béléou...* ou *Vedsi vire tout are...* ou un ferme : *Co vaï coum'aco!*

Un matin, ils virent arriver Albertou, de Rognac, qui tirait un cheval fauve par la longe. L'animal avait une curieuse démarche : il levait les pieds très haut, les reposait avec précaution, humait l'air et remuait sans cesse les oreilles.

— Regarde comme il va, dit Victor, c'est un cheval aveugle.

Olivier regarda l'animal avec timidité. Quand il fut attaché à l'anneau, il lui flatta le col, admira sa belle robe, ses yeux vert et orangé qui s'ouvraient sur la nuit. Se soulevant sur la pointe des pieds pour lui parler près de l'oreille, il trouva des chuchotements d'amitié tels que les mouvements de tête du cheval semblaient les approuver. Il écarta les poils du front comme un feuillage sur un nid et caressa un peu.

— C'est une bête de race, dit Victor, s'il n'était pas aveugle, il ne serait pas devenu paysan.

Il expliqua que les chevaux aveugles sont souvent plus intelligents que les autres, tous leurs sens intacts se développant par un système de compensation.

— Écoute, cheval...

Olivier parla encore, trouvant des expressions de grâce cérémonieuse, et des frissons de plaisir couraient sur la robe lisse. Il disait : « Cheval, mon beau cheval, un jour... » Il ignorait qu'il parlait comme un poète.

Le tonton travailla avec plaisir. Ses tenailles coupaient les pointes des clous faisant saillie en dehors des sabots, et elles partaient avec un petit bruit sec. Quand il prit le rogne-pied pour parfaire son travail, Olivier était déjà prêt à passer le noir bien épais et brillant sur les sabots. Après, lorsque le client qui paraissait un bon homme serra la main d'Olivier, il lui demanda :

— Il est beau votre cheval. Il s'appelle comment ?

— *La Neuï.* La Nuit.

— Vous serez bien gentil avec lui ? Pour me faire plaisir ?

— Hé ! drôle. *Saï qué...* on n'est pas des sauvages.

— Va lui chercher un sucre ! dit Victor.

Il se demanda si la farce de la vache n'allait pas se renouveler, mais il partit comme une flèche. Le pépé le rassura : les chevaux mangent le sucre.

Après qu'il lui en eut donné trois, Olivier fut invité à chevaucher le cheval Nuit jusqu'à la sortie de Saugues. Victor hissa le cavalier à bout de bras. Sur le cours National, celui-ci eut droit à quelques plaisanteries :

— Olivier, lui jeta Lebras, t'es comme une sonnaille au cou d'un cochon.

— Va donc, Coco l'haricot, tu pèles de jalousie. Moi, je suis Tom Mix !

Dans l'étable pendaient toujours des peaux de lapin
retournées qui séchaient et Olivier regardait ces dépouilles
gonflées de paille, toutes veinées, avec dégoût. Il détestait
voir sa grand-mère assommer un lapin d'un coup de
battoir à linge, lui arracher l'œil et recueillir le sang dans
un bol pour la sauce. Et pourtant, à table, il se régalait
avec le civet car il faisait oublier le doux animal qu'il
avait caressé.

— Peaux de lapin! Peaux de lapin!

Le chiffonnier portait un diable sur son dos et à la main
une balance romaine. Il ramassait tout : les chiffons, les
vieux habits, les papiers. Il tondait aussi les chiens et on
disait qu'il ne fallait rien laisser à portée d'une main
réputée leste.

— Elle ne vaut rien cette peau. Combien vous en voulez?

— Parle en premier.

On discutait pour quelques sous, mais on cédait toujours et encore on lui payait un canon de vin.

— Il est de Paris, ce gamin? Je l'avais deviné..., dit-il,
et il ajouta de façon méprisante : Encore un délicat!

Olivier haussa les épaules. Il courut à la forge. Victor
redressait un fer de portail. Son client, un fermier du Ver-
net, racontait un fait pittoresque :

— ... Alors, comme sa dinde ne couvait plus, il s'est
mis à la soûler. Quand elle était ivre morte, il la plaçait
dans le noir avec un panier sur le corps et elle s'endormait
sur les œufs. Après plusieurs cuites, elle s'habitua et devint
la meilleure couveuse du canton.

— De vrai?

— De vrai. On lui mettait de tout : des œufs de cane,
de poule...

— Pas d'éléphant? demanda le tonton incrédule.

— Oh! tonton! les éléphants, ça ne pond pas des œufs!

— Qui te l'a dit? C'est vrai, tu lis beaucoup. Il lit, mon neveu, c'est fou ce qu'il lit, et de tout!

Olivier s'était décidé à fouiller l'espace ouvert entre plafond et plancher du grenier. Il en avait retiré des seaux de poussière, et même le squelette d'un jeune chat; il avait aussi ramassé les premiers trésors : de vieilles boîtes de Phoscao en fer-blanc pleines de chromos découpés, des numéros de *La Campagne*, et enfin des livres mangés de poussière qu'il secoua, nettoya, recolla. En plus des manuels scolaires du passé, il trouva des almanachs de colportage d'un format minuscule intitulés «Le Napoléon», *Les Misérables* en fascicules où il pleurerait à la mort de Gavroche, *Le Tour de France par deux enfants* de G. Bruno et un livre relié sur les animaux où l'on voyait dessinées ces bêtes étranges que sont le boa constrictor, le yak, le tatou ou l'onagre.

Il avait repris ses habitudes de liseur et on put le voir se livrer à son goût en tous lieux : sur la margelle de la fontaine, sur le parapet qui borde la descente du cours, sur le trottoir devant chez Chadès, à la terrasse de Chany, ne levant guère les yeux de la page. La mémé protestait contre cet enfant qui n'était pas normal, mais le grand-père, lui, comprenait. Il dit à la mémé :

— Tu te souviens de la lampe à pétrole?

— *Taïsa-té, vaï!*

Le grand-père raconterait à Olivier comment le soir, après le travail, il prenait entre sa grosse patte de forgeron la petite main de sa jeune femme pour lui apprendre les lettres. Encore une image sensible et vieillie qui s'éloignerait dans le temps comme une fleur séchée. Pour l'heure, le pépé disait :

— C'est qu'il va être savant, mon petit-fils!

*
* *

En cours d'après-midi, le village était traversé par des vaches ou des chevaux qui se rendaient seuls au grand pré communal dans le fond de Saugues. Personne ne les conduisait car ils connaissaient le chemin. On ne ferait qu'aller les chercher à la fin du jour.

Olivier prit l'habitude de mener paître, parfois sans la mémé, comme un grand. Un livre sous le bras, un béret sur la tête et l'aiguillon à la main, il faisait semblant de diriger les bêtes qui le dirigeaient. Pieds-Blancs jappait tout content et l'enfant lui jetait à la volée le pain de son goûter. Sachant qu'à la campagne on salue les gens croisés en chemin, même si on ne les connaît pas, il distribuait des *bouondzour!* et, à tout hasard, répondait *oye!* aux questions qu'on lui posait dans la langue.

Il avait pris possession du pré, se tenant près d'un saule qui trempait le pied dans l'eau près d'un promontoire dominant la Seuge. En dessous, une bouteille bouchée, le cul percé, contenait du pain, et les vairons se laissaient prendre à ce piège. De là, il avait vue sur toute la courbe de la rivière. Silencieux comme un chat, il y guettait patiemment toutes les manifestations de vie animale. Une truite, parmi les menus morceaux de bois haché et les herbes, glissait d'un trait vif et coloré, une loutre filait en traçant un sillage, des sauterelles imprudentes retardaient le temps de la noyade. Un jeu consistait à verser de l'eau dans l'issue terrienne d'un trou de rat aquatique pour le voir filer par le bas en s'ébrouant dans l'eau. Une libellule volait comme un modèle réduit d'avion, une araignée d'eau se laissait dériver, puis courait, légère, en faisant de minuscules vaguelettes.

Il était bon aussi de marcher le long des rases aux endroits gorgés d'eau où l'herbe poussait plus haute. Floc! Floc! une grenouille sautait qu'on pouvait attraper d'un mouvement rapide de la main, le temps de lui créer une émotion, de contempler ses yeux dorés, de lui parler, pour la relâcher ensuite. Parfois filait une couleuvre moirée et Olivier reculait. Ne lui avait-on pas affirmé que l'été les couleuvres, comme les belettes, pouvaient sauter au pis d'une vache et la téter à lui faire mal?

Sans perdre de vue le pré, il gravissait la colline jusqu'aux églantiers d'où il descendait en courant, battant des bras comme s'ils étaient des ailes, imaginant qu'il allait s'envoler. L'air lui fouettait le sang. Il se laissait tomber dans l'herbe et roulait dans la fraîcheur verte.

Parfois, une vache se mettait à courir, à sauter comme une folle et Pieds-Blancs aboyait autour d'elle. La malheureuse venait de subir le coup de poignard d'un taon qu'il faudrait chasser à coups de béret en criant : « Sale garce de mouche! » D'autres vachers lui rendaient visite. Il leur parlait de Paris et ils l'écoutaient avec des yeux étonnés, puis disaient :

— J'aimerais pas vivre comme ces gens-là, moi!

Pour le remercier du moment passé, l'un d'eux lui proposa :

— Écoute, l'Escoulas, je te garde tes vaches en même temps que les miennes. Va donc te promener.

— D'ac! Mais qu'elles ne passent pas la ligne de regain. Tiens, je te file ma tablette de chocolat.

Olivier suivit la rivière. Il passa devant le Gour de l'Enfer qui ouvrait sa gueule ronde et dont il apprendrait la légende. Il se promit de marcher jusqu'au moulin de Coston. Sans quitter la rive, bien sûr, car le paysan dont on foulait les herbes pouvait être féroce et y aller d'un coup de fourche, pas forcément avec le manche.

Dans ce pays, l'eau paraissait plus vive et plus puissante que partout ailleurs. Elle creusait vaillamment ses lits, fertilisait, s'opposait aux sédiments de lave et de granit. Si elle paressait aux endroits profonds, brusquement on la voyait s'éveiller et se précipiter comme une suicidée sur les rochers polis, là où l'on pouvait traverser à gué, en sautant de pierre en pierre.

Olivier rampa sous un barbelé, fit quelques ricochets et, les galoches à la main, marcha dans l'eau jusqu'à ce qu'elle atteignît ses cuisses. Il s'exerça à tâter les herbes, à glisser sa main dans un trou, dans le rengorgement d'un remous derrière une pierre, partagé entre l'espoir d'attraper une de ces belles truites au corps fuselé, à la bouche hérissée de pointes, et la peur d'être mordu.

— Bon sang de bonsoir, tu me gâches la pêche!

C'était Joseph Charbonnier, dit Castagnou, auteur de contes et de chansons en patois, que rejoignit Louisou Flandin, en casque colonial et veste de toile à poches gigantesques. Ce dernier expliqua la parenté d'Olivier et son compagnon se radoucit. Pour se faire pardonner, l'enfant attrapa pour eux une dizaine de sauterelles au ventre jaune qu'ils glissèrent dans des boîtes percées de trous avant qu'elles s'incurvent sur l'hameçon.

— Tu comprends, ça fait peur aux truites et une truite c'est fuyant comme une jeune fille. Même une ombre d'homme sur l'eau les effraie.

— Ta tante ne viendra pas cette année? demanda Louis.

— Je ne crois pas. Elle a du souci avec Marceau.

— Ah! celui-là...

Et il en entendit sur ce Marceau plus dégourdi que lui, qui prenait tant de truites, à la sportive, en fouettant rapidement la rivière de sa ligne, et, même, se servant de la cuillère, cet assassin. Après lui, on pouvait être sûr que le poisson ne mordrait plus de la journée. « De ce coquin, sais-tu qu'un jour... » Hé oui! il vivait double, triple. Il courait les bergères et plus d'un père, plus d'un frère ou d'un fiancé lui avait promis la raclée, mais il s'en tirait toujours.

Olivier s'attendrit. Ce Marceau... Lui, il se contentait de rêveries où passaient la belle Renée et quelques autres chevelures entrevues, les idéalisant, marchant auprès d'elles sur des nuages de coton rose.

Il admira une superbe canne à pêche démontable et Louisou lui dit que c'était une Hardy, puis il revint au pré pour constater que le vacher trop obligeant avait disparu et que les trois vaches piétinaient le regain. Et ce Pieds-Blancs qui lapait tranquillement l'eau de la rivière.

— Pieds-Blancs! Pieds-Blancs! *Vaï la quere!*

Non loin du pré, de jeunes Parisiens en vacances se baignaient. Quand il s'approcha, ils le toisèrent. Des filles en maillot baissèrent les yeux sur ses galoches. Alors, lui, tout plein des leçons de Jean à la piscine des Amiraux, plongea en Petit-Bateau, et dans un crawl superbe il leur cria : « Je nage mieux que vous, bande de crâneurs, j'suis Jean Taris! » Mais il se rhabilla bien vite. La mémé interdisait les baignades. Elle prétendait que le pépé avait pris son mal en se baignant trop dans sa jeunesse et ne voulait en démordre.

Il lut quelques pages de *Grands Cœurs* (merci, m'sieur Chadès!) et leva les yeux sur le livre bien plus grand de la nature. Le reste du goûter, un coup de flotte et le soir arriverait vite. Les truites mouchaient, les vaches levaient plus fréquemment la tête, ruminaient, un autre troupeau rentrait au bercail. Pieds-Blancs interrogea Olivier du regard.

— Attends un peu, c'est pas encore l'heure!

Il se fiait à l'ombre de la cabane qui écrivait l'heure sur le pré. Dès qu'elle atteignait la grosse pierre, il fallait rentrer. Chaque après-midi, il la déplaçait et suivait ainsi les dimensions des jours. A côté, sous un plancher, là où l'herbe était jaunie et humide comme du fumier, se tenait un gros crapaud. Au début, il avait effrayé Olivier, mais maintenant l'enfant soulevait les planches pour le voir. Selon la manière dont on le regardait, il devenait laid ou beau. Tantôt c'était une masse pustulante, dégoûtante, flasque comme une bouse, et tantôt il apparaissait comme un bijou doré où la lumière apportait ses scintillements. Il restait immobile ou se déplaçait à peine pour le principe. Olivier avait écarté cette légende du jet de salive qui rend aveugle mais n'osait cependant le toucher. Il rabattait doucement le bois en saluant la bête comme un visiteur.

Ainsi, chacune de ses rencontres suscitait cent questions qu'il posait à Victor ou au pépé. Le crapaud était-il le mari de la grenouille? Qu'est-ce que ça mange? Ça vit vieux? Et des pourquoi et des comment. Parfois les hommes qui ne s'étaient jamais posé la question avouaient leur ignorance et Olivier se rabattait sur le pharmacien qui savait tout.

Six

Il était rare que les gens des villes venant en vacances à Saugues n'y fussent pas rattachés par quelque parenté. A Paris, ils avaient formé une des associations régionales les plus fréquentées des pays arvernes. Elle s'appelait *Lis Esclops,* ce qui veut dire « Les Sabots », et publiait un bulletin avec une onomatopée pour titre : « Flic à flac. » Là, dans une atmosphère d'amitié nostalgique, ils se réunissaient pour chanter en patois la chanson de Saugues qui éclatait comme un hymne :

> *Erount de Saoügues,*
> *Erount de Saoügues,*
> *Erount de Saoügues,*
> *Mous esclops.*

> *Quant erount, quant erount,*
> *Quant erount naoüs,*
> *Cousterount, cousterount,*
> *Cousterount naoüs sous!*

Ces beaux sabots bordés de rouge qui faisaient flic à flac dans les bouses, ils les glorifiaient, s'en réclamaient, en étaient fiers, et les couplets se terminaient sur ces regrets du temps passé chers aux poètes :

Ieoü les plurere
Mous esclops...

Cette chanson, Olivier la poussa avec ses camarades sans bien tout comprendre, mais peu à peu le patois se livra avec ses robustes secrets, et l'enfant, chaque fois qu'il l'entendit, revit les sabots du grand-père.

En attendant, Parisiens ou Clermontois se promenaient sur le cours pour se mettre en appétit ou pour la digestion. Les hommes en complet clair et chapeau de paille fumaient la cigarette et consultaient leur montre sans raison. Les dames, souvent fortes, se pavanaient dans des robes à fleurs avec des minauderies. Ils arboraient ce sourire réjoui que donne la fin d'un bon repas ou la perspective d'un autre.

Un soir qu'Olivier rentrait ses vaches, en grignotant une carotte, comme un lapin, une dame qui portait capeline et tenait son lorgnon comme un face-à-main lui demanda le nom d'un village.

— C'est le Villeret, madame.

— Ah? Par exemple...

Olivier ne sut jamais la raison de ce « par exemple », puis la dame lui tendit une pièce qu'il regarda sans comprendre.

— Allons, prends, c'est pour toi. Ces petits de la campagne, sont-ils benêts!

Olivier, qui avait le cœur à rire, répondit avec un accent plus proche de la Normandie que de la Margeride :

— Ben, ce s'rait point d'refus, mais ça plairait point à mon grand-pé!

La dame haussa les épaules, rentra sa pièce, dit : « Quelle

époque! », tandis que l'enfant prenant son plus bel accent
de Montmartre ajoutait :

— Mézigue, vous pigez ? Le fric y s'en tape, mais puisque
c'était de bon cœur, merci quand même, madâme!

Il la laissa interdite et poussa ses vaches devant lui.
Si la tante Victoria l'avait entendu qu'est-ce qu'il aurait
pris! Cependant, à la bonne éducation un peu factice,
une autre succédait, à la simple, à l'ancienne, à la
paysanne, c'est-à-dire généreuse et vraie. Et le pépé
disait avec fierté une phrase qu'il avait lue dans un vieux
livre :

— Notre blason a vingt quartiers d'authentique roture,
ne l'oublie pas!

Maintenant, Olivier avait dompté la bicyclette. Comme
elle était sans garde-boue à l'avant, il aidait les freins au
moyen de la semelle contre le pneu. Il mettait la dynamo
en plein jour pour le plaisir d'entendre son ronronnement
de chat. Les cailloux de la route, sous lui, semblaient
courir. Il traversait des terrains accidentés comme un
hardi cavalier. Parfois, il se laissait tomber dans les hautes
herbes en même temps que l'instrument. A tout propos,
il tâtait les pneus, les dégonflait pour avoir le plaisir de
les regonfler, retournait le vélo, faisait aller la pédale,
tendait et détendait la chaîne, vissait et dévissait les
papillons.

— Mon cher neveu, j'ai besoin du vélo, tu ne me le
prêterais pas un peu?

Les rôles s'inversaient. Victor, rasé de près, avait appuyé
sur la poire de caoutchouc du vaporisateur d'eau de
Cologne. Une cravate à rayures jaunes et rouges resplendissait. Ses cheveux étaient partagés au milieu par
une raie, selon la mode, et il portait costume.

— Voilà, voilà, mes excuses! disait Olivier en desserrant

les boulons de la selle, et il ajoutait : J'espère qu'il fait beau
à Langeac!

— Tu vas voir, tout à l'heure, toi!

Il courait derrière Olivier, le soulevait au-dessus de sa
tête, mimait le geste de le jeter par-dessus un mur et le
reposait doucement sur le sol.

— Va vite à la maison. C'est l'heure où la Renée vient
prendre le lait. Elle est gentillette. Elle te plaît bien, hein?
la Renée...

Là, Olivier rougissait et prenait une attitude lointaine.
Le tonton fixait ses pinces à linge et partait vers ses amours.
La mémé s'arrangeait toujours pour répéter les paroles
d'une bourrée qu'elle accommodait à sa manière :

> *Jamais une Auvergnate*
> *N'épousera mon fils*
> *Jamais une Auvergnate*
> *Ne sera ma fillade!*

Victor affirmait que les Auvergnates valent bien les
Barabans de la Margeride et le pépé trouvait quelque
phrase pour se moquer de sa femme, parlant de la poule
et de ses poussins ou des vieilles qui veulent empêcher
jeunesse de danser. La mémé alors jouait à la martyre et
parlait de lustres de travail pour en arriver à avoir tout
son monde contre elle.

Au fond, elle était ravie car une bouderie formait le
meilleur prétexte pour filer et courir la campagne, aller
voir quelque vieille amie à Ombret, à Esplantas ou à
Beauregard, cueillir des champignons à Cubelles ou au
Chamblard.

Olivier devait tenir d'elle son esprit vagabond qui le
faisait parcourir les rues du village comme celles de Paris.

A Saugues, il était comme la Bête du Gévaudan, on le voyait partout à la fois. Il rendait visite au sabotier des Roches qui creusait encore des sabots de pin ou de vergne comme autrefois.

— *Cos tiu ?* Tu en as ton content de voir battre le fer, mais tu sais, mon tronc brut, il est bien aussi dur !

Il fallait le voir s'atteler à l'encoche, enfoncer les coins de fer, frapper du maillet contre cette matière qui lui résistait, pour savoir ce qu'est l'artisanat. Prenant le bois à contre-fil, il creusait avec son cuiller et des éclats volaient. Peu à peu, sous l'effet du grattoir, de la tarière, du paroir, des gorges, de la raclette, du polissoir, naissait l'*esclop* aux courbes savantes et subtiles qu'il enjolivait de cuir et peignait de graisse colorée.

— Tu t'en vas déjà ?

Avant d'aller garder, il fallait échanger *L'Abbé Tigrane* de Ferdinand Fabre ou *Céleste Prudhomat* de Gustave Guiches contre quelque roman plus riche d'aventures chez le père Chadès. « Tu t'abîmeras les yeux ! » disait la mémé. Elle n'avait pas tort, mais cela en valait la peine.

Ou bien, il distribuait chez les commerçants les affiches des matches de l'Union sportive saugaine et c'étaient eux qui le remerciaient. Il en faisait des choses, « le fils de Pierre », le petit Escoulas de la Marie. Tout le monde le connaissait et il ne cessait de faire la conversation.

Et les cousins, les Itier, les Chateauneuf, les Laurent, tous avaient droit à une visite, même la tante Finou (en cachette de la mémé) qui lui offrait de la bière. Il est vrai que chez cette dernière il avait trouvé trois petites cousines, Jeannette, Ginette, Pierrette, qu'il adorait. Et que de spectacles ! Le foin enfourné dans une porte-fenêtre en étage, l'autre maréchal (pour voir s'il s'y prenait aussi bien que Victor), les cochons d'Inde dans la cour de

Lodie, les hirondelles de cheminée qui partaient comme
des flèches montrant leurs jolis ventres ronds, les cochons
chez Camille qui évoquaient ceux de Walt Disney...

Sa cousine Anna frottait le cul noir d'une casserole
avec du sable humide. Assise à même le sol, en tailleur,
les pieds nus dans des sabots d'homme, un gros paquet
de cheveux couleur potiron tombant sur son œil droit,
elle faisait penser à un jeune garçon trop tôt poussé en
graine.

— Te voilà, brigandasse!

Elle se moucha très fort, éternua de même, comme si
elle avait voulu être entendue de tout le canton.

— Ça ira? demanda Olivier.

— Comment veux-tu que ça aille? Avec tous ces égoïstes,
ces bandits de grand chemin, ces hypocrites...

A la question muette d'Olivier, elle répondit d'un geste
tournant qui englobait Saugues, la Haute-Loire, la France
et le reste du monde. Elle ajouta :

— Dis que tu n'en as pas souffert un peu? Avec ton
père, ta mère...

Résolu, Olivier entra chez le pâtissier Anglade et,
après maints détours, connut des événements de famille
qu'on lui avait toujours cachés.

— Des drames, si le mot n'est pas trop fort, il y en a
eu deux.

— Deux!

— Je dis bien : deux! Il faut se reporter en arrière.
Bon Dieu que j'étais jeune. C'était en 17, oui, fin 17. Pierre,
ton père, qui marchait à peine, puisqu'il avait encore
une béquille, était allé se promener avec Pierre Pallut.
Ils ont traversé un pré, et là un goujat leur a cherché des
raisons. Le sang s'est échauffé et en avant l'infanterie!
Si fort que soit mon Pierre, il ne pouvait avoir le dessus

et il est tombé avec sa béquille. Le goujat a crié : « Regar-
dez-le, ce *gambeille!* » Ça veut dire « boiteux » mais avec
de l'insultant. Alors, ce Pierre Pallut qui n'avait que
seize ans, je crois me souvenir, te lui en a allongé un qu'un
bœuf serait tombé. Aïe de bon sang! Il lui a fracassé le
crâne.

— Oh là!

— Après ça, le Pallut a dû s'expatrier. Depuis, il est
toujours au bout du monde, il fait le bourlingueur, il a
connu tous les métiers, le boxeur, le bûcheron, on dit même
qu'il a fait la révolution dans l'Amérique du Sud... Mais
que ça a blessé ton père cette vie bouleversée! Il n'a plus
pu tenir à Saugues... Tiens, demande à Louis Amargier,
celui qui écrit, qu'il t'en parle, il a été témoin de la
bagarre!

M. Anglade s'interrompit. Il alla enfourner des tartes
aux prunes et il fit manger à son visiteur un palmier
tout frais, luisant de sucre brun.

— Et le pépé?

— Il était bien malheureux. Victoria vivait déjà à
Paris. Ta grand-mère ne comprenait rien du tout et disait
que le mauvais sort s'était mis sur la maison pour sept ans.
Mais devant les gens, ils se taisaient. Le malheur ici, c'est
qu'on garde ses chagrins pour soi. Alors, ils vous étouffent.
Et on travaille comme des bêtes pour oublier.

Il alla servir une cliente qui lui parla de ses misères. Il
revint le front soucieux. Pourquoi raconter tout cela à
cet enfant? Mais puisqu'il avait commencé...

— Pierre était brisé par la guerre. Il regardait au-dedans
de lui. Il buvait un peu trop. Et il a rencontré ta mère.
Son mari était encore mobilisé. Ils sont partis.

— A Paris?

— Oui, à Paris. Et quand le mari de Virginie est rentré,

à l'armistice, il avait tout perdu. Un brave homme, un pauvre homme. Il vit encore, à Saint-Chély. Je l'ai rencontré il y a bien six mois. Il m'a parlé de toi. Il m'a demandé si ta tante t'avait recueilli. Il aimait toujours ta mère, il ne s'est jamais remarié. D'amour fou, au point de se soucier de l'enfant de l'autre parce qu'il était aussi celui de celle qu'il aimait. Des comme ça, on n'en fait plus. Il a voulu les tuer, mais je lui garde mon respect...

Olivier écouta gravement ces histoires d'avant lui. Le palmier qu'il oubliait de manger s'effritait dans ses doigts et des miettes tombaient sur le carrelage.

— Pays, il s'appelle. C'est son nom. Pays, comme un pays. Il a pris un revolver, il est monté à Paris, rue Labat, il a tiré sur ton père, il l'a blessé, mais Pierre a pu le désarmer. Il était si fort malgré ses blessures! A la suite de ça, Pays a fait de la prison, le pauvre! Tu comprends, ton père était un héros de 14 et à l'époque ça comptait pour les juges. Mais Pierre comprenait et ne se sentait pas fier. Il savait son mauvais agissement. Il lui avait volé sa femme, mais comme dit la chanson, l'amour ça fait faire des folies!

— Et après la prison?

— Pays a acheté un commerce à Saint-Chély. Tout le monde était blessé dans cette affaire!

Olivier baissa la tête comme s'il était lui-même coupable. L'étroite mercerie de la rue Labat, Virginie parmi les fils, les rubans, les boutons, les gens de la rue, le bonheur. Puis le deuil à Pantin-parisien, un cagibi aux escaliers Becquerel où l'enfant faisait craquer des allumettes suédoises pour se rassurer, les copains Loulou et Capdeverre, Bougras et l'Araignée, Mac et Mado, Lucien et sa femme poitrinaire, Jean et Élodie. L'arrivée de l'oncle Henri, l'appartement, la tante Victoria, Marceau, Marguerite...

tout cela en un peu plus d'une année, et, brusquement, un passé lointain qui surgissait avec l'éclair d'un coup de feu.

— Ben oui..., fit-il.

Il se sentit affreusement triste. Des allusions de la tante Victoria lui revinrent et une expression dont elle avait accompagné le nom de sa mère, un soir qu'elle en parlait à quelqu'un : « héroïne de fait-divers ». Il posa le dernier morceau du palmier sur la table, baissa la tête, d'une voix blanche jeta un « merci » et sortit lentement.

— Mais... c'est du passé. Ah! j'aurais dû me taire.

Olivier marcha dans les rues, oubliant de voir les gens, puis il courut sur la route de Venteuges à perdre haleine. Il marcha une heure, deux, agité de toutes sortes de sentiments. Tous les maux de l'enfance l'assaillaient et ses yeux prenaient des couleurs de mare au soleil.

Sur les bords du chemin qui sentait le sable, parmi les herbes sèches, poussaient de petites marguerites et les fleurs du trèfle agitaient leurs pompons. Une abeille explora, fureta, se posa sur une fleur tremblante. Olivier approcha son bras au moment où elle allait s'envoler et lui dit :

— Pique-moi!

Il sentit le petit corps volant noir et jaune effleurer sa peau et il pensa qu'elle préférait préparer son miel. Un mulet balançait sa grosse tête sur les sommités des genêts. Un lézard vert à la gorge bleue le suivit un bon moment. Près du tronc lisse d'un hêtre, après un « pirouitte! », un vol de perdreaux s'éleva en claquant comme un fouet. Des cricris grésillonnaient. Dans une brume de chaleur, un village ne se distinguait de la roche que par le rouge de ses toits. Olivier regarda le soleil bien en face jusqu'à ce qu'il lui fît mal aux yeux. Il pensa à une image de son

livre de géographie. Il se sentit posé sur cette terre qui
se tenait toute seule dans l'espace. Il vit au cirque Médrano
un phoque qui jonglait avec une grosse boule.

Soudain, il se souvint qu'il avait caché dans la forge
un don du boucher : un os de bœuf énorme destiné à
Pieds-Blancs. Il ne savait pas s'il avait envie de rire ou
de pleurer. Il se dit qu'il devait être un peu toc-toc. Il
dépassa les fourrés de framboisiers et revint vers Saugues
en marchant d'un pas rapide, le passé des autres fuyant
derrière lui sur la route toute blanche.

— Marcade, Marcade, qu'est-ce que tu as, Marcade?
La vache préférée d'Olivier, celle qui venait à lui quand
il l'appelait, qu'il avait chevauchée un jour et qui avait
bien voulu le garder un petit moment sur son dos, était
couchée sur le flanc, près de la rivière, sous un aulne aux
larges feuilles dentelées, toutes luisantes.

Olivier comprit pourquoi la mémé avait hésité à l'envoyer au pré. Elle allait avoir son veau. Il chassa Pieds-
Blancs qui tournait autour d'elle en aboyant et se demanda
ce qu'il devait faire. Il courut tout en haut du pré, traversa
le chemin blanc de quartz, grimpa le long du petit bois
et finit par trouver son ami, le vieux berger, qui se tenait
appuyé tout droit, tout sec, contre un pin comme une
branche basse suivant la direction du tronc. Tout essoufflé,
il cria :

— La Marcade fait son veau!

— Regarde là-haut, les nids des corbeaux. Les tout
jeunes, c'est de meilleur manger que les vieux pigeons,
mais il faut grimper pour dénicher...

— Mais, mais... la Marcade est couchée et...

Le berger émit un rire de gorge qui se termina en notes fragiles de flûte. Il se détacha de l'arbre, prit son grand bâton et descendit la pente à pas comptés.

— Pauvre! C'est pas la première fois ni la dernière qu'une vache fera *soun vedéï i pra*, et *dingus* n'y peut guère. Tant qu'un veau ne naît pas à la nouvelle lune, il n'y a pas de crainte.

Il jeta un regard vers les chèvres, les moutons dispersés parmi les touffes de genêts et commanda à un chien bleu de rassembler l'ouaille, puis il cracha de côté, vigoureusement, et suivit Olivier.

— Je n'aime pas venir par là, à cause de ce Gour de l'Enfer.

— Pourquoi?

— Un sort. Je te dirai l'histoire. Ah! la voilà, ta vache. La plus belle des trois. Ce n'est pas son premier veau. Alors...

La bête haletait, tendait le mufle avec une expression de souffrance. Olivier sentit son front se couvrir de sueur froide. Quelle histoire! Mais il était bien décidé à rester calme.

Il sortit de la Marcade une grosse poche d'eau qui creva, mais le vieux dit que c'était tout naturel.

— Hô! Astruc. Tu montes à Saugues?

Le pêcheur avait démonté sa canne à pêche. Comme il rentrait bredouille, il montra sa mauvaise humeur.

— Où veux-tu que je monte, couillon de la lune?

— Alors, passe donc chez le Victor de l'Escoulas et dis-lui que sa vache est en train de vêler à ce traîne-la-guêtre. Il aurait bien pu s'en apercevoir avant de l'envoyer gîter!

— Ça va. On lui dira. J'ai mon clou au moulin de Rodier.

Olivier effaré regardait la vache s'ouvrir. Jamais un

veau ne pourrait passer par là. Il entoura l'encolure de la vache et l'embrassa. Les deux autres bêtes, la Dourade et la Blanche, se tenaient tout près et regardaient.

— Chasse la Dourade, dit le vieux, elle pourrait avorter par imitation. Ça arrive!

Olivier éloigna les deux vaches à coups de bâton. Tant pis si elles allaient détruire le regain et se gonfler la panse!

— Laisse faire, dit l'homme, laisse faire. Le bon Dieu a bien prévu ces choses. Ce qui arrive arrive et le bouvier n'y peut rien.

Tandis qu'Olivier caressait la vache, lui, tout droit et ne voyant en bas qu'en levant la tête, parlait en patois pour lui seul et traduisait ses phrases en français pour l'enfant.

— Autrefois, dans nos pays, les femmes mettaient au monde en s'arc-boutant entre deux chaises et une vieille tendait une corbeille pour recevoir l'enfant...

Devant le mystère de la naissance, la curiosité d'Olivier s'accompagnait de gêne. Là, lui si avide de tout savoir, il n'osait interroger. Pour l'instant, il ne pouvait croire qu'un être vivant allait ainsi sortir d'un autre être vivant.

Pourtant, il vit un assemblage bizarre, semblable à ceux des bouchers quand ils décorent leur éventaire : un bout de mufle entre deux pattes qui apparaissait dans un glissement opiniâtre. Secousse par secousse, au prix de la douleur, le veau naissait. Le vieux qui regardait à travers la fente laissée par ses paupières malades semblait être l'ordonnateur de tout cela.

— Il se présente bien, dit-il.

Quand la tête et les jambes de devant furent dégagées, il y eut un pénible temps d'arrêt. Olivier crut que la vache allait étouffer, ou le veau, et il émit une plainte.

— Il faut l'aider, dit le vieux. Je ne peux pas me courber.

Tire sur les jambes, tire, n'aie pas peur de tirer, pas par secousses, comprends, *boun dièou*, mets-y un peu de biais.

Mais les pattes glissaient entre les mains d'Olivier. Le vieux lui conseilla d'arracher des poignées d'herbe et de tirer encore, encore. Pâle de crainte, l'enfant s'imaginait déjà avec les pattes arrachées entre les mains et la vache toute sanglante.

— Tu peux tirer un peu plus fort maintenant. Prends plus haut. Il y a du mieux.

Tout taché de matières gluantes et de sang, Olivier, vaillamment, poursuivit son métier d'accoucheur. Et Victor, quand viendrait-il? Astruc ne devait pas pédaler bien dur dans la montée. Et s'il n'était pas à la forge. Et si, et si... Il lui sembla qu'il tirait le veau depuis des éternités.

— Tu le fais bien. Encore un effort. Eh...

Soudain, la nature agissait seule. En quelques secondes, un veau couleur noisette fut au jour, puis le cordon ombilical se détacha de lui-même.

— Jette tout ça à l'eau pour qu'elle ne le mange pas. Ça nourrira les truites.

Déjà la Marcade nettoyait son veau à grands coups de langue. Déjà le bébé essayait maladroitement de se tenir sur ses jambes. Il paraissait tout en bosses et avec des jambes trop longues pour son corps. Le vieux se mit à rire :

— Tu vois, c'est fini. Ça a été dur. Mais quel beau veau!

— Victor arrive! Victor arrive!

Le tonton était debout comme Ben Hur sur un chariot tiré par un cheval gris pommelé. Il agita sa casquette et fit courir l'animal. Sur le mauvais chemin, les roues faisaient un bruit infernal. Des enfants traversèrent la rivière pour venir voir le veau.

Olivier n'était pas peu fier. Il se lava à la rivière et quand le tonton fut près de lui, il tordait sa chemise. Alors, prenant un air faraud, il tapa ses mains l'une contre l'autre, comme s'il tenait des cymbales, et dit avec l'accent parigot :

— Voilà l'travail!

— Il s'y est bien pris, *lou drôle!*

Le tonton fit reculer le cheval, s'approcha et dit :

— Ça fera un veau magnifique, comme tous ceux de la Marcade. J'aurais cru qu'elle en aurait deux, mais tout de même. Il aura droit à deux jaunes d'œuf dans du lait ce soir. Et on va bien bouchonner la Marcade. J'ai descendu une couverture...

Cependant, une petite musique naissait dans la tête de l'enfant. Tout habité par l'image surréelle d'un corps issu d'un autre corps, tout émerveillé par le triomphe de la vie, il connaissait la joie et elle chantait en lui de toutes ses forces. Brusquement, il se mit à sauter et à danser en courant autour du groupe formé par les animaux. Ce serait un des plus beaux souvenirs de son existence.

Après ses courses au grand air, Olivier se découvrait un appétit si vaste qu'il n'était jamais repu. Le pépé disait :

— Cet Olivier, il a une telle faim qu'il la voit courir!

Le moindre plat préparé par la mémé était délicieux. Le meilleur : des *trifoles* (pommes de terre) coupées en dés qui chantaient dans la grande poêle noire sur le feu de ramilles et de pommes de pin. La mémé saisissait la queue du récipient, secouait un peu et, d'un coup, faisait sauter

en l'air tous les légumes avec une adresse extraordinaire :
aucun ne tombait à côté. Cela sentait bon, c'était de toutes
les nuances du doré, et si délicat au goût qu'on fermait
les yeux de plaisir.

Le soir, Olivier adorait ces grosses soupes de pain et de
fromage, avec souvent du chou, de l'orge perlé ou des
raves. Certaines mitonnaient longuement sur le feu et
s'amélioraient encore quand on les faisait réchauffer.
Il y avait aussi les pommes de terre rondes, toutes nouvelles,
qu'on mangeait chaudes dans du lait froid. Chaque
dimanche apportait quelque plat nouveau pour Olivier :
potée somptueuse, cul de veau en cocotte, civet à l'auver-
gnate, ragoût de queue de bœuf, estouffade aux lentilles,
chou farci... chefs-d'œuvre de cuisine rustique, en accord
avec le pays et le climat, généreux et forts comme le pays
bleu. Et pour les repas de fête, la mémé préparait un plat
local appelé la *maoutsa*, un gâteau de riz mêlé de pain
trempé, de raisins secs et de pruneaux, et qui vous faisait un ventre de propriétaire.

— Marie cuisine comme une *menette*, disait le pépé, et il
ajoutait : Quand il suffit de manger ou de se gratter, il n'y
a qu'à commencer...

— Écoute, Olivier, jetait le tonton, ne plaisante pas.
Du beurre, mets-en un bon peu sur ton pain. On n'est
pas à la ville !

Victor trouvait toujours quelque produit de la nature
pour améliorer l'ordinaire : du gibier pris au collet, des
oiseaux saisis au trébuchet, des truites, des goujons, des
grenouilles, des champignons. Le paysan qui tuait un
cochon apportait quelque morceau de boudin frais, mis
dans la grosse tripe, et bien serti d'oignons et de lard. Et
s'ajoutaient les rognons, le foie, l'andouille, et autres
nourritures solides que le bon air faisait bien passer. De

Langeac, il rapportait parfois un quartier de chèvre qui mettait longtemps à cuire. Il ne donnait jamais l'origine de ses trouvailles, disant seulement :

— C'était sur une fenêtre. Alors, je l'ai cravaté! Dieu te fasse nôtre!

Olivier savait bien que ce n'était pas vrai et qu'il s'agissait uniquement de faire « monter » la grand-mère. Quand l'atmosphère était bonne, il se plaçait derrière elle, lui tenait les bras et disait à Olivier :

— Viens embrasser ta grand-mère!

— *Moï té d'atchi!* Oh! que je déteste! Putassiers! Court-la-route!

Elle secouait la tête à se faire tomber la coiffe, jetait des coups de galoche devant elle tandis que son petit-fils faisait voler un rapide baiser sur son front ou sa joue.

— De ces *pouors!* De ces cochons!

Et suivait toute une enfilade de noms rappelant des personnages de campagne ayant réellement existé et que seuls le pépé et Victor pouvaient comprendre :

— *Innoucèn de Croisances! Cacaoü de Pala! Ase de Prades!*

Elle jurait le « jamais au grand jamais », appelait au secours la Vierge et les saints, criait à l'irrespect. Il fallait bien la lâcher, mais en prenant garde de ne pas recevoir la volée de genêts qui suivrait. Et le tonton riait, dévalait l'escalier, remontait, prenait l'air effrayé.

— Olivier, dit le grand-père ce matin-là, Olivier, mon petit-fils, tu seras gentil d'aider la mémé à transporter sa lessive.

— Je n'ai besoin de personne!

Cependant, Olivier cracha dans ses mains, et poussa la lourde brouette chargée de larges panières de linge humide et d'instruments de lavage.

Pendant trois jours, le linge blanc avait séjourné dans

un cuvier recouvert d'une toile, avec en bas une cannelle comme à un tonneau. La mémé y avait mis des cendrées de bois tamisées enfermées dans un vieux drap et de l'eau chaude. Cette eau mélangée, on la recueillait par le bas pour la faire chauffer de nouveau et la reverser par le haut. Il ne restait plus qu'à parfaire l'œuvre au lavoir et à laver le linge de couleur.

Ils descendirent au ruisseau de Saint-Jean par cette pente si malaisée qu'il fallait sans cesse aller d'un côté ou de l'autre pour ne pas verser. A mi-chemin, assises devant une porte, cousant, tricotant, papotant, se tenaient toujours des fillettes de son âge : Yvonne Bringer qui habitait là et trois ou quatre amies. Elles firent exprès de rire pour le gêner, et il trébucha deux ou trois fois comme si leurs regards mettaient des pierres devant sa roue.

— Tu pourrais dire bonjour, espèce de malgracieux!

— C'est ça : bonjour, bonjour...

— Le bon Dieu t'accompagne!

Et elles rirent encore tandis qu'il ronchonnait, faisait le fermé en lui.

A l'intérieur du lavoir où le mince ruisseau étalait des eaux plus larges, il faisait bon frais. Trois femmes étaient installées, à genoux dans une caisse de bois triangulaire devant la pierre inclinée sur laquelle elles savonnaient, frottaient, battaient leur linge. Elles jetèrent des salutations en patois et en français, des considérations sur la condition orpheline d'Olivier, les couleurs éclatantes de ses joues et la longueur inusitée de sa chevelure. Une femme dit qu'il ressemblait à « son pauvre père », une autre à « sa pauvre mère », une troisième à la Victoria.

En silence, il aida sa grand-mère à transporter ses paniers, son cabas, sa planche, ses brosses, son battoir. A sa surprise, elle ôta sa grande blouse noire et apparut

en caraco et en jupon mauve. Ses doigts s'accrochèrent
à un pain de savon brun trop grand pour sa main et elle
frotta d'enthousiasme un caleçon long.

Malgré la dureté du travail, elle paraissait heureuse
d'être là. Elle jetait de courtes phrases en patois qui
devaient être chargées de pointes car les femmes souriaient
finement. De temps en temps, un terme compris par Olivier
lui permettait de reconstituer l'ensemble d'une phrase
et cela devenait un jeu. A un moment, les lavandières
qui se mouvaient parmi les jupons, les camisoles, les
culottes, les combinaisons, le linge de maison, le dévisa-
gèrent en éclatant de rire : la mémé venait de raconter
l'anecdote du morceau de sucre donné à la vache. On en
parlerait longtemps. Heureusement, la naissance du veau
dans le pré lui valut la considération, un « quand même
voyez-vous ça » et la dame brune en cheveux, avec des
gros seins qui tressautaient à chaque mouvement, crut
spirituel de dire que pour un Parisien il n'était pas trop
bête.

« Il n'y a vraiment pas de quoi se fendre la pêche! » se
dit Olivier, et, furieux, il sortit du lavoir. En amont, l'eau
arrivait toute claire, toute fraîche et il se pencha pour
boire à sa surface en faisant du bruit avec la bouche.
Après le lavoir, elle devenait toute mousseuse. Il suivit
le cours pendant quelques dizaines de mètres et vit qu'elle
retrouvait vite sa pureté.

C'est là qu'un soir il était venu avec Victor et le Rou-
quin. Ils avaient braqué des lampes à pile sur l'eau et pu
attraper un bon cent de grenouilles éblouies. Cela s'était
terminé par un repas chez la Lodie.

Il revint en amont et, assis sur le bord du ruisseau, il
laissa l'eau fraîche lui caresser les jambes. Des bourres
voletaient comme des insectes, puis disparaissaient, happées

par la lumière. Une feuille entre sa langue et son palais, il s'efforça de produire un sifflement, mais cela le chatouilla et le fit frissonner. C'était chouette, rue Labat, avec Loulou et Capdeverre, quand ils pataugeaient dans la flotte du ruisseau! Avec ses doigts de pied il gratta le sable, puis, en tournant, il produisit un petit maelström. Et s'il fabriquait un bateau? Il suivrait le cours, entrerait dans le lavoir et les femmes verraient que, sans rancune, il leur adressait un salut.

Il attrapa une branche et, les pieds dans l'eau, commença à la tailler avec le bon Opinel au nom de héros de chanson de geste. De bizarres petits poissons le chatouillaient et il les laissa faire, écoutant les chuchots de l'eau léchant les pierres. Les feuillages chantaient doucement. Un vieillard courbé comme un sourcier enfournait de l'herbe à lapins dans un sac et ses coupées à la faucille laissaient une bonne odeur. En tendant l'oreille, Olivier entendit le sifflement lointain de la scierie, puis le marteau de Victor qui frappait le fer et il imagina ses gestes.

Ce tonton, il était drôlement gentil. Olivier l'aimait bien et il se sentait fier de lui comme de l'homme le plus fort de Saugues. Il aurait pu devenir un champion de, de... n'importe quoi! Et, en plus de ses muscles, il portait en lui une sorte de gaieté jaillissante comme une eau de torrent, un esprit plein de franchise et de générosité, le goût de la farce, mais, soudainement, ses yeux bleus passaient de l'azur candide au dur acier et il sombrait dans des phases de mélancolie. Le pépé disait que ces humeurs venaient de plus loin que les choses immédiates.

Quand il jugea que son branchage avait la forme d'un navire, il le lança dans le courant et se leva pour le suivre jusqu'au lavoir. Cependant, il s'arrêta sur le seuil de la

cabane. Ses jambes! Que lui arrivait-il? A chacune
tremblaient plusieurs excroissances, comme s'il lui poussait
des branches. Olivier arbre. Il approcha sa main et eut
un mouvement dégoûté de recul. Alors, redevenant tout
petit, il se précipita vers sa grand-mère :

— Mémé, mémé, des bêtes, des bêtes!

Il désigna de l'index ses jambes qu'il n'osait plus regarder. Olivier lépreux. Olivier poisson. Son visage horrifié
contrasta avec celui amusé des lavandières.

— C'est rien, dit la mémé, des suce-sang, ça soulage les
jambes.

— Des sangsues, précisa la grosse laveuse.

Une femme qui brossait des langes triangulaires jeta un
regard blasé vers les vilaines bêtes et dit :

— Ma mère, pour les détacher, elle mettait un peu de
tabac à priser dessus.

— Ou du sel, ou du feu, dit une autre.

Assis, Olivier se serra les cuisses avec les mains et tendit
le buste en arrière avec une expression de douleur indicible.
Un grognard de l'Empire à qui on coupait la jambe sans
l'endormir devait avoir la même. Avec un soupir, la mémé
lui toucha le mollet.

— Espèce d'écoute-douleur, dit-elle, tu en fais des
manières!

Elle pinça la queue de chaque sangsue, qui se détacha, et
la jeta sur le sol derrière elle. Olivier regarda : de petites
blessures rouges continuaient à saigner. Dès lors, les femmes
donnèrent leurs recettes : mettre de la sciure de bois, poser
une toile d'araignée, brûler avec une épingle rougie,
appliquer une feuille de salade. La mémé qui, par son
âge, entendait bien régner sur le groupe, jeta :

— *Que douna lis coussi douna pas l'adjude!*

Hé oui! Qui donne les conseils ne donne pas l'aide!

Elle dit à Olivier de se laver les jambes et de les tenir en l'air un moment. Au besoin, il pourrait poser le doigt sur la blessure et le sang s'arrêterait de lui-même. La mémé répondit aux ricanements par *Vau meï paya a rire qu'a dïna!* (Il vaut mieux payer à rire qu'à dîner!), et Olivier, un peu vexé de s'être montré douillet, jeta d'un ton mariole :

— Tu parles d'un truc à la manque!

Pourvu qu'on ne raconte pas ça partout! C'est Mondillon qui rirait... Il se plaça dans un coin reculé du lavoir, nettoya sans nul besoin son couteau. Les langues reprirent pour une conversation médicale, la meilleure pharmacopée étant l'oignon qui guérit les verrues, les fleurs de genêt qui libèrent la vessie, les suce-sang qui sont bien pratiques (!) et la sauge qui guérit tout et le reste.

Plus tard, Olivier aida les femmes à tordre des draps et à les étaler sur l'herbe rase où, en peu de temps, ils séchèrent, formant des tapis d'une blancheur éblouissante. La mémé nettoya sa place où le bleu de la lessive s'étalait comme un ciel en réduction. On lui prêtait le don d'éloigner les guêpes.

Pendant que le linge finissait de sécher, les femmes cassaient la croûte au bord de ce ruisseau qu'Olivier regardait craintivement, se promettant de demander à M. Promeyrat quelques explications scientifiques. Les repas des femmes étaient plus frugaux que ceux des hommes.

— *Moun Dièou, qué suï lasse!* dit une dame qui avait noué un mouchoir aux quatre coins pour le poser sur sa tête.

— Il n'y a pas que le vent pour se plaindre! observa la mémé.

Quant à Olivier, il mangea virilement un énorme

quignon de pain dur comme le bois avec un oignon frais qui lui emportait la bouche.

— Marie, votre Olivier ne m'aiderait pas pour les draps?

— Bien volontiers, madame, dit l'enfant.

Il fallait bien serrer le drap en le pliant dans le sens de la longueur. On l'étirait et on le faisait claquer à petits coups secs pour défroisser. L'autre allait-elle tourner vers la droite ou vers la gauche? Les gestes s'inversant faisaient rire. Et puis, petit ballet, on se rejoignait pour plier dans l'autre sens.

— Oh! que tu sens l'oignon, dit la grosse dame.

Vaillamment, la mémé chargeait sa brouette. Le linge sec pèserait moins, mais en compensation il y aurait la côte à gravir. En route, mauvaise troupe!

Chez Pierrot Chadès, Olivier retrouvait un air de Paris. Le quatre-lampes diffusait les chansons de Tino, les sketches de Bach et Laverne qui lui permettaient de répéter en changeant sa voix « Toto apprend le piano » ou l'histoire de l'Anglais perdu dans Paris et qui demande son chemin à un Breton, à un Alsacien, à un Arabe, à un titi parisien, et qui finalement ne peut trouver la tour Eiffel.

Le père Chadès, bon comme du bon pain, l'oreille collée contre la toile de l'héliosecteur IV, écoutait des conférences de Titayna ou d'Henry Bordeaux, les actualités radiophoniques, et réglait soigneusement sa montre sur l'heure de l'Observatoire de Paris.

Avec des mines de conspirateur, Zizi se balayait les

cheveux en proclamant : « L'armée c'est l'école du crime ! »
et crachait à la dérobée sur son blaireau quand il devait
raser un gendarme.

— Dis, dis, fit Pierrot, en passant l'amère pierre d'alun
sur un visage rasé de frais, tu tu ne crois pas que le Victor
il va l'épouser sa connaissance de Langeac. Eh non, il
ne va pas l'épouser. Qu'est-ce qu'il ferait d'une femme
avec sa forge, son football, la belote et les copains, et
tout ?

Et voyant Olivier feuilleter un roman populaire où il
était question des écumeurs des mers du Sud :

— Tu t'en fiches, toi, hein ? Tu mènes ta petite vie
tranquille. Tu lis. C'est drôle que tu lises comme ça.
Moi, à ton âge, je courais avec les copains, et le père Chadès me tirait les oreilles. Pas vrai, papa ? Oh papa ! Il
n'entend pas...

— Ben, j'aime bien !

Gustou Chadès, qui aidait sans conviction en attendant
de vivre sa vie dans les pays lointains, arborait un sourire
doux comme celui d'une jeune fille.

— Je parie qu'il écrit des poésies en cachette !

Olivier rougit. Ne venait-il pas de déchirer une petite
chanson de sa composition intitulée « La pluie » parce
qu'il la trouvait bête ?

— Adieu, Pierrot ! Salut ! Je vais garder.

Le pré allait faire contraste. Le berger, tendu comme un
couteau qui ne se plie pas, profitait d'une obliquité du
terrain pour s'allonger et ses membres n'en finissaient pas.
De minces rais de soleil lui zébraient le visage. Il portait
une ceinture de joncs qu'il avait tressée lui-même en plus
de bretelles qui lui remontaient le pantalon jusqu'aux
omoplates. Il paraissait avoir mille ans. Quand un papillon
au corset velouté, aux ailes jaunes diaprées de vert brun,

se posa sur son visage marqué de stries profondes, il ne le chassa pas.

Pour parler le français, il faisait un effort. Olivier savait qu'il vivait avec une bru qui le traitait mal. Alors, il restait loin de sa masure auprès de la vraie famille de son troupeau.

— Si vous me racontez une belle histoire, je vous donne la moitié de mon chocolat.

Le vieux n'avait que cette gourmandise. Les joues creusées par l'absence de dents, il laissait le chocolat fondre sur sa langue et son visage prenait une expression de bonheur. D'une voix aigrelette et cassée comme du verre blanc, il commença sur un ton monotone :

— C'est de vrai ce que je raconte...

Ce Gour de l'Enfer qui côtoyait le pré de la mémé et qui paraissait si tranquille, avec ses herbes aquatiques, ne parlant que par la voix de ses grenouilles, devenait une bouche d'ombre noire et fatale. L'Antoine, de La Ribeyre, un athée, qui n'allait jamais à l'église, qui était un impie, un tente-diable, il les avait payés cher ses péchés!

— ... Il travaillait le dimanche. Ah! le mal-parlant, avec ses paters noirs, il aurait insulté une béate!

— C'est quoi une béate?

— Il ne sait rien, ce petitou. *Vau meï ioun què sa què ioun què cerque!* C'est une sœur de village. Tu en verras encore quelqu'unes, mais ça se fait rare. Elles apprennent le catéchisme aux enfants, prêtent la main aux travaux, soignent les gens, habillent les morts et mangent comme l'oiseau. Toutes simples, toutes bonnes. Des saintes, mais on ne le sait pas. Qu'est-ce que je disais?

— L'Antoine, de La Ribeyre...

— Chez lui, tout était noir comme cul de poêle, même *lou tchi* qui hurlait à la mort, même les chauves-souris clouées à la grange. Il ne craignait que la nuit, se barri-

cadait, faisait mener à la Mélanie, sa femme, une existence
de bête. Mais le diable l'a bien trompé, il l'a cueilli au
grand jour quand il ne s'y attendait pas.

— Le diable, ça n'existe pas!

— Ah! tiens donc que ça n'existe pas, bretelle! Écoute
aux portes et tu verras s'il ne t'emportera pas. Et ne coupe
pas tout le temps l'aîné qui parle! En plein jour qu'il l'a
cueilli, je te dis. Demande à l'Amargier s'il ne le sait pas,
au Louis. Il le raconte *meï qu'ièou*... Un dimanche, par
impiété, ce mange-soutane d'Antoine est allé au pré du
Gour-qui-n'a-pas-de-fond, là, à côté, pour charger son
foin. Imagine : les vaches de-ci, le cul du char de-là, vers
le trou d'eau. Il enfourche le foin et la Mélanie tasse les
brassées. Et d'un coup, les vaches reculent. Hâ! Hâ!
l'Antoine ordonne, s'accroche au joug, tire, mais si fort
qu'il soit, les vaches reculent, reculent...

— Hou là!

— Tu les vois reculer? Et voilà que la main du Malin,
noire, poilue, griffue, attrape une roue. Et le soufre sort de
l'eau, et des flammes vertes, des lamentations venues de
la porte béante de l'enfer. La Mélanie saute sur le pré,
mais pour l'Antoine, avec tout l'attelage, c'est le grand
plongeon! L'eau se met à bouillir. Bloac! Bloac! et tout
s'enfonce, l'eau se referme et redevient silencieuse et calme,
comme avant.

Le berger se tut. Impressionné, l'enfant crut bon de
manifester un doute, mais le berger se fâcha tout rouge et
bouda un bon moment. Alors, Olivier lui tendit l'autre
moitié de la tablette de chocolat.

— Bien brave. A midi, quand le soleil donne tout droit,
on le voit l'Antoine près de la grande masse du char et
des bœufs. Et on l'entend se lamenter, appeler à l'aide et
demander pardon au bon Dieu...

Bien qu'il fît l'incrédule, Olivier ne s'approcherait jamais trop près du Gour. Timidement, en plein midi, il regarderait et prêterait l'oreille. Une fois, il crut voir une forme parmi les herbes et entendre un murmure, mais ce devait être le vent dans les branchages ou l'eau de la rivière contre les pierres.

Si les histoires du berger n'étaient pas toutes tragiques, elles contenaient toujours le diable, mais souvent le paysan bon chrétien et malin comme dix lui jouait des tours, le mettant dans un sac, l'aspergeant d'eau bénite ou égorgeant la bête dont il avait pris la forme. Et, finalement, comment ne pas croire le berger puisque l'histoire et la légende se mêlaient si intimement? Auprès des fermes où de vieux paysans étaient assassinés pour leur magot, auprès de la Bête du Gévaudan tuée avec deux balles d'argent bénites, et cela c'était historique! il y avait le Drac, les Fachinières, le Faucheur, la Dame Blanche du pont de la Demoiselle, les loubatiers qui le jour portaient les poils à l'intérieur de la peau.

— Les Fachinières, qu'est-ce que c'est?

— De mauvaises fées. Elles se tiennent près du Villeret. Elles font des danses de sabbat avec le diable et tout ce qui arrive de mal vient d'elles. Malheur à qui les verrait arriver sur leurs balais! C'est comme le coucou : s'il voit un vieux avant que le vieux ne le voie, le pauvre meurt dans l'année.

Olivier demanda au pépé confirmation de tout cela. Esprit fort, le viel homme n'y croyait guère, mais comme c'était du pays, il ne niait jamais tout à fait.

L'ombre dépassa la pierre. Vite! il fallait rentrer les vaches. La Dourade frottait son cou contre un tronc d'arbre. Une branchette s'écrasait entre les mâchoires de la Blanche. Hâ! Hâ! le plus difficile était de les amener au chemin craquelé. Après, elles feraient le retour, bien sages, de leur pas régulier.

— Marcade, *dispatsa-ti oun paou!* Ton veau t'attend!

Un paysan rentrant à sa demeure dirait à l'enfant : « Alors tu montes? » et il répondrait : « *Oye*. Et vous, vous descendez? »

Sept

CE fut le plus fort du mois d'août, la *mita d'agous* comme disait la mémé, la canicule, le mois qui tarit les fontaines, selon un dicton local.

Le jardin de la sœur Clémentine se transformait. On y voyait de nouvelles fleurs : digitales pourpres aux chapeaux saluant, belles-de-nuit au parfum de fleurs d'oranger, violettes au goût délicieux. Olivier se promenait devant les carrés de légumes si bien tenus qu'ils paraissaient en habits du dimanche. La sœur déterrait des oignons énormes qu'elle jetait dans un sac, semait des raves. Olivier qui aimait donner à boire à la terre déversait de lourds arrosoirs. Une libellule virait comme un avion biplan, un loriot jetait ses sifflets cadencés, un merle sautillait comme un charbon à pattes, une coccinelle, bijou vivant, se posant sur le dos de la main de l'enfant symbolisait toute la beauté de la nature.

— Tiens, petit, mange cette poire. C'est une bon chrétien d'été. Elle n'attendra pas. Les autres, ce sont des blanquettes mais elles ne sont pas assez mûres.

C'est elle qui, le 15 août, lui avait donné cet énorme bouquet de fleurs mêlées pour la fête de la mémé. Cette « Sainte-Marie », on s'en souviendrait! Une grande fête à Saugues où il en était tant et tant qui se prénommaient Marie qu'on ne cessait pas d'embrasser, de congratuler, de

couvrir de vœux la gent féminine du pays, et surtout celle
de grand âge.

— Bonne fête, Marie! avait dit le pépé.

A la surprise d'Olivier, la mémé, silencieuse, s'était
approchée de lui, toute droite et muette, et s'était laissé
embrasser trois fois en haut des joues. Il lui avait offert six
grands mouchoirs, l'Anna s'étant chargée de l'achat.

L'enfant aida la sœur Clémentine à édifier un épouvantail qu'il orna de défroques trouvées au grenier. Chaque
jour, tel un couturier travaillant sur un mannequin, il le
parait de quelque chiffon, ajoutait une fleur, et la vieille
sœur riait comme une petite fille, tapait dans ses mains,
dansait sur place, avec parfois des regards inquiets vers la
porte du jardinet : si la supérieure la voyait!

Elle était fière d'un carré où croissaient des plantes
médicinales aux noms connus comme la sauge et la mauve,
la bourrache et la menthe, ou plus rares : l'oreille-de-
lièvre, la rue, l'aurone citronnelle, le sisymbre, la
consoude, la sibylle de Marie. Chacune avait pour ami le
foie, l'estomac, l'intestin, le cœur, la tête, la peau, les
membres. Avec elles et les prières, les sœurs de la Présenta-
tion de Marie pouvaient garder bonne santé.

Quand Victor appliquait le fer rouge sur le sabot d'un
cheval, il appelait Olivier :

— Respire bien la corne brûlée! Tu n'auras jamais de
pulmonie.

L'enfant ouvrait largement les narines, éternuait, n'y
croyait guère.

— Victor, disait Clémentine, je l'ai connu plus petit que
toi. Quel drôle c'était!

Tel paysan maître de cheval avait au fond des rides les
prunelles aux aguets comme des renards au terrier. Il
regardait Olivier de côté tout d'abord, puis bien en face,

scrutateur, et peut-être le trouvait-il différent des enfants d'ici, malgré les galoches. Puis l'enfant lui adressait un sourire et il prenait un maintien d'approbation, donnait un ou deux signes de tête.

Les animaux les plus difficiles à ferrer étaient les ânes. Et pourtant, Olivier les trouvait si gentils, comme dans le poème de Francis Jammes qu'il lirait plus tard. Mais dès qu'on leur prenait le pied, ils s'agitaient, et rien, ni les paroles d'Olivier, ni les caresses, ni le tord-nez, ni les entraves, ne pouvait les calmer. Le tonton grognait et le pépé donnait des leçons d'histoire naturelle.

— C'est le cheval du pauvre. Il mange tout, les chardons, l'arrête-bœuf, les mauvais fourrages...

Olivier écoutait l'éloge qui s'accompagnait d'une comparaison avec le Saugain « riche d'argent comme un crapaud de plumes » et qui pourtant travaillait comme dix! Cette pensée amenait le pépé à proposer de manger un morceau et déjà Olivier ouvrait son appétit et son couteau.

Il manquait deux veillées sur trois. Il était plus amusant de prendre le frais sur la route du Puy avec les copains et de faire des plaisanteries quand passaient les filles. Bien fait pour elles!

La veille, sa cousine Jeannette, petite-fille de la tante Finou, une jolie adolescente, lui avait demandé :

— Je dois aller à Pompeyrin. Tu me mènes à vélo?

— C'est loin? Je vais demander à Victor.

Il avait essayé de la prendre sur le cadre, mais il manquait d'habileté. Alors, elle s'était installée sur le porte-bagage derrière lui, laissant pendre ses longues jambes en avant. Quel après-midi! Des côtes qui n'en finissaient pas et des descentes bien trop courtes. Parfois, il calait et ils devaient marcher à pied sur la route dont le goudron fondait.

Jeannette, toute brune dans sa robe de lin blanc, était jolie à croquer, avec son faux air de Katharine Hepburn : des anglaises dansaient sur son long cou, ses yeux noisette, avec une tache verte sur l'un d'eux, étaient ombragés de longs cils de soie, sa bouche au contour bien dessiné s'arrondissait comme un fruit mûr et quand elle souriait un peu large ses dents éblouissantes paraissaient vouloir mordre. Elle lui dit :

— Ça ne fait rien, va, marchons. J'aurais dû demander à un plus grand.

— Peut-être qu'il n'aurait pas voulu.

— Oh si!

Olivier enragea en silence. Il n'était pas si petit que ça après tout! Et même Victor mettait pied à terre dans les montées.

— Qui tu vas voir à Pompeyrin?

— Ah voilà!

— Si tu ne veux pas le dire, garde-le.

Alors, elle s'était penchée vers lui et lui avait donné un poutou de velours sur la joue en lui disant qu'elle le trouvait bien gentil quand même. Comme ses membres étaient longs et bien dessinés, sa taille souple et les courbes de son corps attirantes! Sa peau satinée sentait la savonnette et ses cheveux la lavande.

Elle lui proposa d'entrer dans un bois pour cueillir des airelles. Il ne connaissait pas ce petit fruit rond. C'était bien amusant d'en emplir sa paume, d'ouvrir grand la bouche et de sentir ce goût sucré, sauvage, persistant.

— Montre-moi ta langue, Olivier. Elle est toute noire...

— La tienne aussi, et tes joues, et tes mains.

— C'est du poison, tu sais.

— C'est des charres. Tu en manges...

— Oui. Nous allons mourir ensemble.

Assis sur les aiguilles de pin, ils s'étaient regardés gravement, puis avaient ri. Mourir ensemble. Si c'était vrai?
Les mouchoirs furent tachés à leur tour. Ils se couchèrent
sur le dos. Au sommet des arbres, les hautes branches,
alourdies de pousses neuves, se confiaient des secrets et leur
murmure dominait le sous-bois.

Comme elle chuchotait, il lui demanda :

— Qu'est-ce que tu dis?

— Oh! rien, rien...

— Si, dis-le!

— Quel curieux! Eh bien, je répète *pomme, poire, prune,*
pêche... C'est pour avoir une jolie bouche.

Ils répétèrent ensemble pomme, poire, prune, pêche, et
ce fut comme si les fruits dansaient. Aux rires que cela fit
naître succéda la gravité :

— Qu'est-ce que ça fait de ne pas avoir de parents?
demanda l'adolescente.

— Je ne sais pas, dit Olivier.

Il changea vite de conversation. Une brindille entre les
dents, il demanda sur un ton indifférent :

— Tu sais pourquoi ta grand-mère et la mienne sont
fâchées?

— Non. Elles ne s'aiment pas. C'est tout ce que je sais.

— C'est bête, tu trouves pas?

— Si. Ma grand-mère Finou est fâchée depuis si longtemps avec la tienne qu'elle ne sait même plus pourquoi.

— On s'en fiche, hein?

Dès que le silence se glissait entre eux, l'émoi s'installait
et Olivier se sentait drôle. Alors, il parlait, parlait. Jeannette marquait sa compréhension par de brefs mouvements de tête, un peu maniérés, qui faisaient danser ses
anglaises élastiques. D'un geste machinal, elle les tortillait
autour de son index et les plaçait toujours à un endroit

où elles ne voulaient pas se tenir. Olivier, lui, pensait qu'une fille c'est plus joli qu'un garçon. Pris d'enthousiasme, il s'écria, lyrique :

— Tu es belle, mais belle! Tu es... un chef-d'œuvre! dit-il.

— Peuh!

Mais elle souriait, elle faisait exprès de le regarder droit dans les yeux. Il essayait de jouer les indifférents et se sentait rougir. Il sifflota très faux et s'arrêta. Il se perdit dans la contemplation des taches juteuses de ses mains. L'une d'elles représentait une tête de lion.

— Regarde ma main. Qu'est-ce que tu y vois?

Jeannette approcha sa tête et Olivier sentit son parfum contre lui. Soudain, il se pencha et baisa sa joue, puis, comme un amoureux, son cou, ses oreilles, vite, très vite. Elle ne parut pas s'en apercevoir, puis elle le repoussa avec colère :

— Non mais... T'es fou? Je suis ta cousine...

Comme il s'était senti mal! Ouvrant une bouche de poisson, il n'avait su que dire. Et puis, cette capricieuse, brusquement :

— Rentrons à Saugues. Je n'ai plus envie d'aller à Pompeyrin.

— Mais...

— C'est comme ça. Obéis!

« Je l'aime, je l'aime, je l'aimerai toujours... », se répétait Olivier et il sentait naître en lui d'obscures tragédies, de romantiques souffrances. Pourtant, cachant le grand secret derrière une apparence digne, il avait enfourché la bécane, jeté un « Monte! » résolu, pour dévaler la pente à toute allure dans l'espoir d'effrayer sa cousine. En descendant de bicyclette, dans Saugues, elle avait dit très froidement :

— Merci *quand même*. Peut-être que je ne répéterai rien!

Le cœur battant, Olivier avait parcouru Saugues, son vélo à la main, ne reconnaissant personne, puis il était entré au bureau de tabac pour acheter deux cigarettes au détail. Le visage barbouillé du bon jus des airelles, il avait fait exprès de passer devant chez la tante Finou en fumant ostensiblement, avec des gestes choisis et blasés.

*
* *

Il se promenait dans la cour, désœuvré, caressant Pieds-Blancs ou jetant de vieux fers à vache sur la pile rouillée où les paysans pauvres cherchaient des fers qui pouvaient encore servir. Le pépé, à qui il avait lu l'article de M. *Blume*, lui cria par la fenêtre :

— Et si tu allais faire un tour au marché aux veaux ?

Tiens, pourquoi pas ? Il troqua ses galoches contre les espadrilles qu'il laça en croix autour de ses chevilles, enfonça les mains dans les poches de son pantalon de coutil et partit en sifflotant sur la place du Poids-de-Ville. Aux abords, le long des trottoirs, s'alignaient des camionnettes, des tombereaux, des chars. Il serra la main du pâtissier Anglade, souleva la petite Catherine pour baiser ses joues et se mêla au troupeau de monde sur la place devant l'hôtel de France qui ne désemplissait pas. Se trouvaient là les gens du canton, certains en blouse, d'autres en pantalon et en gilet, mais aussi des étrangers venus souvent de fort loin qui prenaient des allures opulentes et toisaient les gens.

Les veaux, attachés le long d'un mur courbe, formaient une ligne de croupes où s'agitaient des queues, la multitude des pattes évoquant une bête fabuleuse au pelage diversifié : il en était des clairs, presque blancs, d'autres allant du jaune paille au rouge, du brun foncé au noir. Olivier flatta ces animaux à têtes de bébé avec attendrissement en pensant au petit de la Marcade : lorsqu'il le caressait, il cherchait toujours à téter sa main. Il en arrivait de nouveaux menés à la longe ou dans des chars tirés par des vaches, et cela créait des houles dans la foule où l'on discutait ferme.

Les acheteurs se penchaient sur les veaux, étiraient la peau autour des yeux, les faisant loucher, soulevaient les queues, tâtaient sous le ventre, prenaient des attitudes critiques. Olivier entendit, sur un ton dédaigneux :

— Combien en veux-tu pour çà... (un silence) Dis quelque chose. Tu as bien une idée ?

— Parle le premier.

— Non, toi.

Après des tergiversations, un chiffre était jeté. Mine scandalisée de l'acheteur éventuel. Il traitait le paysan de fou, s'éloignait, revenait comme s'il passait là par hasard. On tournait un peu, on tâtait de nouveau le bétail, on prononçait un autre chiffre. A son tour, le paysan se tapait le front. Et puis recommençaient la valse-hésitation, les esquisses d'accord, main tendue, le retrait brusque, le retour. Enfin, une pogne claquait dans une autre à toute volée et les mains restaient unies un instant. Les deux parties secouaient la tête avec regret. Enfin, ce qui est fait est fait !

Le veau détaché faisait onduler toute la ligne. Il se mettait aussitôt à gambader et le paysan s'efforçait de contenir ses ébats. Sa hanche pesait contre l'épaule de la bête, une double démarche titubante les unissant. Il fallait taper sur une jambe arrière, et tant bien que mal on arrivait à la cage-balance destinée à la pesée. Ensuite, l'acheteur tâtait dans sa poche un énorme portefeuille bourré de billets et disait : « Mais tu paieras bien un

canon ! » Bien sûr, puisque c'était devant le vin rouge
que se compteraient les gros sous.

— Ah ! tu n'as pas fait la mauvaise affaire !

— Savoir. Je l'ai payé au-dessus du prix.

Parfois, un intermédiaire, ami, compère ou simple
badaud, devenait le témoin de l'affaire, ou la mouche
du coche, et profitait du canon.

— Ces paysans, ils sont devenus savants, tu sais. On ne la
leur fait pas !

C'était Louis Montel. Il prit Olivier par le bras et lui
demanda :

— Tu sais comment on reconnaît une gente bête ? Je
vais te montrer...

Et lui disant les défauts des veaux à voix haute, il se fit
chapitrer par leurs possesseurs. On lui jeta des phrases
en patois et en français : « Il est grand l'oiseau qui plaît
à tout le monde ! » Ou : « Retourne chez toi, brandon ! »
Et aussi : « Va caguer ton poivre ailleurs ! » Et plus on
lui en jetait, plus il riait.

— Le Victor, il serait là, il en dirait bien d'autres !

Il invita Olivier à boire un verre et lui paya aussi le
froumadze. Dehors, on poussait les veaux dans les camionnettes et il fallait parfois les soulever à pleins bras.

— Où on les emmène ?

— Certains à l'embouche. Presque tous à l'abattage.

L'enfant voulut faire le fort et dit : « Ah bon ? » mais il
sentit un tremblement le parcourir. Les hommes devenaient abominables. Tous. On allait tuer ces bébés ! Il
s'imagina se précipitant pour les délivrer, mais c'était
impossible. Il ne put terminer son fromage. Il remercia
le bon Catouès, dit qu'il avait oublié quelque chose et
s'en alla par la rue des Fossés en courant.

Et si on avait pris le petit de la Marcade ! Mais non, ce

n'était pas possible. Il le défendrait, le protégerait, il parlerait au pépé qui comprendrait, à Victor, et un jour, le veau serait un bel animal, comme sa mère, qui irait au pré et qui tournerait sa tête vers lui quand il l'appellerait.

— Hé! l'Escoulas, tu viens, on joue aux boutons.

Ils pouvaient bien l'appeler, les enfants du garage Sauvant, il avait autre chose à faire! Déjà, jeune avocat, il préparait ses arguments en faveur du veau qu'il avait aidé à naître. Mais comme il allait embarrasser le pépé!

La nuit était chaude comme une soupe. Le tonton qui dormait en chien de fusil occupait vraiment trop de place! Olivier, bien qu'il restât les yeux fermés, ne trouvait pas le sommeil. Un cauchemar l'avait éveillé : il se trouvait dans le pré et un gros loup l'attaquait. Il frappait du bâton, frappait, frappait, et savait que lorsqu'il cesserait ses tourniquets, le loup se jetterait sur lui. Mais soudain, les trois vaches fonçaient cornes en avant et le loup s'enfuyait.

Il écouta l'horloge, puis des chiens qui s'appelaient dans le lointain. Un autre cauchemar le rejoignit, éveillé. Il était rue Labat, couché auprès de sa mère qui ne se réveillerait pas. Il imagina que Victor avait cessé de vivre près de lui et il frissonna de frayeur. Il finit par trouver le courage de se lever et il enjamba le corps de son oncle. Heureusement, Victor émit un fort ronflement, gémit et se retourna, ivre de sommeil.

Olivier, pieds nus, passa devant le lit des grands-parents sous son ciel de toile bise. Une odeur de tisane de feuilles régnait dans la pièce. Il descendit silencieusement l'escalier

dans le noir comme il le faisait pour aller au petit endroit
dans la rigole des vaches. De l'étable, envahie par la
chaleur des bêtes, montait un fumet de troupeau. Il
traversa la cour, ouvrit le portail et se trouva dans la rue.
Il pensa qu'il pourrait être un somnambule et marcha les
bras tendus devant lui. Il s'imagina grimpant sur les toits,
suivant les gouttières, sautant d'une maison à l'autre.
Mais gare si on le réveillait. Il perdrait son adresse et
irait s'écraser dans la rue comme cet oisillon tombé du
nid dont le petit cadavre était envahi de fourmis.

La pensée d'être le seul éveillé dans Saugues endormi le
domina. L'air léger caressait, et il éprouvait un réel plaisir
à sentir le sol sous ses pieds nus. La lune blanche offrait
une lumière laiteuse et presque irréelle. Le silence s'étendait comme une nappe. Olivier, premier levé, se sentit le
seul être vivant du monde. Il alla, comme dans un rêve,
des traînées de brouillard nocturne semblant le porter.

Dormait-il debout? Peut-être des zones de sommeil
s'épandaient-elles encore en lui puisqu'il rêvait. Il parcourut quelques rues de Saugues où même les maisons
semblaient dormir, puis descendit la Borie jusqu'au cimetière. La grille l'attira. Il serra les barreaux rouillés très
fort, comme un prisonnier. Il y appuya son front pour
sentir le froid du métal. La porte s'ouvrit. Alors, il
entra. Il n'éprouvait aucune peur. Il marcha dans les
allées, les pieds humides de rosée, parmi les tombes, les
cyprès et les saules. Il vit des couronnes de perles violettes,
des grilles cernant de minces territoires, des croix, des
portraits, il lut les regrets éternels des ex-voto, et, parmi
les fleurs artificielles, les vraies et les fanées, dans une
odeur de feuilles pourries, il déchiffra des noms, les mêmes
que ceux des amis du village.

Et voici que le sien apparut, plusieurs fois, précédé de

prénoms inconnus et de dates lointaines accouplées comme si elles seules avaient existé. Il fit des soustractions : soixante-dix ans, cinquante-sept ans, quinze ans... Il se dit qu'il irait un jour, lui aussi, sous la terre, mais repoussa cette idée. Il erra longtemps avant de s'asseoir sur un banc de pierre. Là, il pensa à sa mère, à Marguerite qui avait nettoyé sa tombe, sans la connaître. En face de lui, le monument appelé « tombeau du général anglais » dressait sa masse gothique. La lune étendait sa clarté froide.

Sans doute resta-t-il ainsi longtemps, gagné par l'engourdissement, mais le hululement d'un oiseau de nuit, un aboiement lointain, triste, inquiet, le sortirent de sa torpeur. Découvrant où il se trouvait, il ne comprit pas. Dès lors, le moindre bruissement de feuilles le fit tressaillir et il sortit de ce lieu cerné de murailles en tirant doucement la grille derrière lui. Pendant quelques mètres, il marcha plus vite.

Silence dans le village. Pourquoi imagina-t-il chaque maison comme une tombe ? Mais non ! il suffisait d'appeler pour que les morts se réveillent et vivent. Comme le pépé au monument de la guerre qui les nommait. Alors, il murmura les noms qu'il connaissait, en chercha d'autres qu'il avait vaguement entendus, dit des prénoms. Il fallait faire vite, tout dire avant le lever du jour, sinon qu'arriverait-il ?

Il leva les yeux vers le ciel et compta neuf étoiles pour faire un vœu : « Qu'ils guérissent ! » Une étoile répondit par un clignotement. Qui vivait là-haut ?

Il chuchota longtemps d'autres noms avant de se retrouver couché de nouveau auprès de Victor et de s'endormir comme quelqu'un ayant rempli sa tâche. Avait-il simplement rêvé ? Au matin, devant le bol de Phoscao chargé de

pain trempé, il l'aurait cru s'il n'avait regardé ses paumes :
elles étaient tachées de rouille.

*
* *

Le pépé passait et repassait la lame du couteau d'Olivier
sur la pierre à aiguiser.

— Tu ne voudrais pas avoir un couteau de *feignant ?*

Le haut du buffet était ouvert car il venait de montrer
à l'enfant la lingerie de famille : un mince trousseau
composé d'immenses serviettes de toile de chanvre jaunies
aux endroits des plis, des taies en calicot, une nappe en
madapolam, des draps de pays ajourés et quelques autres
pièces protégées par des sachets contenant des aromates
grossièrement pulvérisés : clous de girofle et muscade. Ce
linge restait sans utilisation. C'était comme les cadeaux :
on les gardait. Jadis, la mémé avait pensé : « On ne se
marie pas toute nue », et chaque centimètre de toile représentait le fruit de patientes économies. Et on avait glissé
le sel porte-bonheur dans le sabot de la mariée. Le grand-
père, qui racontait ces coutumes perdues, se délectait de
leur souvenir.

— J'avais fait faire ma demande par un cousin. Ça
s'appelait « faire le bâton blanc ». A lui d'y aller de sa
diplomatie. Mais jamais la demoiselle ne répondait tout
de suite. Simplement, elle disait « espère » ou « n'espère
pas ». Si le lendemain on trouvait un balai retourné
devant sa porte, c'était le refus...

— C'est marrant...

— Tu trouves ? En attendant, la mémé, elle, avait mis
à l'endroit tous les balais de la ferme, et même des pas
bien propres. Si elle m'entendait... Autrefois, pour les
mariages, il existait toutes sortes de coutumes. Des belles,

des douces, et d'autres pas très honnêtes. Les amis faisaient cuire des poireaux avec leur barbe et on les servait aux mariés dans un vase de nuit. Ils devaient tout manger. Je crois que ça se fait encore... Et puis, d'autres choses.

Le pépé passa amoureusement la flamme d'une allumette au-dessus de sa pipe. Olivier, appuyé sur le dossier de sa chaise comme un fumeur, suivait les volutes de tabac et se demandait pourquoi la fumée s'élevait tantôt bleue, tantôt ambrée. Il aimait les histoires, mais au contraire de certaines du berger celles du pépé sonnaient toujours vrai.

— Quel travail avec ta grand-mère! Pour les choses de la campagne, elle savait tout. Pour d'autres, elle était ignorante comme un sabot de mur. Si une bête tombait malade, elle priait en tenant la main sur une peau de mouton. Elle était prête à subir les pires maux parce qu'ils venaient du bon Dieu. Mais à mesure que je lui apprenais, elle voyait clair dans son passé de fille louée et cela la durcissait, lui donnait ces traits de rudesse qu'elle a maintenant, faisait d'elle une fameuse personne.

Olivier ne dit rien. Si la mémé n'était pas tendre, elle ne le traitait jamais mal. Il suffisait que son ton sauvage s'atténuât si peu que ce fût pour que l'enfant en sentît le prix. Pas de *poutous* comme la tante Finou avec ses petites filles, pas de tendresses et de câlineries, mais parfois une lumière rapide dans les yeux au bleu changeant éclairant tout le visage basané.

Et il naissait entre eux des complicités indicibles : celle du pré, des courses dans la montagne, de la liberté. Et puis, du sucre à la vache aux suce-sang du lavoir, des soudures établies sur des souvenirs durables. Le « pauvre Pierre », avant de monter à Paris, ne lui avait-il pas dit : « Maman, ne mangez pas de viande le soir, vous savez que ça vous fait mal! », et elle répétait cette phrase banale, à la veillée, comme un proverbe.

— En ce temps-là, les paysans ne lisaient guère les journaux. D'ailleurs qui savait lire dans nos campagnes? Les informations venaient de l'église. Et puis, quand ta mémé a pu lire le journal, elle a appris d'autres choses. Tu ne me croiras pas, mais tout ce qu'elle lisait d'un peu rouge la rapprochait de son bon Dieu à elle.

Et le pépé regarda autour de lui et soupira :

— Ah! mon petit-fils, tu aurais connu la maison quand il y avait tout notre monde...

C'étaient Victoria l'aînée, le père d'Olivier plus jeune de dix-huit mois, la tante Maria morte à vingt ans, Victor le petit, et en plus un aide-forgeron qui faisait partie de la famille et que la guerre avait pris, et une époque difficile où il fallait lutter davantage. Et ce grand-père prisonnier de sa forge et de son métier à ferrer qui était devenu un braconnier du savoir.

— Oh! Gustou, je t'apporte une lièvre!

Le paysan, dans la cour, tenait une bête aux oreilles noires qui souffrirait quelques jours la captivité dans un clapier avant de devenir un rôti au four ou un civet. A la ville, la mort des animaux était abstraite, mais ici!

Dans la rue, la cousine Anna poussait sa vache en chantant à tue-tête :

On a vingt ans, ce n'est que l'âge
Où le champagne coule à flots!

En avait-elle jamais bu? Elle s'arrêtait de chanter, tendait le poing à un ennemi invisible et disait que le diable habitait ses concitoyens. Puis elle riait d'elle-même et jetait des baisers du bout des doigts à Olivier et à son grand-père.

— Elle fait la follette, dit le pépé. C'est sa manière, mais sa tête la fournit bien et elle a l'étoile plus droite que beaucoup que je connais.

— Moi, je la trouve drôlement gentille. L'autre jour, elle m'a donné cinq sous.

— C'est plus pour elle qu'un million pour un riche. Tiens, va lui porter ce fromage.

Olivier se plaisait tant à la maison, accoudé sur la toile cirée, un livre devant lui, que le pépé lui suggérait des visites :

— Si tu allais dire bonjour à Alphonse Lonjon! Il te montrera comment il répare les montres.

— Je connais déjà!

— Il faudrait bien qu'il vienne, pour l'horloge. Elle prend du retard.

Dans son officine, devant son petit tour, sa pince en main, sa loupe vissée à l'œil droit, le bon Fonsou réparait des montres du vieux temps qui n'en pouvaient plus. Certaines, très belles, portaient une abeille ou une locomotive gravée sur le dos, et il en était de grosses avec des chiffres romains en noirs, qui faisaient un bruit de réveil.

Plus tard, la mémé entra dans la cour, du bois plein son tablier. Elle cria :

— Je vais voir la cousine de La Rodde. Vous vous arrangerez pour le dîner.

— Emmène un peu Olivier.

— Qu'il vienne!

Chic alors! On casserait la croûte là-haut, avec la cousine, mère de Lodie, et d'autres cousins plus ou moins éloignés. La mémé regarda vers le haut de la côte avec gourmandise : il lui fallait chaque jour son grand festin de marche.

*
* *

Dans la montée, Olivier courut à toute vitesse, les bras
écartés, s'arrêta épuisé et attendit, assis en scribe, que sa
grand-mère l'eût rejoint. Comme elle disait, elle « allait
son train » lentement dans les côtes, mais sans jamais
s'arrêter, si bien qu'en haut du raccourci de la route du
Puy l'enfant haletait encore tandis que le visage de la
vieille femme restait impassible.

— Il fait chaud, mémé, n'est-ce pas?

— C'est de saison. On n'a pas fait le plus long, mais on a
fait le plus dur.

Elle marchait, son chapelet en main, ses coudes osseux
comprimant sa mince cage thoracique, et les grains noirs
filaient entre les doigts au rythme de ses pas, ses lèvres
remuant sans cesse transformaient l'essoufflement en prières.

La route toute droite où le goudron sue par endroits, les
pins, là-haut, frères du soleil et de la roche, les hauts, les
patriarches qui dominent les genêts, les sorbiers, les genévriers, des pentes pierreuses piquetées de buissons, un
char aux essieux grinçants sur un chemin de traverse, les
noms des villages qu'on voit : les Salles jeunes, les Salles
vieilles, Villeneuve, La Vachellerie... Le doigt de la mémé
tendu comme celui d'un général sur le champ de bataille :

— La Rodde, tu vois, c'est là-bas...

Rien ne distinguait ce hameau de pierraille des autres.
Un chemin bordé de haies épineuses avec parfois les
taches brunes d'un grappillon de mûres ou de jeunes
prunelles. La mémé, parfois, nommait un oiseau en patois :
testa nègra, cailla, tchardouné...

— Mémé, une plume de corbeau!

Elle ne dit pas : « C'est sale, n'y touche pas! » comme

d'autres auraient fait. Elle en trouva une deuxième
venue d'un geai qu'elle lui tendit pour enrichir sa coiffure
d'Indien. Et quand un serpent traversa le chemin, ses
yeux brillèrent d'une étrange convoitise. Le pépé lui
dirait : « Elle est vive comme un rapace. Une simple
baguette fourchue et la vipère est prise au sol. Elle lui
tranche la tête d'un coup de couteau. »

Les bâtiments de ferme rectangulaires étaient vastes.
Près d'une porte, un énorme tas de fumier étalait son
marécage fangeux. Parmi les fenestrous étroits, il en était
beaucoup de bouchés avec des briques à cause de l'absurde
impôt sur les portes et fenêtres. Des poules creusaient leurs
nids dans la poussière. Un chien jeta quelques aboiements
découragés et se tut. Les lieux semblaient déserts, écrasés
par le chaud de la mi-journée.

— Dis bonjour à la cousine!

C'était une femme d'une cinquantaine d'années. Elle
ne portait pas la coiffe, mais un morceau de gaze noire
au-dessus du chignon bas ornait sa chevelure grise. Elle
montrait un visage éveillé, empreint de sagesse souriante,
un peu moqueuse, comme Lodie qui lui ressemblait.

— Remettez-vous...

La mémé releva ses lourdes jupes pour enjamber un
banc qui longeait un monument de table d'une longueur
peu commune. Le sol était de terre battue avec çà et là
des affleurements de roc. Olivier eut la surprise de voir
que les volailles : poules, pintades, dindes, se promenaient
là en toute tranquillité; on ne les chasserait à coups de
balai qu'au moment du repas.

A l'exception du lit enclos derrière des boiseries où
pendait cette bassinoire appelée « le moine », les meubles
offraient de fameuses proportions : le buffet, le dressoir,
la maie, constructions campagnardes en bois ciré, étaient

dignes du corps de cheminée dans lequel, autour du foyer, on aurait pu tenir à huit. Il y avait encore une baratte à manivelle, un berceau de bois tout simple fait d'un tronc creusé, un rouet, des récipients de cuivre et des louches de bois aux tons mordorés. L'électricité était installée, deux lampes de 25 watts, mais une lampe à pétrole restait accrochée au plafond.

Tandis que les femmes s'entretenaient en patois, Olivier sortit dans la cour cernée par les bâtiments. Dans la bergerie, un garçon de ferme, rougeaud et le crâne rasé, peut-être un cousin, ceint d'un tablier de cuir jaune, tondait un mouton. Il répondit au bonjour d'Olivier et expliqua :

— Tu vois : je déshabille saint Pierre pour habiller saint Jean!

Le mouton était couché sur une table, les jambes retenues par des sangles passant dans les trous du bois. La tondeuse avançait et la toison tombait ras, d'un seul tenant, sans se désunir.

— Il devait avoir chaud, observa Olivier.

— Eh oui, pauvre! Avec tous ces travaux, j'ai bien trois semaines de retard pour la tonte, mais c'est le dernier. Que veux-tu, on ne fait pas toujours ce qu'on veut!

— *Oye!* approuva Olivier.

Derrière la demeure, des chèvres sur les pattes arrière broutaient les feuilles pennées d'un frêne. Sur le bûcher était clouée une plaque rouillée : *Engrais composés et racines fourragères.* Il pénétra dans les diverses constructions : la loge à porcs et le fournil derrière un énorme tas de bûches, le hangar avec les chars, les jougs et la bourrellerie. Sous un auvent, des faux simples ou à râteau, des faucilles, des semoirs, des cribles, des crocs à fumier, des fourches et un arsenal de pelles, de pioches, de bêches, de binettes...

Une cabane de berger montée sur deux roues côtoyait un tarare, une herse, un semoir. Et la grange bourrée de foin comme un oreiller de plume, une pièce avec des claies superposées qui sentait la pomme, une étable en longueur où une vieille, en l'absence du bétail, pelletait la rigole.

— Bonjour, madame.

— Bonjour, mon garçon, de qui tu es ?... Eh ! *saï qué*, je suis ta cousine !

Et *lou poutou !* Derrière un grillage, on apercevait les plans alignés du jardin potager appelé l'*or* en patois. Olivier ne cessait de regarder les choses, fendant au passage une bûche pleurant sa résine sur le billot couvert de cicatrices ou faisant grincer la chaîne du puits pour tirer un seau d'eau où tremper ses lèvres. Dans les clapiers superposés, des lapins végétatifs remuaient de longues oreilles. Un dindon se pavanait, et Olivier connut la honte de fuir devant un jars qui fonçait sur ses jambes, tête baissée en sifflant comme un serpent. Heureusement, le valet de ferme, bâton en main, le chassa.

Puis, la voiture du Caïffa vint proposer ses épiceries, suivie par celle du boulanger. Quel univers étrange que celui de la campagne ! La rue Labat ou le faubourg Saint-Martin avec leur foule, leur bruit, leur animation, étaient loin ! Et soudain, la cruauté : ce canard blanc auquel la vieille femme venait de trancher le col et qui courait sans sa tête avant de s'abattre, laissant couler un sang que le chien léchait. Olivier, blessé, porta la main à son cou, ferma les yeux, pensa à Louis XVI et, en un instant, les histoires fantastiques du berger parurent réelles. Qui sait si le diable du Gour de l'Enfer n'existait pas ?

— *Poula, poula, pouleta, pouleta, courcouné, courcouné !*

Curieux cris poussés par la vieille ! Et tandis que le tondeur libérait son mouton tout nu, tout maigre, et qui, séparé du troupeau, restait stupide au milieu de la cour, déjà les poules se rassemblaient. *Pouleta, pouleta...* Toutes pressées, elles couraient derrière la fermière qui plongeait une main généreuse dans son tablier gonflé et jetait l'orge et le blé. Elles voulaient tout prendre et becquetaient en dodelinant de la tête et en poussant des cris aigus. L'une d'elles, entourée de poussins jaunes, paraissait suivie de boules de coton qui voulaient vivre et grandir.

Le coq, dressé sur ses ergots, crête en bataille, queue en faucille, s'approchait à pas mesurés, se gonflait, et parfois, condescendant, piquait une graine. Les plumages jetaient leurs feux rouges, verts, jaunes, noirs, blancs, mouchetés, qui frémissaient dans la lumière, émerveillaient le sol. Puis, peu à peu, les caquetages s'apaisèrent et il régna un silence singulier.

— *Riou, riou, riou... Ritou-ritou-ritou!*

Cela, c'était pour les porcs, et des bassines d'eaux grasses mêlées de déchets, de racines et de vesces coulaient dans les auges de pierre bien vite entourées de grappes roses et brunes. Quelle joie de caresser les soies dorées et de courir derrière les poules!

— Tiens, dit le valet, la bête de laine, tu pourrais la conduire jusqu'au pacage, là-bas, derrière les genêts, où il y a *lou pastre...*

— Comment il s'appelle?

— Qui ça? Le mouton? Hé, *pille de mascle,* s'il fallait leur donner un nom à tous!

Comment s'y prendre! Après la fuite devant le jars, Olivier ne voulait pas se ridiculiser de nouveau. Au moyen d'une branche garnie de feuilles, il fit avancer le mouton comme il put par-delà les friches jaunies. Tout alla bien car l'animal, dès qu'il aperçut ses congénères, les rejoignit en bêlant pour leur raconter son histoire.

Le pâtre avait l'âge d'Olivier. Malingre, ses cheveux noirs crêpaient et sa grosse bouche faisait la lippe. Une chemise de toile grossière à rayures, un pantalon reprisé et rapiécé aux genoux et au fond, des galoches maculées composaient son vêtement. Il regarda le visiteur par en dessous, puis bien en face, avec un rictus revêche.

— Salut bien, dit Olivier, comment tu t'appelles? Moi, c'est Olivier, je suis un Escoulas de Saugues!

— Je t'ai bien vu venir avec ta mémé. C'est toi, le Parisien?

— Ben... oui.

Ils marchèrent côte à côte, le pâtre montrant un fond de méfiance, Olivier cherchant des paroles. Le soleil tapait dur et une odeur de suint flottait.

— Il y en a combien, de moutons?

— Soixante-sept, sans compter les agnelous.

— Qu'est-ce qu'ils sont mignons!

Le pâtre alla en chercher un et Olivier le caressa, l'embrassa, aurait voulu l'emporter avec lui.

— Tu as soif? demanda le garçon.

— Pas qu'un peu!

— Regarde ce que je fais quand j'ai soif, mais ne le répète pas!

— Juré.

Brusquement, le pastoureau se laissa tomber sur une brebis, lui enveloppa les pattes et la coucha sur le flanc. Saisissant une tétine, il y porta sa bouche et se mit à téter comme un agnelet, levant la tête et faisant couler le lait sur son menton.

— C'est sale, non?

— Tu te crois mieux qu'un agneau? Bougre de délicat, va! En attendant, c'est bon! Essaie un peu. Tu vois, elle bouge plus.

— Ben, ben...

Qu'il était difficile de savoir se tenir à la campagne! Pensant qu'il s'agissait d'une pratique courante, Olivier se pencha et imita son compagnon. Le soir même, il dirait à Victor, négligemment :

— Bien sûr, j'ai tété le lait de la brebis.

Cela lui vaudrait pendant quelques jours le surnom de « tête-brebis ».

Le pâtre ainsi apprivoisé, ils gaulèrent les branches d'un pommier rabougri pour faire tomber des pommes vertes. Au pied de l'arbre, les fruits talés répandaient une odeur acide et douceâtre. Le jus vert serrait la langue et il fallait cracher la pulpe.

La cousine appela et ils entrèrent dans la salle pour un repas plus fourni. Olivier fut présenté à une autre cousine en vacances, et qu'on appelait « la Canadienne » car elle vivait à Cannes, à son fils, un petit garçon aux yeux vifs qui ressemblait à Frisepoulet fils de Marius, et à une jeune fille au teint pâle condamnée par la maladie. Une solide soupe aux choux qui sifflait sous son couvercle, du lapin en cocotte, de la salade, de la fourme, des fraises sauvages et des confitures de prunes composaient le menu. En bout de table se tenaient les hommes de la compagnie. Couteau en main, ne se servant guère de la fourchette, ils mangeaient et ne parlaient pas.

Dans un coin, la plus vieille cousine qui s'était contentée d'un bol de soupe en y ajoutant de la crème, plumait son canard et la neige voletait autour d'elle. La mémé, dans ce décor, le même que ceux des fermes de son enfance, se sentait à l'aise, presque enjouée, et elle semblait approuver de la tête les gestes et les paroles de chacun.

A la cousine, elle rappela des événements de famille, nomma toutes sortes de gens inconnus, faisant l'éloge ou la critique, parlant des morts du passé avec des silences pendant lesquels un chapelet coulait entre ses doigts noueux.

Olivier brûlait de jouer encore avec le copain pâtre. Avec lui, il apprit comment courir sur les chaumes sans se piquer la plante des pieds, il pataugea dans la mare aux canards, il courut derrière les corneilles bleues, parla aux bergeronnettes en habit de gala. Le pastoureau lui fit voir comment vider une branche de sureau de sa moelle pour en faire un sifflet, il lui montra ses collets à lapins faits de branchettes et de cordonnets. Il voulut gonfler une grenouille avec une paille au cul, mais Olivier demanda la grâce de la bête.

— Montre-moi encore des trucs!

Mais le garçon connaissait des jeux dans lesquels Olivier ne pouvait entrer, par exemple des devinettes en patois peu traduisibles qu'il faisait précéder d'un refrain :

— *Dabina, dabinaire, dabina da qu'es aco?* Grangette pleine de pâture et sans fenêtre? C'est un œuf. Et : quatre petites demoiselles, zig-zag au milieu?

— Je donne ma langue au chat.

— C'est la noix.

— Ah? Bon. A mon tour : à quoi reconnaît-on un écureuil d'un stylo?... Tu les mets tous les deux au pied d'un arbre, celui qui grimpe, c'est l'écureuil.

— C'est couillon.

Pas plus qu'Olivier goûtait les devinettes du pâtre, pas plus celui-ci riait aux siennes. Alors, ils préférèrent courir dans les bois, profiter d'une pente pour glisser le derrière au sol sur le tapis des aiguilles de pin sèches.

— On pourrait faire du ski!

Ils s'attachèrent des planches aux pieds mais cela se termina par une double culbute dans les genévriers qui les fit rire. Heureusement, les moutons se gardaient tout seuls.

Le temps ne pesa guère et, lorsque Olivier rejoignit sa grand-mère, le jour déclinait. Au retour, le soleil, comme une bouse sanglante, leur rougit le visage.

Une grande expédition fut celle des pommes de pin, on allait « à la *pigne* » comme on disait. Il en fallait tant et tant de ces allume-feu! Le départ eut lieu avant le lever du jour avec le char emprunté à Camille, un *doublèou* à quatre roues garni de montants et tiré par la Marcade et la Dourade. Victor, aiguillon sur l'épaule, conduisait l'attelage tandis que la mémé et Olivier étaient assis sur une traverse. Des piles de sacs voisinaient avec les râteaux de bois, le sac à provisions et un tonnelet de boisson faite de feuilles de frêne et de bois de réglisse.

La brume revêtait les bruyères d'un coton léger qui s'élevait jusqu'à la cime des arbres. La rivière, en contrebas du chemin, semblait dormir. Les oiseaux de jour prenaient le relais des rapaces nocturnes. Tout encore à leur sommeil, les voyageurs se taisaient. Ils traversèrent deux hameaux silencieux, puis quittèrent la compagnie de la rivière pour ascender les montagnes boisées. Une demi-lieue plus loin, ils prirent à main droite un chemin forestier où courut un garenne au cul blanc.

Les vaches débâtées, Olivier rangea joug et lanières de cuir. Après leur avoir donné du foin et quelques feuillages que Victor avait taillés au bord du chemin, ils s'assirent tous les trois sur le talus pour un rapide repas de saucisse sèche et de pain.

— La boisson est bonne, mais ne donne guère de nerf.
Buvez un peu de vin, *mame!*

Victor s'adressait toujours à sa mère avec déférence.
C'était seulement dans le travail qu'il prenait un ton
bourru.

La mère et le fils saisirent chacun un râteau et ils
commencèrent à gratter le sol pour réunir les pommes de
pin, les aiguilles sèches, les branchettes, en tas. Elles formaient un abondant tapis et le travail allait vite.

— Et moi, je ne fais rien?

— Regarde un peu si tu trouves des branches mortes,
des longues, que tu mettras en travers des montants dans
le doublé.

Parmi l'amas des arbres, parfois un coupon de ciel
apparaissait et le sous-bois se hachait de soleil. En marchant
dans le silence épais, Olivier se sentait envahi par un sentiment de recueillement solennel, un peu effrayant. Au fond
des terriers, dans les trous des arbres, des animaux dor-
maient. Les seuls bruits étaient le croassement d'un corbeau à la cime des pins, le gringotement d'une grive ou le
bourdonnement d'un insecte, parfois le craquement d'une
branche que Victor ou la mémé cassait. Olivier jeta des
notes claires, des vocalises, dans l'espoir vain qu'un écho
répondrait, mais la forêt se referma sur elles comme un
couvercle.

Dès que les arbres s'espaçaient, des taillis de bruyère,
de sarothamnes à balai ou des genévriers aux fruits ronds,
aux feuilles en aiguille, les remplaçaient. Il ramassa une
pomme de pin et la lança contre un tronc d'arbre. Un
silex égaré lui fit penser à *La Guerre du feu* qu'il avait lue
à Paris.

— Olivier, viens voir!

Se repérant à la voix, il rejoignit la mémé qui lui désigna

des bolets aux chapeaux larges. Comment faisait-elle ? Lui cherchait et n'en trouvait jamais. Elle lui dit :

— Tu vas aller au char et rapporter des sacs.

Victor sifflait à tue-tête : *Jeunesse, jeunesse, il faut cueillir le printemps.* Sous ses bras puissants, le râteau allait et venait sans cesse, mais il n'abattait pas plus de travail que la mémé. Parfois il dégageait les pommes de pin prises entre les dents de bois de l'outil et partait dans une interminable rêverie. Pensait-il à la belle de Langeac, à une de Saugues qui la remplacerait, à des idées d'avenir loin du pays (on demandait un maréchal pour des chevaux de mine au bassin charbonnier du Centre), aux matches de l'U.S.S. ? On ne le saurait jamais. Et soudain, sa mélancolie s'effaçait. Il relatait quelque histoire de village où un simple faisait des siennes, et la mémé qui, hors de Saugues, perdait de sa sauvagerie, y allait d'un gloussement, et répétait : « De ce Victor, il en invente ! » Quand c'était en patois, il s'excusait auprès d'Olivier :

— Tu comprends, en français, et quand on ne connaît pas les gens dont je parle, ça ne dit plus rien.

Olivier regrettait de ne pas mieux comprendre la langue de ses ancêtres. Si seulement on parlait moins vite !

— Le pépé, en ce moment, il doit recevoir le journal. Qui sait si le vieux Gounard ne lui rendra pas visite ?

Quand ils parlaient du grand-père, un silence suivait toujours : ils pensaient à la jambe. La mémé, tant qu'elle courrait la montagne, même aux approches de nonante, resterait hors d'âge. Comme disait la tante Finou : « Moi, je ne vieillis pas : je suis vieille... »

Olivier ouvrait et refermait ses paumes enduites de résine qui collait et répandait une forte odeur.

— Regarde vite ! l'écureuil...

Il volait de branche en branche comme une flamme

vive, tournait autour des troncs plus vite que le regard. Ils coururent parmi les arbres, la tête levée, mais le petit animal avait disparu dans les hautes branches. Pourquoi le tonton dit-il que c'était bon à manger?

Olivier tenait la boge ouverte. Victor y déversait la récolte que la mémé tassait avec un bâton. Le bois craquait et le sac se bosselait. Parfois, des *pignes* s'échappaient d'un trou qu'on colmatait avec des branchettes. Quand le sac était plein à ras bord, la mémé cousait avec de la ficelle de chanvre et Victor hissait la charge sur le char.

— Quelle heure crois-tu qu'il soit?

— Heu, onze, onze et demi...

— Il est deux heures!

Le temps prenait de curieuses dimensions. Tantôt, il s'allongeait, tantôt il rétrécissait. Mais le plus gros du travail était fait et on put songer à manger. La mémé disposa les victuailles sur son tablier étalé. Ils attaquèrent les sardines, le pâté gras que suivirent une tarte aux blettes, des tomates vertes et du gâteau de riz au chocolat enduit de caramel. La boisson, le vin et le café de la Thermos arrosèrent le tout.

La mémé disparut pour aller tailler des copeaux de genévrier dont elle faisait une tisane rhumatismale pour le pépé. L'air saturé de résine était parfumé. Des endroits humides montait une odeur de champignons. Victor s'allongea sur le dos, plaça sa casquette sur son visage et il ronfla comme un bienheureux. Olivier s'amusa à jongler avec trois pommes de pin, mais bientôt son corps bascula sur le côté, et, la tête dans son coude replié, il dormit aussi.

Quand il se réveilla, il chassa des fourmis sur sa jambe et vit que le char était attelé. La mémé, les poings sur ses hanches maigres, le regardait se frotter les yeux et Victor dit :

— Tu reviens du dedans.

— Quel roupillon, mes aïeux!

Au retour, la mémé conduisait les vaches, Victor et Olivier marchant derrière le char. La sueur coulait sur les fronts. Le tonnelet, pendu au treuil du char, dansait devant eux. Parfois, Victor le soulevait, tournait la cannelle et, le tenant au-dessus de sa tête, laissait couler dans sa bouche avant de le tendre à Olivier. Quand il fut vide, ils recoururent au vin qui restait dans le litre. Il était tiède mais le soleil tapait si fort qu'il faisait du bien au gosier.

« Le fils de Pierre » s'accrocha au char et marcha en regardant filer le chemin sous lui. Quand il leva la tête, tout tournait. Il confia à Victor :

— Je crois que je tiens la cuite!

— Non, c'est la chaleur, dit Victor cramoisi.

Dès qu'ils aperçurent la rivière, ils y coururent. Les pantalons retroussés, ils marchèrent dans l'eau et s'aspergèrent. Le sable filtrait entre les doigts de pieds. L'eau venue de la montagne restait fraîche et tout mouillés, ils se sentirent mieux. Ils contemplèrent les jets d'écume sur les arêtes rocheuses. Des oiselets se poursuivaient dans les vergnes. Plus haut, une truite, de sa queue à peine mobile, se maintenait dans le courant. Ils firent la course pour rejoindre l'attelage. La mémé ne s'était pas aperçue de leur départ. Elle parcourait la route comme les grains d'un chapelet.

Huit

CETTE arrivée était bien naturelle, mais Olivier vivait si loin de chez la tante Victoria qu'une présence bien connue de lui, au bout de la rue des Tours-Neuves, le laissa tout pantois.

Tandis que Victor ferrait un cheval brun au poil luisant et qu'il jouait du chasse-mouches, apparut... Qui ? Un déjà vieil ami : Alphonse, le Papa-Gâteau des jours parisiens. Ah ! il restait semblable à lui-même, il ne s'était pas déguisé en Parisien en vacances. Il portait toujours son costume gris à gilet haut fermé dont le veston aux poches gonflées de trésors flottait sur son corps dégingandé. Ses cheveux gris s'épaississaient au soleil et ses lorgnons tombaient au bout de son nez. Cette distraction souriante, cette tête au-dessus des nuages, ce léger dandinement dans la démarche, oui, c'était bien lui !

— C'est Alphonse, Alphonse !

Olivier jeta le chasse-mouches dans la caisse à outils et courut à sa rencontre. Mais pourquoi se trouva-t-il tout gêné d'être en galoches ? L'homme le reconnaîtrait-il ? Mais oui, il lui ouvrit les bras et le serra contre sa hanche en lui tapotant la nuque. De sa voix bien articulée de maître où perçaient les intonations du pays, il dit :

— C'est toi, mon cher Olivier. Mais que tu es bien ! Tout bruni, en *esclops*, un vrai Escoulas !

Comme tous les enfants exilés du canton de Saugues quand ils reviennent au pays, il portait du soleil heureux sur le visage.

— Bonjour, Victor, toujours à ferrer ces bons chevaux et ces belles vaches?

— Salut, Alphonse. Vous savez, qui reste sous son toit, s'il ne gagne rien, ne perd rien! Vous venez bien tard, cette année...

— J'ai voulu visiter Rome, puis la Côte d'Azur. Partout j'ai regretté Saugues!

Et en ébouriffant les cheveux d'Olivier, devant le propriétaire du cheval étonné, il chanta un couplet de l'hymne à Saugues qu'il avait composé :

C'est l'enivrement d'un rêve qui passe.
Saugues reposant dans son vert écrin
Fait vite oublier à notre âme lasse
La vaine splendeur des pays lointain-ains!

Olivier enchaîna sur l'air du *Sanctus* de Beethoven :

Saugues, Saugues, salut à toi, salut!

— Ah! brave garçon, tu n'as pas oublié?

N'était-ce pas le bon Alphonse qui lui avait tant parlé de Saugues tout en lui faisant connaître ce Virgile qui s'y accordait si bien? Le pépé se tenait debout à la fenêtre. Il ne disait rien mais n'en perdait pas une.

— Alphonse, venez boire quelque chose.

— Vous savez que je ne prends que de l'eau.

Tandis que les deux hommes parlaient, l'enfant se souvenait de la phrase favorite de son vieil ami : « Olivier, il faut que je t'apprenne... » A peine le grand-père aux cheveux blancs et le maître à cheveux gris avaient-ils échangé les premières politesses qu'ils en venaient au plus personnel :

— C'est vous, Auguste, qui avez eu raison de toujours rester au village!

— Pauvre! Je n'avais guère le choix.

Mais ils tournaient encore autour de leur discussion favorite : la foi de l'instituteur d'école libre et celle du pépé bien différente. Le blanc et le rouge s'affrontaient de biais, parlaient des choses de l'Église et du canton, du bon Dieu et de l'humanité, en restant sur leurs positions mais sans se chercher querelle. Simplement, ils vérifiaient qu'ils n'avaient pas changé.

— Et Marie?

— Elle est toujours à courir quelque part dans les genêts. Je l'envie bien.

— Je lui ai apporté une médaille de Rome pour qu'elle la glisse dans son porte-monnaie.

— Elle va l'être contente!

— Et ce petit-fils? Il a enfin connu Saugues. Comme son père l'aimait! Tu ne te languis pas trop de la tante?

— Oh non! Si. Un peu, pas trop.

— La fin des vacances viendra vite maintenant. Les jours sont plus courts.

Cela, Olivier ne voulait pas y penser. Revoir la tante Victoria, l'oncle Henri, Jami, peut-être Marceau, c'était bon, mais il perdrait tant d'autres êtres. Pourquoi ne pouvait-on rester avec tous?

— Tiens, tu aimes toujours les bonbons?

Toujours égal à lui-même, Papa-Gâteau plongea la main dans sa poche, sortit les cigarettes Abdulla, le briquet à essence, une longue-vue, et trouva enfin deux bonbons Pierrot gourmand à la liqueur.

— Merci, Alphonse.

Il en offrit un au pépé. Il parla de la maladie de Marceau, du faubourg Saint-Martin, de sa femme Marthe et de son fils Roger qui réussissait dans la peinture.

— Alphonse, dit le pépé, j'ai besoin de savoir. Connaissez-vous cette expression en patois : *à la campisada*. Ça se dit par exemple d'un chien qui court derrière un chat. Ils partent *à la campisada*. C'est un du Malzieu qui parlait de cette manière et j'ai dû lui faire expliquer.

— Non, Auguste, je ne connais pas, mais le patois change si vite! A dix kilomètres seulement, il n'est plus le même. On prononce différemment.

— Je sais. Ceux de Saint-Préjet ou de Vazeilles ne parlent pas comme à Saugues, mais on se comprend. Affaire d'habitude.

Papa-Gâteau promit qu'il se renseignerait. Il dit que le patois était de la poésie à l'état pur. Il aurait ainsi souvent des conversations sur la langue avec le pépé. Il ajouta :

— Nous allons faire de belles promenades, Olivier et moi, mais, avant, je dois faire toutes mes visites, et il y en a!

Quand il fut parti, le pépé dit :

— Nous ne sommes pas de la même chapelle, mais vrai! c'est un bon homme!

**
* **

Olivier qui croyait connaître Saugues s'aperçut vite, avec Papa-Gâteau, qu'il avait mal lu le livre de nature et qu'il lui restait mille choses à découvrir.

Alphonse arrivait généralement après le dîner de midi, acceptait le café et disait :

— Je vous prends Olivier.

La mémé irait garder. Cela lui permettrait de continuer son rosaire. Quand elle les voyait s'éloigner dans la cour, tous les deux, Olivier attentif et Alphonse discourant avec des gestes persuasifs, les poings sur les hanches, elle les désignait d'un coup de menton :

— *Azeïme a què li dous can-couans!*

« Can-couan » : une expression de la mémé que nul ne saurait traduire.

Cet après-midi-là, ils partirent pour une longue promenade parmi ces assemblées d'arbres nommées bois de la Vialle, des Tardettes, de Montchauvet, de la Bruyère ou du Mazel. En marchant d'un pas de montagnard, Alphonse racontait à Olivier des faits lointains qu'il ornait de merveilleux :

— ... C'est l'abbé Fabre qui a étudié toute cette histoire. Autrefois, ici, les Ligures, puis les Celtes vouèrent un culte au dieu Soleil. Ces pierres accumulées que tu as vues près des Salles, ce n'est pas le hasard qui les a posées, mais les hommes. Je te montrerai des pierres branlantes, des amoncellements qui sont des signes de nos ancêtres, tu verras des dolmens.

— Comme en Bretagne ?

— Oui, les Celtes furent une grande civilisation. Dans notre pays vécurent les Gabales, des guerriers magnifiques exaltés par les druides...

— Ceux qui cueillaient le gui ?

— Sais-tu que la cavalerie gabale venue secourir Vercingétorix a fait reculer Jules César ? Ils étaient d'ici.

Dans la forêt qu'ils traversaient, Olivier entendit des bruissements, des cliquetis d'armes, des bruits de galop, les cris des armées partant à l'attaque, et, parmi les râles d'agonisants, les plaintes des blessés, des clameurs d'orgue. Il tira le bâton qu'il avait enfilé dans sa ceinture et s'en servit comme d'une arme, faisant seulement danser les fils de la Vierge sur les arbustes.

— Nous pourrions marcher des jours et des jours sans rencontrer âme qui vive, dit rêveusement Alphonse.

Installés sur un promontoire, à la longue-vue, ils regardèrent les hameaux lointains.

— Sais-tu qu'il reste encore de vieilles femmes de campagne qui n'ont jamais appris le français?

— C'est vrai?

— Ce sont les dernières. Vois-tu, Olivier, tu es à cheval sur deux mondes. Ton pépé, ta mémé, à quelques exceptions près, vivent comme on a vécu pendant des siècles. A Paris, tu iras voir les tableaux des frères Le Nain et tu t'apercevras que rien n'a tellement changé pour les tiens...

Il désigna un village et le choisit pour but. Là, Papa-Gâteau poussa une barrière de bois, frappa à une porte de ferme et dit des politesses en patois au jeune couple qui les reçut. Dans le berceau de bois, un bébé souriait en agitant un grelot. Silencieusement, la femme versa du lait frais dans les bols et son mari avança du pain noir et de la fourme. Olivier tenta de surprendre les mots de la conversation. Il s'agissait de métayage, d'affaires de famille, de récoltes.

Les bois cirés, les cuivres rouges, la vaisselle, les vitres, tout étincelait, et les visages semblaient porter les reflets des objets heureux. Olivier but le bon lait qui lui fit une moustache blanche et Papa-Gâteau sortit de la monnaie que les hôtes refusèrent : on s'était découvert un lointain cousinage. Entre-temps, Alphonse avait appris les prénoms des jeunes gens : Gustave et Marie. Il les salua avec amitié. Gustave, fort et fier, arborait de superbes moustaches noires. Marie, sans coiffe car cela n'était plus de sa génération, portait ses cheveux bruns serrés dans un fou-

lard. Il devait faire bon vivre en leur compagnie. Les
promeneurs quittèrent la ferme avec de grands saluts.

— As-tu compris ce que nous disions?

— Un peu. Pas trop.

— Oh! rien que des choses pour se reconnaître, pour se
dire qu'on est de la même mitonnée. Ceux-là n'aiment
guère parler en français, mais leur bébé, quand il sera
un homme, peut-être qu'il ignorera le patois. Ils veulent
économiser pour qu'il fasse des études.

Alphonse fit un geste fataliste et ajouta :

— Contre notre parler, ça a été une lutte constante.
Il fallait faire une nation d'un seul tenant. Et la langue
des hommes, c'est leur particularité. A l'école, on utilisait
une pièce qu'on appelait « la patoise ». Le maître la
remettait au premier écolier surpris à parler patois, à
charge pour lui de trouver un autre gamin qui commette
la même « faute ». Et ainsi de suite. A la classe du soir,
c'était le dernier qui la tenait en main qui recevait le
pensum, la punition.

Le doigt tendu de Papa-Gâteau parcourut l'horizon,
s'arrêta sur des points blancs dans la campagne lointaine
et il expliqua :

— Vois-tu, avec la laine de ces moutons, on a fait de
magnifiques tapis. Il y en a dans bien des cathédrales,
comme à Chartres!

Quand ils s'approchaient d'un vacher, Olivier demandait les noms des vaches. Il connut ainsi d'autres Marcades
et Dourades, des Frisées, des Gaillardes, des Mouraïades,
des Rousselles, des Pomelles, des Nègras...

« Il faut que je t'apprenne... » Alphonse ne cessait de
commenter. Il fallait avoir le regard vif pour distinguer
la grive musicienne de la grive litorne. Et les couleurs :
le pivert, le cul-blanc, le rouge-gorge, le verdier. Et ceux

dont on prenait les noms pour se moquer des gens : étourneau, bécasse, linotte.

— Et celui-ci au ventre jaune, c'est quoi, Olivier?

— Ben, ben, c'est un passereau.

— Tu triches, mon Olivier, passereau c'est la famille.
C'est un traquet-motteux. « Traquet », parce qu'en agitant ses ailes et sa queue il fait un bruit de moulin.
« Motteux », parce que, dans les labours, il volette de motte
en motte. Tu le reconnaîtras?

— Heu... j'essaierai.

— Il aime le voisinage des bruyères, il mange des baies
et des insectes, il...

Ainsi, Alphonse ne connaissait pas seulement la litté-
rature latine et la théologie. Il nommait la faune et la
flore. Il savait tout de la nature et du travail des paysans.

— Dites, Alphonse, où vous avez appris tout ça?

Un geste vague, un sourire d'auto-ironie, et :

— Tout ce que je sais? Mais, je ne sais rien. Le peu
m'est venu quand j'allais travailler dans les fermes. Quand
on disait à mon père : « Vous me prêteriez pas le gamin? »
C'est une tradition d'ici : « Prêter le gamin », ou bien :
« Prêter la main. » Il ajouta :

— Quelle chance d'avoir eu une enfance campagnarde!

Dans un hameau, ils rejoignirent une femme vieille
comme les pierres qui se tenait à l'écart des gens. Elle
portait d'amples vêtements de toile noire, une coiffe
blanche et égrenait un long chapelet de grosses boules.
Un crucifix brillait sur sa poitrine. Alphonse se pencha
et lui prit la main avec les marques d'un profond respect.
Il lui parla en patois et Olivier comprit qu'il s'agissait
des choses de la religion. De sa vie, Olivier ne verrait un
visage aussi empreint de sérénité. Après l'avoir quittée,
Alphonse dit :

— C'est une béate.

— Le berger m'en avait parlé.

— Il t'a dit? Elles donnent tout d'elles et vivent de rien. Elles disparaissent, elles aussi. Aujourd'hui, qui ferait le don de soi?

Olivier se retourna pour voir une dernière fois la béate qui vivait pour l'amour des autres.

— Saugues est un pays religieux. Que de prêtres, que de missionnaires! Notre pays a eu un saint martyr, Noël Chabanel, tué par les Hurons au Canada. Et il y a eu le frère Bénilde, un humble maître des écoles chrétiennes. Il a fait des miracles. Un jour, il sera sanctifié. Je ne le verrai sans doute pas, mais il y aura un saint Bénilde. Et notre François Fabre, l'historien de la Bête. Je pourrais en citer beaucoup d'autres.

— Rien que des prêtres?

— Il y a eu aussi Joachim Barrande qui fut précepteur du comte de Chambord et surtout un des plus grands géologues du siècle dernier. Un musée, à Prague, porte le nom de ce Saugain. Et des félibres, des linguistes, des conteurs, des poètes, des artistes, et il en naîtra encore, le pays prédispose.

Tandis qu'ils rentraient harassés par leur longue marche, Olivier, la tête bouillonnante de noms et de faits dont il parlerait au grand-père, se sentait étrangement exalté. Comme au temps de la rue Labat, il aspirait à des choses, vagues, indéfinissables, mais qui lui faisaient aimer cette vie, le livre de cette vie, si plein d'images à découvrir et de choses belles comme les rayons du soleil couchant sur les prairies et les pierres.

***

— Victor, Victor, je crois que la Blanche est devenue complètement cinglée!

Olivier, rentrant les vaches, faisait tourner le bout de son index contre sa tempe en poussant la vache claire avec la pointe de l'aiguillon.

— Ah! quelle idiote! Elle court, elle grimpe sur la Dourade et la Marcade, elle est comme folle!

Tandis qu'il attachait les chaînes aux mangeoires, le tonton, arrachant à la tenaille les clous tordus d'un vieux fer, riait.

— Je te jure. Dans le pré, elle n'a pas cessé de faire le cheval. Elle est dingo, ta vache!

Déjà la mémé apportait son seau et saisissait le trépied pour traire. Elle dit simplement :

— Il faudra la mener prendre.

— Je vais au moulin Rodier, d'un coup de bicyclette, voir si le taureau...

Après le départ de Victor, Olivier demanda des précisions à la mémé qui lui dit :

— Elle a envie d'avoir un veau.

— Ah? C'est ça...

Il s'agissait de choses qu'Olivier connaissait, mais dont on ne parlait pas. Il toussota et alla caresser le veau de la Marcade qui s'agitait derrière sa porte de planches en attendant la tétée.

— Au pré, j'en ai vu un qui a pris une truite d'au moins... trois livres. Avec Alphonse, on l'a regardée à la loupe. Sa peau, c'était joli, mais joli!

Sans transition, pour éveiller l'intérêt de la mémé, il ajouta qu'il aimerait bien aller à la veillée.

— Nous irons chez la Pic. On « blague » mieux que chez la Clerc. Tu seras bien poli...

— Certainement.

C'était aux Roches sur la hauteur de Saugues, dans une demeure au rez-de-chaussée ayant l'apparence d'une boutique. Les soirs d'été, on sortait les chaises sur la rue, et les voisins, les voisines se rapprochaient, ce qui formait une vaste assemblée où sous l'autorité de la Pic on allait jusqu'à parler de politique.

Il resterait un moment, puis s'échapperait pour aller jouer aux cartes ou aux osselets sur une pierre avec les copains. Ensuite, il reviendrait chercher sa grand-mère. Il marcherait en regardant le sol et peut-être trouverait-il cette boucle d'oreille que le tambour de ville avait annoncée comme perdue.

Chez Mme Pic, les langues allaient d'abondance. On trouvait même une femme qui disait en patois des contes, des incantations, des formulettes, des jeux, des comptines auxquels Olivier ne comprenait rien, mais dont la musique de mots portait sa drôlerie. Et la femme faisait des gestes, imitant le scieur ou le cavalier, le lapin ou le hanneton, une vraie comédienne! Comme on riait et comme ce monde dépaysait l'enfant! Mais à la nuit tombante, la gaieté cessait et on commençait, par lassitude, à se plaindre un peu.

En rentrant du moulin Rodier, Victor avait jeté :

— Demain, mon garçon, il y a une corvée qui te pend au nez comme un sifflet de deux sous!

Qu'avait-il voulu dire? Olivier, dès son éveil, eut la réponse. Il entendit une conversation entre le pépé et son fils. Ce dernier voulait qu'Olivier conduisît la vache au taureau.

— Hé! ça lui fera connaître les choses de la nature.

— Il les connaît bien déjà. Et, bougre! C'est un petit de la ville. Il est délicat, comprends-moi Victor, et il y a une gêne que je ne m'explique pas moi-même...

Tout cela était dit en patois et finalement le pépé eut le dernier mot en parlant de la tante Victoria. Victor renvoya un de Saugues qui voulait faire ferrer et partit de mauvaise humeur conduire la Blanche au moulin de Rodier où un taureau de trois ans lui ferait son veau.

— Bon, se dit Olivier, je vais faire mon tour de Saugues.

Sur le cours National, un groupe de gens entourait Fedou. Celui-ci haranguait un cheval. Gesticulant, il jetait des mots superbes avec des allures de tragédien :

— Certes, tu es la plus noble conquête de l'homme, mais il t'a mis des œillères pour que tu ne le voies pas. Car celui-là, l'homme, c'est le plus grand couillon que la terre ait porté. Il t'attelle, mais tu vaux mieux que lui. Car c'est un animalcule...

— Que tu es savant, Fedou, tu parles comme Pascal! lui dit Papa-Gâteau qui sortait de l'hôtel de la Terrasse.

— C'est que je l'ai lu, *boun dièou*, cet Auvergnat! Et ceux qui rient autour de moi, dans la tête ils n'ont qu'un pois. Et encore il est cassé. S'ils ne saluent pas respectueusement mon ami le cheval, je vais leur montrer mon...

Il lui restait trop à dire pour cela. En veine de paroles, il trouverait toujours de nouveaux auditeurs pour ses discours. Au besoin, il s'adresserait à une échelle ou à une brouette.

Comme Papa-Gâteau distribuait des rouleaux de réglisse avec une perle colorée et comestible au centre, il lui prit une partie de son public enfantin qu'il conduisit à la terrasse de l'hôtel que tenait sa sœur, Mme Chany. La Juliette, agitant le levier de la pompe à essence, donnait à boire à une Talbot au moteur à castagnettes. Elle caressa la tête d'Olivier et celle d'un autre gosse.

Alphonse fit baisser la T.S.F. pour converser avec l'assemblée d'enfants, demandant à chacun d'eux ses goûts sur les jeux et l'étude, sur le métier futur. Ils répondirent sagement, attendant la récompense : un de ces contes du pays qui appartenaient à la tradition orale. Ce fut l'histoire de Jean et Jeannette perdus dans les bois par des parents trop pauvres pour les nourrir.

— ... Alors, sur la montagne toute noire, ils crièrent : « Mon père, mon père! » et l'écho répondit : « Mon père, mon père! » et puis, ce fut : « Ma mère, ma mère! » que l'écho répéta de même comme pour se moquer d'eux. Personne pour les entendre. Mon Dieu! comme ils étaient fatigués. Autant que toi Jacquot quand ta mère t'emmène au pèlerinage. Qu'ils avaient faim! Encore plus que toi, Olivier, quand tu rentres les vaches après avoir donné ton goûter aux poissons...

— Après, après...

Les enfants tendaient leur attente, leur curiosité, comme des oisillons dans le nid s'ouvrant pour la becquée.

— Après avoir tant marché, tant erré, ils finirent par retrouver leurs parents qui furent bien contents de les revoir car ils éprouvaient du remords. Mais ce n'est pas fini... Après quelques jours, comme il ne restait plus de pain, comme ils avaient déterré toutes les racines pour les manger, ils décidèrent de les perdre de nouveau!

— Les méchants!

— Ils espéraient que des riches les recueilleraient, tu comprends, Marthoune. Autrement, Jean et Jeannette seraient morts de faim sous leurs yeux.

Juliette, appuyée sur un balai, écoutait ce que racontait cet oncle pas comme les autres. Elle aurait bien voulu balayer la terrasse mais la troupe des enfants grossissait.

« C'est chouette de raconter des histoires ! » pensait Olivier qui enviait Papa-Gâteau d'avoir tant de jolies choses dans sa tête.

— ... La vilaine ogresse qui les avait pris attendait que Jean eût engraissé car elle voulait le dévorer !

— Oh !

— Elle l'avait enfermé dans une pièce et tous les jours, par la chatière, elle lui tâtait le petit doigt pour savoir s'il avait grossi, mais la Jeannette, maligne comme un renard, avait trouvé une queue de rat et, au lieu de présenter le doigt de l'oreille, le Jean faisait passer la queue...

Peu à peu, l'histoire devenait effrayante et les enfants frissonnaient.

— ... Alors, Jeannette coupa la tête de la diablesse et ils s'enfuirent. Le Drac les chercha partout, s'adressant aux pâtres, aux lavandières en répétant : « N'auriez-vous pas vu passer mon Jean et ma Jeannette, mon char et ma charrette, avec mes chevaux blancs ferrés d'or et d'argent ? »

Papa-Gâteau fit plusieurs fois chanter la phrase et vers la fin de l'histoire allongea un peu et accentua ses mimiques.

— Eh si ! répondirent les lavandières. Ils galopaient si vite que les pierres prenaient feu !

— Tonton, je voudrais bien balayer ma terrasse, coupa Juliette.

— ... Si vous voulez les rattraper, dit une lavandière, coupez vos jambes et mettez-les à votre cou. Alors le Drac sortit son long couteau, fit ainsi qu'on venait de lui dire, tomba dans la rivière et se noya.

Après un temps d'arrêt, Alphonse ajouta :

— Le coq chanta et le conte fut fini !

— Encore ! Encore !

— Eh non ! c'est fini. Mais en patois, il est bien plus beau !

Quand les enfants s'égaillèrent et que seul resta Olivier, celui-ci observa :

— C'est une très belle histoire. Un peu comme le Petit Poucet.

— Ce que tu dis est judicieux, Olivier. Tu sais, tous les contes sont les mêmes dans toutes les provinces, et même à travers les nations. C'est une tradition universelle qui les crée. Celui-là, j'espère que quelqu'un le recueillera. Et quand tu auras lu les fabliaux du Moyen Age, les contes de Perrault et de Grimm, tu penseras aux veillées d'ici. Mais il y a ceux qui sont bien à nous et qui sont plus que des contes : la Bête du Gévaudan, les Fachinières ou le Gour de l'Enfer.

— Je connais, dit sentencieusement Olivier.

Les rues et les venelles saugaines ménageaient toujours des surprises. Alphonse savait voir des choses que les autres ignoraient. Dans une vitrine, il distinguait un objet, un ustensile, et se mettait aussitôt à raconter une histoire ou un souvenir évoqué par lui.

Ils s'arrêtèrent chez le bourrelier. Il fallait le voir tirer l'alène avec ses doigts de cuir tandis que son aide graissait les harnais avec un mélange d'huile et de suif! Sur les murs, les brides, les mors, les sonnailles, les cloches, les pompons, les fouets formaient une rude décoration. Et que de pièces de harnachement, de bâts, de colliers, de selles, de bourres, d'avaloires, de croupières, de dossières! Et cette odeur de tannerie, de poix! Cet arsenal de longs couteaux sans manche, cette roue à rogner, cet emporte-pièce, ces ciseaux épais, ces pinces, ces pots, ces flacons... Que de questions à poser! Avares de paroles, les artisans, dès qu'on les entretenait de leur métier, trouvaient des expressions enrichissantes, des mots nourris, et cela même s'ils se plaignaient du métier.

— Au revoir, bourrelier!

— A quelque jour, Alphonse! Ménagez-vous...

Au hasard des ruelles, ils ne manqueraient rien des travaux, entreraient dans les cours, les hangars, les échoppes, parlant au rétameur ou à la matelassière, au rempailleur de chaises ou au cordonnier, au chaudronnier-étameur ou au menuisier qui faisait aussi charpentier.

Comme le soleil tapait, Alphonse sortit de sa poche un chapeau de coutil plié en quartiers et le posa sur sa tête.

— Pays de soleil, l'été. Sais-tu que nous sommes au pays des troubadours? Eh oui! ils ne sont pas tous de Provence et ici, il y a eu peut-être le meilleur : Peire Cardenal, du Puy, Garin d'Apchier, un seigneur bien disant. Et ici même, au Moyen Age, une femme poète, Na Castelloza, qui écrivit des poèmes d'amour dans la belle langue d'oc qui était reine...

Alphonse sourit au souvenir de ces anciens temps qui brisait la solitude, et Olivier dit :

— Maintenant, on est des Auvergnats!

Pourtant, il n'avait jamais entendu le légendaire « fouchtri-fouchtra ». Et la mémé parlant de lieux proches disait : « C'est en Auvergne! »

— Eh bien, c'est difficile à dire. Mon ami Louis Amargier dit que tout fait de nous des Auvergnats : le climat, la manière de vivre, les coutumes. Or, nous sommes à l'extrémité des États du Languedoc. Dans l'histoire, l'Auvergne ne s'occupait pas de Saugues, le Gévaudan dont nous sommes le seuil n'y tenait guère et le Velay restait étranger. Alors, pour moi, c'est « le pays de Saugues » où l'on se suffisait à soi-même, où l'on battait monnaie.

Le soir, dans le lit, les mains réunies sous la nuque, Olivier pensait. Il ne savait plus s'il était de Montmartre ou de la Margeride. Il imaginait son ascendance et se perdait dans des abîmes. Puis tout se mêlait, histoire, légende, contes. Il revoyait tous les faits de la journée, tout ce que contenait ce village où, pour des yeux étrangers, rien ne semblait se passer.

Il entendait le pépé qui se retournait dans son lit, de l'autre côté du mur, et il répétait ses rituels : « Je veux qu'il guérisse! » Victor tardait bien à rentrer. La mémé lui en ferait le reproche. Il se déshabillerait dans le noir et dirait : « Tu dors, Olivier? » Il répondrait : « Oui, je dors. » La Blanche ne s'agitait plus. On ne vendrait pas le veau. En fait, c'était une demoiselle veau qui serait génisse, puis vache comme sa mère la Marcade. Et Pieds-Blancs! Pendant que la mémé tournait le dos, il lui avait fait boire son bol de soupe, mais le pépé revenant du cellier, vite! il avait dû reprendre le bol. « Tu ne manges pas ta soupe, mon petit-fils? » Bon, il avait mangé après le chien...

Il finissait par s'endormir, la tête pleine d'images et de mots.

*
* *

Après l'engloutissement d'une tartine de miel qui lui coula sur les doigts par les trous du pain, il lut un peu vite l'éditorial du pépé.

— Tu cours sur les lignes, Olivier, et tout ne se comprend pas bien. Qui parle sème, qui écoute récolte. Mais il faut du temps pour faire mûrir. Va vite où ton goût t'appelle. Je finirai seul... Ça ne porte pas peine!

— Merci pépé, mes excuses, c'est que...

— Oui, je sais. Va-t'en vivement!

Ce matin-là se tenait une foire de chevaux. Devant la

forge, sur la rue, tout un escadron était aligné, attendant les bons offices de Victor qu'aidait sa mère. Il s'agissait de vérifier les fers, de remplacer parfois l'un d'eux par un moins usagé, de changer quelques clous, d'enduire les sabots de peinture noire, de tout faire pour que les bêtes eussent bonne apparence.

Victor qui travaillait à vil prix ne manquait pas de lancer des réflexions cinglantes :

— C'est ça, place bien la couverture pour cacher l'ulcère. Et les poils blancs, tu les as bien teints en noir. Tu vas voir que la pluie les fera couler. Et tu auras beau faire, les dents diront bien l'âge de ta poulinière !

— Tiens un peu ta langue, Victor. Quel travail te met le feu à la bouche ?

Le tonton éclatait d'un rire vengeur, enfonçait le clou en deux coups de marteau. Pour lui, ce n'était pas du travail, mais comment le refuser ? Les chevaux, malgré le pansage, répandaient une odeur forte. La sœur Clémentine, avec sa brouette, ramassa les boules de crottin jaune qui fumeraient son jardin. Subrepticement, Louis Jammes vint arracher un crin blond à une queue de cheval, pour la pêche. Olivier ne parviendrait pas à chasser ces mouches têtues, à vernir tous ces sabots alignés. Et ces marchands qui ne cessaient de tourner autour de leurs bêtes en les bouchonnant avec de la paille se montraient bien encombrants.

— N'oublie pas celui du bas, avec son ventre de vache et sa croupe en cul-de-poule... Et, attention, on lui a garni les fentes du pied avec de la cire. Si tu crois que ça ne se voit pas !

Il s'y connaissait bien en chevaux, ce Victor ! Aux leçons du pépé s'étaient ajoutées celles de la cavalerie chez les dragons. L'air insufflé dans les salières, le poivre au derrière pour faire relever la queue, le narcotique aux chevaux vicieux, il connaissait tous les trucs des maquignons.

— Il y en a quand même de jolis, tonton!

— Lequel? Le vineux? Je n'en voudrais pas pour tirer ma brouette!

Il se montrait injuste, mais les paysans, qui connaissaient ses humeurs, n'y prenaient pas trop garde. En attendant, il chaussait bien et peut-être que l'acheteur ne verrait pas les poils collés sur les genoux couronnés et les cicatrices masquées.

— *Anïn!* Youp Hiu! Drrrueu! Hô! Hô!

Un à un, les bourins quittaient les anneaux du mur, mais il en arrivait d'autres. Parfois, Olivier pouvait obtenir de monter l'un d'eux jusqu'au bout de la rue. Il sautait à plat-ventre sur le dos du cheval, se hissait, enfourchait et montait à cru, comme un Peau-Rouge.

— Qu'il y en a des chevaux, qu'il y en a!

— A la foire aux poulains, à la Saint-Chaffre, on en trouve bien davantage!

Olivier pensait à la cavalerie gabale, et, absurdement, aux dents de Fernandel et se mettait à l'imiter. Puis Michel Simon. Et Maurice Chevalier avançant la lèvre inférieure. Cela rappelait Paris et effaçait la mauvaise humeur de Victor qui reprenait son sourire bleu, évoquait la gare de l'Est, les Invalides, le marché aux puces où on trouve des Rembrandt et des Stradivarius. Olivier revoyait le François Boucher chez sa tante et toutes les œuvres d'art, les vases de Chine, les laques, les tapis d'Orient, les glaces de Venise. Chez le pépé, on ne trouvait qu'une reproduction de l'*Angélus* de Millet sur le calendrier des postes, mais de la fenêtre quelles merveilles ne voyait-on pas!

Parfois, Olivier se demandait si le passage au Faubourg,

entre Montmartre et Saugues, n'avait été qu'un entracte dans sa vie. La nostalgie le saisissait et des ombres fuyaient dans ses yeux verts devenus plus sombres. C'était bien, la rue! Bien dans le temps, avec ses discussions de sportifs, ses artistes en herbe, ses pipelettes, sa musique. Et ici, l'impression fugitive d'être isolé par les hautes montagnes. Et cette tante Victoria qui n'écrivait que des lettres laconiques où elle parlait de la crise économique mettant l'avenir de la profession en danger, de la santé de Marceau, de la rougeole de Jami ou de l'entorse de l'oncle Henri.

Il émergea brusquement et vit les chevaux bien réels. Le dernier étant ferré, Victor laissa ses outils en plan et partit de son côté, sans même quitter le tablier de cuir. Olivier mit de l'ordre, se lava les mains à la fontaine et se rendit place Antique.

Des chevaux, des mulets, des ânes, on en voyait partout et de toutes sortes. Olivier rejoignit Gustou Chadès, Joseph Paulet, Victor Mondillon et quelques autres. Les mains dans les poches, ils se promenèrent en fumant des cigarettes parmi les bêtes, avec des airs de connaisseurs. Et l'enfant avait le toupet de répéter des paroles de son oncle :

— Celui-là, on lui a mis du poivre dans le troufignard. Regarde ce cornard, ce cagneux...

Mais en même temps, il demandait secrètement pardon au cheval de le traiter ainsi.

— Que voilà une belle bête! dit quelqu'un.

C'était un alezan cerise, cheval de selle au garrot élevé, au thorax profond, à la croupe allongée, qui portait noblement une tête aux yeux vifs. Son propriétaire, vantant ses qualités, retroussait ses lèvres fines en disant qu'il pourrait boire dans un verre, caressait son front large, désignait ses oreilles bien plantées, mobiles aux impressions.

— Eh! dit un paysan, il ne marche pas sur la tête!

— Oh que non! Mais toi non plus tu ne marches pas
sur la tête. Avec ce qu'il y a dedans, tu tournerais le cul!

Les rires fusèrent. Tout était permis au maître d'un tel
cheval, fût-il étranger au pays. Olivier se voyait costumé
en cow-boy montant le roi des chevaux, le beau Rex,
et jetant le lasso au col d'un taureau furieux. Puis il pensa
aux courses où le cousin Jean allait jouer ses derniers sous
dans l'espoir de faire fortune, à l'oncle Henri qui lui
disait :

— En même temps que les cigarettes, au P.M.U., tu
me joueras cinquante gagnant et cinquante placé sur...
Pas la peine d'en parler à ta tante.

— Compris, mon oncle.

— Si je gagne, je te donnerai dix francs, ajoutait l'oncle,
puis, après un temps de réflexion : Si je perds, je t'en
donnerai cinq.

— Je vais faire une prière, mon oncle.

— Non, on ne prie pas pour si peu.

Au P.M.U., à la civette au coin du faubourg Saint-Denis
et de la rue Lafayette, s'étirait toujours une file d'attente :
des hommes en bleus de travail, des femmes en fichu, des
oisifs, des porteurs de la gare du Nord, des retraités.
Olivier sortait une cigarette de sa poche et l'allumait en
attendant, clignant les yeux sur la fumée dans une attitude
adulte. Il consultait le journal *La Veine* qui traînait sur un
marbre, faisait semblant de mijoter un pari important.
Quand son tour arrivait, il annonçait le jeu avec un accent
faubourien, malin et blasé à la fois, et tendait son argent
en échange des tickets porteurs d'espoir.

— Hô! l'Escoulas, où tu es?

Il quitta sa rêverie et, tout étonné, se retrouva à Saugues.
Après s'être attendris sur un poulain qui suivait sa mère,
après avoir regardé courir un cheval en rond sous les

claquements du fouet, ils cherchèrent « ceux de Prades ».
Ils se tenaient près de l'hôpital, ces Pradirous toujours
un peu à l'écart des autres. Ils venaient de leur village
par les gorges du Luchadou, sur la sente muletière, avec
leurs baudets chargés à l'aller de paniers de primeurs et
au retour de provisions, de sacs d'engrais, de pain bis. Se
rendre à Prades, comme Olivier l'avait fait avec sa grand-
mère, c'était connaître un enchantement. Lorsqu'on émergeait de la pénombre verte des sous-bois apparaissait un
paradis en réduction, une oasis, où les carrés de légumes
et les arbres fruitiers, bien entretenus, ravissaient, contrastaient avec la terre comme de jeunes bijoux sur une peau
très vieille.

Ils tentèrent d'engager la conversation avec les enfants
de Prades mais ces derniers demeurèrent réservés. Alors,
les jeunes Saugains donnèrent des tapes sur les flancs des
bêtes et revinrent aux chevaux. Olivier s'imaginait sur
une mule. Il parcourait des chemins de montagne, longeait
des précipices, et jamais la monture ne faisait un faux pas.

— Celui-là, c'est moi qui lui ai peint les panards! dit-il
en désignant un cheval.

— T'aurais mieux fait de le peindre tout entier car il est
laid comme les sept péchés!

— Moins que toi.

Après un échange de quolibets, Olivier dit en conclu-
sion :

— Vous me faites un peu caguer!

Il entra chez Chadès. Pour lui, la bibliothèque commençait à s'épuiser, mais il devait bien y avoir, dans la pile
moche, quelque bouquin à glaner. Ce furent *Poum* de
Victor Margueritte (avec deux *t*) et *Naz en l'air*.

— Merci, m'sieur Chadès. Sans vous...

— Merci à toi, mes livres, ils allaient se moisir.

Pierrot proposa à Olivier une coupe de cheveux qu'il refusa : il préférait les garder longs comme Buffalo Bill. Il ne lui manquait que la barbiche et les moustaches, elles pousseraient bien un jour!

Papa-Gâteau portait en bandoulière une caissette de bois verni armée de sangles de cuir qui lui donnait l'allure d'un secouriste. Olivier marchait à ses côtés en direction de Rognac. A plusieurs reprises, il secoua la tête comme pour aider ses paroles à jaillir.

— La mémé me prend pour une cloche! dit-il.

— Que dis-tu là?

— Ben... hier, elle est allée aux mûres pour les confitures et elle n'a pas voulu m'emmener. Il paraît qu'il y a des vipères partout, mais elle, elle y va bien!

— Tu sais, elle a raison. Les gens d'ici savent...

— N'empêche!

Un chien rouge brique vint leur aboyer aux jambes, alors Olivier cria son *Aoutchi... putain di tchi!* et il partit la queue basse. Ils regardèrent des canetons barboter dans une flaque, une bergerie en ruine, un vieux à jambe de bois qui chargeait un tombereau de fumier.

— Pour les vipères, peut-être, concéda Olivier, mais pour le pèlerinage à Notre-Dame-d'Estours, elle a dit que j'avais les jambes trop minces.

— Elle devait avoir envie d'être seule avec ses amies. Elle craignait le chemin pour toi. Tu veux que je te raconte une histoire?

Et pour consoler Olivier, Alphonse chercha dans sa mémoire et entama une narration qui serait restée courte s'il ne l'avait enjolivée des fleurettes de la foi. Apparut tout d'abord une belle dame vêtue de blanc. Sa longue main diaphane glissait dans l'eau de la rivière, prenait des perles luisantes et les portait sur un grand rocher. Aux petits chevriers émerveillés, elle dit qu'elle était la reine du Ciel et désirait avoir une chapelle en cet endroit. Puis elle disparut dans un cercle de lumière.

— Comme une fée?

— Si tu veux. Et les bœufs des vachers de Cubelles qui meuglaient en face du grand rocher! Et chacun de parler, de dire, de croire. Et puis, un enfant muet gravit la pierre comme un alpiniste. Il découvrit une fissure qui cachait la Vierge noire assise, avec le Jésus sur ses genoux. Le muet retrouva aussitôt la parole. La Vierge, une belle dame romane du XIIᵉ siècle, y était présente. On la déplaça, on la mit dans des églises, à Cubelles, à Monistrol, à Saugues... Non, elle revenait toujours dans la faille de sa roche. Et c'est là, sur cet éperon de rochers prédestinés avec, pour panorama, un fond de pierres bleues et d'arbres verts, qu'on construisit sa chapelle, celle de Notre-Dame-d'Estours.

Alphonse ne serait pas quitte. Il ferait un cours sur les vierges noires, répondrait à d'incessants « Pourquoi? » à des « Qu'est-ce que ça veut dire? » suivant ses « Il faut que je t'apprenne... ». Il parlerait des Reinages, de la *pompe*, cette épaisse fougasse brune et luisante, en boule ou en couronne, réservée aux jours de fête, des Papeurs du Carnaval en blanc et en bonnet de nuit, le visage noirci de suie, qui barbouillaient les passants de son, de sarassou ou de bouse.

Voyant un jeune cheval s'ébattre dans une prairie, Olivier fit le mouvement de tenir des rênes et caracola avec des cloc-cloc de la langue contre le palais pour imiter **le bruit** des sabots.

— J'suis un Gabale! On est des Gabales, Alphonse!

— Ce n'est pas si simple. Après les Gabales, il y eut les Romains dont les voies sillonnent la Margeride, les Visigoths, les Francs. Et sais-tu à quelle date Charles Martel arrêta les Arabes à Poitiers?

— En 732!

— Très bien. Mais les Maures ont occupé Saugues. Ici, bien des noms en ont gardé témoignage : le chemin des Maures, le pré des Maures, le puits des Maures... Et nombre de Saugains ont gardé le type arabe...

Olivier pensa au teint basané de sa grand-mère, à des paysans aux cheveux noir de jais, quasi crépus, aux lèvres épaisses faisant la lippe que la mémé appelait *bada la bitche*.

— Je pourrais être un Arabe, comme les marchands de tapis à Paris?

— Qui le sait? Mais avec tes cheveux blonds, je verrais bien aussi un Anglais dans tes ancêtres. Tu connais la tour des Anglais, la croix des Anglais, et aussi le monument du général anglais. Sous les croisées d'ogives se trouvait autrefois une tombe, mais de qui? On appelait souvent Anglais les routiers qui dévastaient nos campagnes.

Que c'était intéressant tout cela! Et tant pis si Olivier mélangeait encore les civilisations et les dates, il s'y retrouverait plus tard! Quand même, apprendre qu'on pourrait être sarrasin ou engliche, ça vous en fiche un coup. Alphonse lui dit que la civilisation chrétienne dominait le tout. Même le pépé qui était rouge en faisait partie.

Ils arrivèrent sur le haut de la colline. Les arbres lointains, cendrés de mauve, à l'horizon, se décoloraient et terre et ciel ne faisaient plus qu'un. Au pied d'un hêtre, Alphonse se débarrassa de sa caisse de bois et l'ouvrit. Elle contenait des dossiers, des tubes de verre, des fioles, un petit marteau pour les pierres, un filet démontable pour les papillons, des boîtes de métal, et Olivier apprit ce qu'est un herbier, un lapidaire, du matériel d'entomologiste. Alphonse désigna des insectes, des papillons, des plantes, des pierres.

— Tout cela est du pays de Saugues uniquement, dit-il avec fierté. D'année en année, j'enrichis ma collection.

Les pierres? Le granit gris bleuté de la Margeride, le quartz tout blanc, la serpentine verte, le basalte, le silex, les pierres volcaniques. Et, à leurs éclats, répondaient ceux des coléoptères argentés, dorés, métalliques, rutilant de diverses couleurs, des soldats, carabes, cétoines, crache-sang, rynchites, pierres vivantes répondant aux papillons, fleurs qui volent.

Et tandis qu'Alphonse nommait la *Lysimachia thirsiflora* (fleur) ou le *Picus martius* (oiseau), Olivier sentait battre son cœur plus fort. Les senteurs de miel, de gentiane, d'anis, de résine, l'air des hauteurs, la vue sur les sommets des montagnes, tout cela grisait, faisait naître une exaltation romantique, et dans la voix des oiseaux, des insectes, du vent dans les branchages, il lui semblait reconnaître des musiques lointaines, un chant de nature primitif.

Mais déjà Alphonse montrait d'autres chemins à parcourir, lui parlait d'un temps de Saugues où il y avait des verriers, des tisserands, des drapiers, des chapeliers, des tanneurs, et répétait : « Il faut que je t'apprenne... »

Parfois, le pépé chantonnait bouche fermée des airs en gardant les paroles pour lui, à l'intérieur. C'étaient *La Macharade* ou *La Youyette, Auprès de ma blonde* ou *Les Blés d'or.*

Cela, au désagrément de la mémé que tout chant agaçait. Elle ne disait rien au début, mais sa nervosité se trahissait par des bruits de vaisselle, des gestes saccadés, et le pépé, amusé, en suivait la progression du coin de l'œil.

S'ils se disputaient, les grands-parents ne s'adressaient jamais directement l'un à l'autre, mais jetaient des sentences pour qui voulait bien les entendre :

— Le vagabond chante mais l'âne de commune est toujours de peine...

— Chez certaines, un coup de langue va plus profond qu'un coup de couteau !

— Pas de contes ici !

C'était la formule préférée de la mémé, celle qui s'accompagnait d'un jet d'ustensile, d'un claquement de porte et d'un bruit de galoches dans l'escalier. Elle sortait dans la cour en répétant : « *Preco, preco!* De ma vie ! De ma vie ! » Comme Olivier restait consterné, le pépé concluait :

— Tu ne vois pas que je lui rends service. Elle a prétexte à courir la campagne. C'est presque de tradition entre nous.

Olivier lui répétait les leçons d'Alphonse, mais quand il s'agissait des choses de la religion, le pépé se cabrait :

— Il en sait tant qu'il ramène tout à sa paroisse. Le savoir est de tous aujourd'hui, pas seulement des curés sans froc, et le monde sait y voir clair sans latin.

Puis il toussotait, mangeait une bouchée de pain et de fromage, et, se ravisant, il finissait par dire :

— Écoute-le bien quand même. C'est un fier homme. Sors un peu·les champignons que je les nettoie pour l'omelette.

Olivier ouvrit un cahier d'écolier. La veille, Alphonse, au pré de la grand-mère, après le partage du pain et du lard, avait décrété :

— Je vais te donner une dictée!

L'enfant la lut à son grand-père. Cela s'intitulait « Un héros de quinze ans » et l'auteur s'appelait Maxime Du Camp : *Le jeune Jupille est berger. Pendant qu'il garde son troupeau, des enfants qui jouent auprès de lui sont attaqués par un chien enragé...* et le courage de Jupille couvert de morsures et empoisonné par le virus rabique! Heureusement, la science... et le pépé, parlant du grand Pasteur, se versait un verre de « la plus hygiénique des boissons ». Cela faisait oublier la douleur de sa jambe dont le genou n'arrêtait pas l'ascension.

— Cet Alphonse! Il ne te laissera pas prendre tes vacances en paix?

Car il restait aussi le problème d'arithmétique à résoudre : *Vide, un fût pèse 9 kg 750. Plein d'eau, il pèse 65 kg 750. Quelle est, à 0 fr 55 le litre, la valeur du liquide qu'il peut contenir?* Réponse : 30 fr 80. Olivier trouvait cela bien facile. Il avait ajouté une belle preuve par neuf dans une croix de Saint-André. Bon, après cela, il y aurait le croquis coté et l'analyse logique. Par habitude, Alphonse mettrait une note au crayon rouge en marge.

Victor monta pour se restaurer. Il battit quatre œufs dans un bol et y trempa de la mie.

— Hé! je ne tiens pas *de cacaou* ici! dirait la mémé.

Comme il se coiffait devant le miroir de la fenêtre, le pépé l'appela l'« élégant » et Victor qui s'apprêtait à rejoindre une belle manifesta une confusion de jeune fille.

— Qui sait si tu ne marieras pas celle de Langeac?

Si l'on avait su qu'elle était déjà promise à un autre qu'elle trompait avant mariage! Et puis, les courses à Langeac se faisaient rares. A Saugues même... Olivier savait bien des choses. Une lui avait dit : « Tu remettras ce mot à ton oncle, sans le dire... » Et puis, il errait tellement

dans les rues. Chez Chadès ou chez Montel, on parlait.
Pierrot disait :

— Ton ton tonton, il est encore allé aux fraises!

Olivier descendait à la scierie des Lebras. Cette grosse
lame circulaire que l'électricité faisait tourner si vite
effrayait, et aussi la main de l'ouvrier, veuve de trois
doigts, mais le travail était amusant à regarder, et le parfum des planches si bon. Elles pleuraient la résine, et les
nœuds du bois, ovales et sombres, faisaient penser à
des bijoux sertis. Les copeaux frisés filaient comme des
mirlitons. On pouvait patauger dans les montagnes de
cette sciure qui entrait dans les galoches. Riri Lebras
édifiait des piles de planches séparées par des morceaux
de bois et leur forme reconstituait l'arbre. Olivier enviait
la musculature du garçon qui lui adressait la parole entre
deux travaux en s'essuyant le front. Parfois, il lui en
racontait une, énorme, en la disant pour vraie.

— C'est vrai, sans blague?

— Tu me connais, non?

Un qui en faisait des tours, c'était Mondillon, l'ancien
adversaire. Une nuit, il avait attaché une lampe électrique
à un cerf-volant pour faire croire à un curé de village
qu'une étoile mystérieuse... Il aimait aussi revêtir la
soutane de son frère le séminariste. A tout moment il
était question de jouer une farce : faire croire à Fedou
que Philibert Besson allait le décorer du mérite agricole,
au doux Clovis que du vin coulait à la source de Saint-
Jean, à un autre qu'une vache venait d'accoucher d'un
veau rayé comme un zèbre. Les Margerides, si elles
arrêtaient les vents chauds du Midi, laissaient passer un
esprit de galéjade.

Le pépé riait comme un enfant, une histoire en amenait
une autre et la narration des exploits des anciens, de ces

morts du cimetière, leur redonnait vie pour un temps.

Il parla des moissons d'autrefois, quand elles se faisaient à la faucille. On louait des moissonneurs souvent venus de Dieu sait où, qui se tenaient, outil en main, place du Portail. Le *cavachié* les faisait lever au chant du coq, et en avant pour faucher et lier les gerbes. Tout se faisait dans la gaieté, avec les délices des grosses soupes et des chansons. A la fin du travail, on payait les hommes harassés, on ajoutait un cadeau, généralement un fromage, et on se séparait jusqu'à une autre fois.

— En fait, on faisait le seigle, qui était la richesse du paysan, mais, pour en parler, on disait du blé. Le fléau était dur à la poigne. Après la guerre, ça changea; on en est aux machines, aux moissonneuses-lieuses, à la batteuse. Après tout, c'est mieux pour l'homme. Et pourtant...

Quelque part en lui, le passé et l'avenir luttaient. Victor ajouta :

— Bah! On ne ferrera jamais à la machine.

— Ce que je crains, c'est qu'il n'y ait plus de chevaux, qu'on ne fasse plus travailler les vaches...

Mais Victor n'imaginait pas qu'il pût exister un monde sans chevaux.

— Que racontez-vous, *pape?*

— Le métier peut se perdre, Victor. Regarde bien ta forge. Peut-être qu'elle mourra avant tes petits-enfants.

Non, ce n'était pas possible. Le monde ne pouvait changer à ce point. Les cultures accrochées aux pentes, celles qui affirmaient la rude volonté des Saugains, leur *latcharen pas!* disaient qu'il faudrait toujours des attelages. Les machines ne donneraient pas le fourrage ni le lait ni la nourriture. Les bêtes de trait resteraient.

— Qui le sait? répéta le pépé qui voyait loin.

Plus tard, sur le cours National, Victor se promenant

avec Olivier lui avoua les raisons d'être de la vision pessimiste de l'avenir de son père. Il ajouta qu'il ne fallait
pas trop penser à ces choses. Présentant ses mains, les
paumes retournées, à hauteur des yeux, il dit :

— Bah! ces deux-là, on en fera toujours quelque chose!

Neuf

« VOILA le mai de l'automne! » avait dit le pépé dès les premiers jours de septembre. Bientôt il fallut couper *lou rabiour* (le regain), ce cadeau supplémentaire de la nature, et la faux de Victor siffla dans le velours de l'herbe serrée, comme de brefs coups de vent dans les branches. Il jura tout son soûl quand la pointe de la lame se ficha dans une taupinière. Il cracha, aiguisa longuement et reprit son travail. Deux jours plus tard, les vaches purent occuper toute la surface du pré et se nourrir du fond tendre de l'herbe rasée à hauteur de cheville.

Dans les rues de Saugues, les bouses coulaient vert acide et semaient sur le sol sec des tartes aux épinards. La nature, parfois, devenait singulièrement silencieuse comme s'il se préparait quelque événement. Le temps resta beau uniformément de la Saint-Gilles à la Saint-Lambert, mais au moment de la Nativité de la Vierge, les hirondelles s'étaient réunies en congrès sur les fils télégraphiques, puis avaient disparu sans que personne s'en aperçût.

Une fin d'après-midi où Victor passait les murs de l'étable au lait de chaux, le grand-père sortit un tricot supplémentaire pour mettre sous le gilet en disant :

— Les veillées tournent descendre. La nuit nous mange le jour par la tête et par les pieds.

Les matins jaunes étaient trempés de rosée, les couchants viraient au jus de fraise. Le tonton partit en expédition et fit manger ces grives qu'attiraient les sorbes, les prunelles, les alises, toutes ces baies préparées par l'été.

Olivier, qui voyait maintes personnes en vacances quitter Saugues, pensait au retour. Déjà ses cousines étaient « sur le départ » et Jeannette, qui devait travailler à la rentrée au bureau de la tante Victoria, lui avait glissé en l'embrassant : « Va, je te pardonne... » en ajoutant ironiquement : « Espèce de joli cœur ! » Renée Gendre vint chercher le lait pour la dernière fois car elle devait rejoindre le collège. Olivier fut un peu déçu quand elle le chargea d'un message d'amitié tendre pour Marceau. Puis l'insouciance le reprit.

Chaque matin, il regardait mélancoliquement l'éphéméride avec ses gros chiffres qui ne trichaient pas. Il savait que le grand-père avait écrit à Paris, d'une écriture penchée, très soignée, comme on savait en tracer dans les anciens temps. Puis, un jour, le facteur déposa cette lettre que le pépé ne lut qu'après le rituel canon du messager.

— C'est Victoria, tu l'avais deviné...

En août, juste après la foire de Thoras où Victor avait emmené Olivier, il avait questionné :

— Tu aimerais rester avec nous ?

La tête d'Olivier s'était inclinée comme une fleur trop lourde. Il aurait aimé rester, il aurait aussi aimé revoir Paris, il se serait voulu partout à la fois. Regardant la colline où le vert tournait au jaune, il avait murmuré : « Oui, oui... »

La lettre à la main, le pépé annonça :

— Ta tante exige que tu rentres, mais elle accorde un petit délai. Elle doit se rendre en Suisse et l'oncle en Angleterre pour négocier des affaires. Tu rentrerais à la mi-octobre, ne manquant que quelques jours de classe...

Tandis qu'Olivier se sentait en proie à des sentiments contradictoires : joie de gagner du temps, tristesse de quitter Saugues, le pépé ajouta :

— Pour ne rien te cacher, j'avais demandé de te garder. Mais c'est mieux ainsi et tu sais pourquoi : quel avenir ici ? Ce seront de belles vacances mais je veux que tu reviennes souvent!

— Oh oui! pépé.

Pour ne pas laisser la tristesse s'étendre, le grand-père désigna une caricature sur le journal et dit : « Regarde ces guignols de la politique! » Puis : « Celui-là, avec son ventre, il a dû la lécher, l'assiette au beurre! »

Et comme un rayon de soleil jetait deux losanges sur le plancher :

— Il va encore y avoir quelques beaux jours. Tu ne verras pas l'hiver d'ici, mais dis-toi bien qu'il est trop dur pour qui n'en a pas l'habitude.

Il parla de la saison pourvoyeuse de cimetières, des dents du froid qui mordent jusqu'aux os, des mouches blanches de la neige, du vent roulant les congères.

— Ici, le sol, sans ses habits d'été, montre vite sa misère, son manque d'épaisseur cultivable. Alors la neige, bonne fille au fond, apporte ses premiers flocons et mouchette la terre comme un plumage de caille. Et puis, elle ne sait plus s'arrêter dans son travail. Elle peint tout en blanc. Et cela dure, dure... On économise le bois et à la fin de la saison il en est de reste.

— C'est joli la neige.

— C'est plus beau que tout, mon petit-fils, ça fait des palais de cristal. Et les enfants édifient des bonshommes de neige, avec la pipe, *lou tchapèou* et le balai, mais ici ça dure tant, les congères bloquent tant les chemins qu'on se sent comme dans un phare et on se demande si ça finira jamais. Il paraît loin, loin, le printemps des narcisses!

Le pépé sortit les assiettes du buffet : jambon rouge, saucisse sèche toute tordue, pâté de foie, saint-nectaire, beurre frais, reste de pachade levée.

— Allons, l'été fait encore gîte en septembre. Mangeons un morceau pour nous faire attendre le souper. Hô! Victor viens manger quelque chose!

La porte s'ouvrit sur une odeur de chaux. Le tonton alla emplir le litre au tonnelet du cellier, et par la porte ouverte arrivèrent des senteurs d'ail, de cerfeuil, de ciboulette, de ces gros oignons blancs que la mémé cuisait au four avec un morceau de sucre dans le creux.

— Vers le 16 d'octobre, Olivier sera redevenu Parisien. Adieu, les galoches!

— Ça lui fait bien quatre semaines encore. Il aura le temps d'en faire!

Et l'on attaqua ces tranches de jambon sur lesquelles la mémé comptait pour le repas du soir. « De ces goulus, de ces fume-gorge! » dirait-elle.

Assis en haut du pré, Papa-Gâteau en pantalon de nankin et Olivier en culotte courte s'entretenaient avec le berger. Celui-ci portait un manteau bien plus lourd que celui de l'été, qui le revêtait d'une écorce rude et dont il parlait avec affection :

— Le père déjà le portait et il le tenait d'un autre. Il habille le fils. Pas de danger que les mites le mangent. J'ai le secret...

— Il faudrait bien nous le dire, dit Alphonse, à Paris, nous n'avons guère que la naphtaline.

— Ce sont des choses de la campagne.

Dans un ciel grisâtre, des nuages tordus en écheveaux comme de la laine recevaient une lumière pâle. Le vent soufflait sur les hauts, hésitant à balayer la terre, mais il emportait avec lui les syllabes de bronze du clocher.

En agençant sa longue-vue, Alphonse la transformait en une sorte de microscope. La peau argentée d'une truite, sertie de corail, de jais, d'or, devenait belle comme le ciel d'une nuit où coule la Voie lactée; les *artisouns*, ces cirons du fromage, invisibles à l'œil nu, vivaient intensément sur la croûte, le moindre insecte devenait un monstre de la préhistoire.

— Cet Alphonse, il a toujours été comme ça! dit le berger.

— Comment, comme ça?

— On se connaît depuis les premières *brayes* nous deux!

Le berger n'osait parler d'une certaine forme d'innocence et le mot pouvait prêter au mal dire. En privé, il confierait à Olivier : « Il vit comme un saint d'image, avec plein d'oiseaux autour de lui... » Les oiseaux : ces enfants qui le suivaient dans les rues, Olivier restant le plus fidèle.

— As-tu résolu le problème d'arithmétique? Très bien. Ces deux trains se rencontrent en effet à quatre heures trente, le premier est à cent vingt kilomètres de son point de départ et le second à quatre-vingts... Il faut que je t'apprenne à le résoudre par l'algèbre.

Ils saluaient le berger et rentraient à Saugues au train des vaches. Dans les champs, des hommes, des femmes déchaumaient ou étalaient du fumier à la fourche.

— Je serai à Paris avant toi, Olivier. Es-tu content de rentrer?

— Je voudrais rester... et rentrer.

— Je connais cela, tu sais. C'est long d'attendre toute une année. Le pépé, la mémé, le gentil Victor, tu les aimes bien?

— Oui, ils sont vachement chouettes, euh... je veux dire très gentils, même la mémé, mais elle ne parle pas beaucoup.

— Je sais, Olivier, et elle ne câline pas comme les autres grands-mères. Elle est tellement d'ici. Il n'y a pas plus saugaine qu'elle. Tu t'en souviendras plus tard et tu diras : elle était d'une autre race. Et puis, à Saugues, tout tourne autour du travail, des bêtes, des outils, du temps, de la nature. Tout se sent et rien ne se dit. On n'aime pas parler sans utilité.

— Je comprends, Alphonse, mais le pépé, lui, il parle!

— Parce qu'il lit, parce qu'il sait écrire, parce qu'il a ramassé quelque chose qui n'existait pas avant lui dans ta famille : du savoir.

Et Papa-Gâteau, retirant une fleurette de sa bouche, ajouta :

— Il faut que je t'explique... Ton grand-père, il voit les choses et il a conscience de les voir. Ta mémé, elle, elle les vit. Tout simplement. Ce qu'elle dit ne vient jamais des livres mais de ce qu'elle a recueilli quand elle était louée dans les fermes et de ce qu'elle a appris dans le village. Écoute-la bien : le peu qu'elle dit ressemble aux objets, à des couleurs, des saveurs de fromage ou de fruits, des rudesses de pierre...

— Et Victor?

— Il est celui demeuré avec les parents. Tu verras qu'il ne se mariera pas. Ou sur le tard. Il sait qu'il doit les aider, mais il ne dit rien. Il est gai, fort, joyeux, il travaille comme quatre, il garde toujours un peu de tristesse. Il revoit l'appartement de ta tante, il n'est pas jaloux mais

il pense à une autre vie, il pense aussi qu'une a réussi dans
la famille et que c'est bien ainsi.

Alphonse expliqua encore bien des choses qu'Olivier
était heureux de comprendre peut-être parce qu'il les
avait vaguement perçues. Et dire qu'on croyait Papa-
Gâteau dans les nuages alors que rien n'échappait à son
regard.

— Ils sont en or, Olivier.

Victor, qui attendait pour le souper, les accueillit,
enchaîna les vaches. Olivier, pour avoir appris sur lui,
n'osait trop le regarder. Alphonse cria :

— Auguste, vous avez un bon petit-fils, vous savez!

— Eh! si je le sais...

— Un vrai Escoulas! C'est bien le fils de Pierre.

Olivier se sentit frémir de fierté. Et rien, jamais rien de ce
qui pourrait lui arriver dans la vie ne serait comparable à
ce compliment que personne ne saurait comprendre!

*
* *

Le tout-petit brun en tablier à carreaux rouges, juché
sur une planche posée sur les accoudoirs du fauteuil, subis-
sait sa première coupe de cheveux. Il se tenait très droit,
regardant vers la glace avec une anxiété dissimulée, et
prêtait sa tête, d'où tombaient des boucles vives pour aller
mourir sur le sol, à tous les mouvements que Pierrot Chadès,
un doigt sous le menton, un autre vers la tempe, lui
imposait. Olivier cligna de l'œil vers son ami et dit au
petit :

— Alors, mon pote, on se fait couper les tifs?

— Ici, fit remarquer Pierrot, on ne dit pas les tifs, mais
les *spias!* C'est que tu te crois à Paris! Écoute, pour la

bicyclette, je disais non pour te faire enrager. C'est que tu crois tout ce qu'on te dit, toi! Allez, prends-la, couillon, je me servirai de celle de Gustou.

— C'est vrai?

— Prends-la, elle est devant la porte. Et ne perds pas la pompe! Tu diras au Victor que ça lui coûtera l'apéritif. N'oublie pas...

Olivier conduisit le beau vélo nickelé à pied jusqu'à la forge où Victor l'attendait. Il avait déjà préparé un important matériel : deux sacs à dos ventrus, des musettes, une gaule de pêche attachée le long du cadre de son vélo. Le pépé et la mémé dirent au revoir de la fenêtre. Ils roulèrent jusqu'au bout de la rue, changèrent de bicyclette à cause d'une selle trop haute pour Olivier, traversèrent le village sans se presser comme s'ils avaient voulu que tout le monde fût au courant de leur expédition.

— On va à Pontajou! criait Victor aux amis.

— Moi, pour ça, je préfère Servillanges.

— On verra bien.

Dans la descente, Victor expliqua à Olivier que Pontajou était le nom d'un ruisseau et aussi du village en bordure.

— Il se jette dans la Seuge. Les rivières ne manquent pas. Il y a aussi le Suéjols, l'Ance, la Virlange... L'eau ne porte pas peine. Il pleut parfois tant dans les prés qu'un âne pourrait boire debout. Les fontaines de Saugues n'ont pas fini de couler, va!

Ils trouvèrent un endroit charmant dans un coude du ruisseau. Chaque pas donnait l'essor à des légions de sauterelles. Au chant des oiseaux répondait celui de l'eau qui polissait les pierres. Ils s'installèrent sous un orme à l'écorce rugueuse, mirent les canettes au frais et Victor commença à monter sa ligne tandis qu'Olivier attrapait des sauterelles qui lui chatouillaient le creux de la main.

— Regarde celle-là comme elle est grosse. Zut! elle
s'échappe.

— Je vais planter la ligne. On verra toujours...

Victor étala sur son foulard les bas de ligne d'un bleu
nacré, les racines, les crins, les hameçons, fit des ligatures
savantes. Une sauterelle épousa la courbe de l'hameçon et
il donna à Olivier le spectacle d'un lancer oblique, impres-
sionnant. Il tenait la canne de bambou d'un poignet
souple et l'appât tombait toujours à la surface de l'eau où
il le désirait, léger comme une bulle, et l'eau frissonnait à
peine. Il finit par appuyer la ligne contre la branche
musculeuse d'un orme.

Il y avait mieux à faire. Du sac, il tira une vingtaine de
balances, ces cercles de fer maintenant un filet, au milieu
duquel un lien retiendrait l'appât. Il tailla deux branches
se terminant en V et il montra à Olivier comment faire
glisser la ficelle de retenue tout au long pour diriger la
balance :

— Tu la laisses arriver bien à plat sur l'eau.

De l'épais papier de boucher, il sortit les deux têtes de
mouton et commença à en couper des morceaux sanguino-
lents qu'il attacha solidement dans chaque piège. D'un
flacon, il fit couler quelques gouttes de Pernod Fils sur la
viande.

— Ça les attire, l'anis, ces poivrotes! On peut aussi
mettre de l'huile d'aspic qu'on prend chez Promeyrat.

— Elles vont se cuiter, dit Olivier.

Victor choisit des zones ombreuses sous les arbres dans
les trous, entre les racines, et une à une, de dix mètres
en dix mètres, il fit glisser les balances. Puis il déclara :

— Le travail se fait tout seul. Il n'y a plus qu'à les
imiter : mangeons un morceau!

Il coupa en deux parties une miche fendue, beurra

abondamment, y glissa des tranches de pâté de lapin, puis tendit sa part à Olivier.

— Hou là! C'est énorme.

— Tu verras qu'on le mangera bien.

En effet, l'air vif, la course à bicyclette avaient ouvert l'appétit. Olivier avalait d'énormes bouchées. Ils burent un coup de bière et les couteaux se refermèrent. Victor attacha le sac à provisions à une branche pour le préserver des insectes et le ramassage commença.

Olivier tenait le sac de jute ouvert. Victor souleva la première balance au bout de son bâton. S'accrochaient au filet trois écrevisses de bonne taille et une petite qu'il rejeta dans l'eau. L'enfant, invité à les fourrer dans le sac, avança une main craintive.

— Tu les prends par le milieu du corps, regarde...

— O.K. boss! Mais pourquoi elles ne sont pas rouges?

— De cet Olivier! C'est en cuisant qu'elles le deviennent. Comme les homards, les langoustes...

— Ah bon? Regarde comme elles donnent des coups de queue. Clac! Clac! Comme des castagnettes.

A la deuxième balance, Olivier en compta huit. Il fallut déplacer la troisième qui n'avait rien donné. Ensuite, on en glana trois fois six, puis en soulevant la suivante, Victor s'écria :

— Tais-toi! Je crois qu'elle fait la douzaine. C'est bon ici. *Milladiou dé noun dè Dièou*, quelle pêche!

— Tu m'en laisses soulever une?

Quand ils furent arrivés à la dernière, après un nouveau coup de bière, ils remontèrent au début. Il fallut attendre et Victor en profita pour lancer sa ligne. Comme la sauterelle ne rendait pas, il prit des œufs de saumon dans une boîte ronde.

— C'est une nouvelle manière de pêcher...

Ils firent quelques pas dans un ancien chemin abandonné au flamboiement violacé des bruyères. Des coudriers se déployaient en de multiples branches prenant bas sur le tronc. Cachées parmi les feuilles dentées, dans leurs robes frangées de bohémiennes, de tendres noisettes s'offraient à la cueillette. Ils y portèrent la dent et elles livrèrent facilement le fruit huileux qui ravissait le palais. Ils en remplirent le béret, la casquette et en gonflèrent leurs poches. Plus loin la nature offrait encore des prunelles acides tout ombrées de buée.

— Victor, tu me cueilles les autres noisettes, tout là-haut.

— Celles-là, laisse-les, prenons celles du bas, elles sont aussi bonnes.

Il rit doucement et ajouta :

— Tu comprends, en haut, ce sont les noisettes de l'écureuil.

— On refait une tournée?

La pêche pouvait être qualifiée de miraculeuse. Il fallait cependant prendre garde car les gendarmes pourraient trouver à redire sur certains aspects non réglementaires...

— Au retour, tu monteras à Saugues par la route normale. Moi je monterai avec les balances et les écrevisses par des chemins que je connais.

La première truite que pêcha Olivier se prit seule à la ligne de Victor. La gaule en cerceau, il l'amena lentement au bord du ruisseau, tira légèrement, puis plus fort, et crac! le fil cassa et le poisson sauta dans l'herbe comme un ressort. Olivier plongea à la manière d'un gardien de but et le rattrapa sur l'herbe en le serrant sous les ouïes.

— Trois cents grammes, dit Victor, elle devait avoir envie de se suicider, la pauvre!

— Oh! dis...

Vers deux heures, après avoir épuisé les provisions (dont l'*épasté*, une merveilleuse tarte aux fruits), bu le contenu des canettes et cassé quelques noisettes entre deux pierres, ils y allèrent d'un roupillon. Après cela, ils se rafraîchirent dans le ruisseau et, tout ragaillardis, revinrent aux balances. Olivier tenait des paris :

— Il y en aura sept!

— Non, cinq!

La balance dégoulinante atterrissait sur l'herbe. Il n'y en avait que trois.

— On a perdu tous les deux.

Et brusquement, ils se mirent à chanter à tue-tête *Au-delà des nuages*.

Des adultes joyeux comme Victor, on n'en trouverait guère à la ville. Avec lui, on se sentait comme auprès d'un copain et il connaissait des tas de trucs. Par exemple : Olivier avait voulu placer des balances, eh bien! aucune écrevisse n'y était venue.

Vers cinq heures, au moins deux cents pièces frétillaient dans le sac et on était en septembre, c'est-à-dire qu'ils n'avaient pas été les premiers à pêcher là!

— Nous savons nous y prendre, dit Victor, et ce «nous» était une offrande.

— Et comment!

— Si on les vendait à l'hôtel Anglade, on tirerait des sous, crois-moi, mais on se les collera dans le fusil. En rentrant à Saugues, tu iras chez l'Ermelinde et tu prendras cinq litres de blanc, elle les marquera. Pars le premier...

Les écrevisses griffaient la toile du sac et on entendait le frottement de leurs carapaces, le sac lui-même bougeait, agité de vie grouillante.

— Bon, je m'en vais!

Que les côtes furent dures à monter, même en mettant
la bonne vitesse! Et puis, la chaîne sauta et il fallut descendre, retourner le vélo, desserrer les papillons, se noircir
les doigts.

— Vacherie de vacherie!

Tout alla si mal que le tonton le dépassa en riant pour
s'enfoncer bientôt dans un chemin de traverse. « Il va
arriver le premier! » Vite, Olivier repartit, en danseuse,
et en mesurant son souffle. Rrran! Rrran! le cadre cognait
contre l'une et l'autre cuisse, mais cette bécane pesait,
pesait! Ah! s'il avait eu un léger vélo de course à guidon
incurvé et à boyaux, on aurait vu! Épuisé, il arriva le
dernier à la maison.

— Sacré casaque! dit Victor. Et le vin blanc, tu y
penses?

— J'y vais, j'y vais...

Quand il revint, déjà la mémé, soulevant d'un mouvement preste la queue de chaque écrevisse, saisissait entre
deux doigts un point noir et tirait le boyau ventral. Alors,
les battements du crustacé ralentissaient jusqu'à cesser
complètement tandis qu'une bassine, où l'on ne voyait
que pattes crispées, le recevait.

Le pépé entretenait si bien le feu que les plaques du
fourneau viraient au jaune. Il y plaça un grand pot-au-feu
et une marmite dans lesquels il vida de l'eau de la cruche
et du vin blanc, ajoutant les éléments d'un bouquet garni,
du sel, énormément de poivre. En jetant dans le liquide
bouillant les écrevisses qu'il saisit à poignée, il les compta
et, à la dernière, il jeta avec un sifflet d'admiration :

— Deux cent dix-neuf!

— Sacré bonsoir! Il nous a porté bonheur, cet Olivier!

Victor ajouta une allonge à la table et répartit une
dizaine d'assiettes à soupe. Il posa ce qui restait de vin blanc

et alla tirer des litres de rouge au cellier. La mémé pendant ce temps taillait de larges tranches de pain.

Bientôt, de la cour montèrent des cris, des rires et des plaisanteries bilingues.

— Voilà notre monde, dit le pépé, et il jeta de joyeux bonsoirs.

Apparurent les frères Chadès, Louis Montel, Alphonse Lonjon, Oscar Dumas et Fernand Anglade. Depuis longtemps, l'*ousta* n'avait vu tant de gens. Ils firent des politesses à la mémé toute ravie de les accueillir qui se croisait et se décroisait les mains en jetant des regards embarrassés. Sensible à leur ton de bonne compagnie, elle les dirait « bien honnêtes ».

Déjà les écrevisses toutes rouges fumaient sur de grands plats. Quel parfum! L'eau en venait à la bouche. Qu'importait si on se brûlait un peu les doigts, si on se tachait la chemise!

— Vous les faites bravement bien, les écrevisses! dit Louis Montel.

— Servez-vous bien, Oscar, vous vous laissez prendre de vitesse...

Les carcasses s'amoncelaient. Et ils parlèrent d'autres pêches, de braconnage, la nuit, à la clarté de la lune, ce soleil des lapins, de tours joués aux gendarmes, de repas de grenouilles, de virées dans la réserve de pêche en amont du moulin Rodier. Tout s'embellissait, s'amplifiait, contenait des exagérations, on le savait, mais cela faisait partie de la fête. Le vin coulait dans les gosiers empoivrés. Victor parla du biais d'Olivier pour lever les balances mais l'enfant savait que c'était pour lui faire plaisir.

Fernand Anglade, galamment, but à la santé de la mémé et on choqua les verres. « A tes amours, Victor! » dit Pierrot. « A nous tous! » ajouta Lonjon.

— Cul sec ?

— Cul sec !

Ces gens-là ? Du sable, des éponges, des outres, et le pépé qui buvait peut-être un peu trop. Et Montel qui chanta : *Viens maman, y t'regardent, y t'appellent la pocharde!* sans que la mémé se plaignît.

Comme il fallait compléter le repas, on en vint aux fromages sur lesquels on resta. A défaut d'assez de mazagrans, on sortit les tasses pour le café que suivit l'eau-de-vie. Puis la nuit s'épaissit, les conversations tombèrent et Victor accompagna ses hôtes dont le bruit des pas déclina sur le chemin. Olivier sentit le sommeil lui fermer les yeux.

— Des soirées comme celle-là, on en voudrait mille paires! dit le pépé. Olivier, *i leï !* Moi je vais aider à la vaisselle.

Dans le lit, Olivier se revit levant les balances frétillantes d'écrevisses et il s'endormit dans le mouvement de l'eau vive du ruisseau de Pontajou.

Par ce temps d'écoute-la-pluie, on garda les vaches à l'étable. Après avoir distribué du foin dans les râteliers, Olivier fit des courses rapides de la maison à la forge. Des gars du pays se réunissaient autour de l'enclume où Victor frappait le fer d'une grille qu'on lui avait donnée à réparer. Le travail était dur et malaisé car on manquait d'espace. A chaque mouvement, des gouttes de sueur volaient autour de la tête du forgeron.

Les autres, assis sur des caisses ou des sacs d'ébauchons de fers, regardaient, affirmaient qu'il faudrait bientôt partir mais se laissaient engourdir par la chaleur. Ils jouèrent à un jeu qui portait le nom viril d'un attribut masculin. Il s'agissait simplement de cacher des clous dans sa main et de faire deviner à l'autre la quantité. Le perdant jetait une pièce trouée de cinq sous dans un couvercle. Quand la cagnotte fut assez importante, on envoya Olivier acheter deux chopines chez Domaison.

Victor, pendant ce temps-là, avait réuni une large casserole à long manche, des bols, un trépied de métal qu'il posa sur les braises. Et en avant du soufflet, Olivier! Bientôt, le vin fumant, parfumé de cannelle, se mit à flamber bleu et l'on but à petites gorgées qui ajoutaient du chaud au-dedans. Aux derniers jours de septembre renaissaient les habitudes de l'hiver.

Venaient des gens connus d'Olivier comme Louis Montel toujours farceur, comme Victor Amargier, l'instituteur, et des Vigouroux, des Portal, des Crouzet, des Mourgues, des Pagès. On appela la cousine Anna qui passait et, par la fenêtre, on lui tendit un bol qu'elle accepta avec une révérence. De temps en temps, l'un ou l'autre se levait, tenait un bout de la grille, aidait en frappant de la masse, tirait la chaîne du soufflet. Entre deux conversations, de longs silences s'installaient où l'on n'entendait que le bruit du marteau. Puis il était question du coût de la vie, des affaires municipales, du sport, de la politique locale, de l'impôt cédulaire, des provisions pour l'hiver, de la famille.

Olivier alla caresser le museau froid et humide du veau de la Marcade, qu'on appelait la Marcadoune, raconta une histoire à Pieds-Blancs. Assis sur le billot à fendre, le manche de la hache plantée comme dossier, il reprit la lecture de ce *Vicomte de Bragelonne* de la collection Nelson où on attendait pendant trop de pages l'arrivée des célèbres mousquetaires. Bientôt, il quitterait les galoches et le

pantalon de toile pour revêtir le costume de golf. La barbe
pour le calendrier !

Par la porte entrouverte, la pluie fine apportait du
froid. La mémé, en hachant des oignons sur une planche
avec deux couteaux, d'un rapide mouvement alternatif,
avait dit : « Ce que Dieu trempe, Dieu le sèche ! » mais
on la sentait désolée d'être prisonnière de la pluie. En fait,
dès qu'apparut une éclaircie, elle dévala l'escalier, un
fichu noué sur sa coiffe et un sac de toile à la main.

« Si j'allais me balader aussi ? » Après tout, tant pis
pour la pluie. Il enfila la rue des Tours-Neuves et, par
bravade, leva le menton pour que l'eau coulât sur son
visage.

Saugues était désert, mais quand il passa devant chez
Chany, Papa-Gâteau, debout sous la marquise dégoulinante, l'appela :

— Veux-tu un peu de limonade ?

— Non merci.

— Où tu te rends ?

— Je ne sais pas.

— Alors, allons-y ensemble

Alphonse l'entraîna du côté de l'église. Lui non plus,
la pluie ne semblait pas le gêner. Ils rencontrèrent Louis
Amargier, un Saugain habitant Paris, au beau visage
hâlé de montagnard. Avec Alphonse, ils gardaient en
commun l'amour du village et celui du langage. Comme
un éclair sillonnait le ciel, Amargier dit que le tonnerre,
lou tranidge, était celui du dieu gaulois Taranis. Il avait
bien connu le père d'Olivier et il lui en parla avec amitié.
Il était aussi venu à la mercerie de la rue Labat alors
que l'enfant vagissait dans son berceau. Il lui parla de son
amie Victoria qu'il verrait à Paris avant Olivier car il
partait le lendemain. Ensuite, les deux enfants de la

montagne eurent une conversation où l'érudition se mêlait
de poésie.

— Au revoir Alphonse, au revoir Olivier...

— Au revoir Louis, dit Papa-Gâteau et, regardant son
ami s'éloigner, il dit à Olivier : Il est bibliothécaire, il lit
comme trente, il en sait un bout sur nos pays.

Puis il demanda à l'enfant s'il connaissait bien la collé-
giale Saint-Médard. Certes, il était entré dans la vieille
église avec sa grand-mère, la double boîte du confession-
nal l'avait intrigué et aussi les prie-Dieu avec des missels
un peu partout, les bancs alignés et les vitraux avec leurs
nuances lumineuses.

Mais Alphonse connaissait des choses que la grand-mère
ignorait, par exemple que la première église romane avait
été détruite au xvie siècle, peut-être par un tremblement
de terre, peut-être par les huguenots. Il lui montra la
partie néo-gothique et les vestiges romans, lui expliquant
l'évolution de l'arcade.

— Autrefois, les pèlerins de Compostelle s'arrêtaient
ici pour vénérer la Vierge de majesté...

« Il faut que je t'apprenne... » Chaque mot : pèlerin,
Compostelle, majesté, appelait une explication. Dans
l'église, le prêtre les dirigea. Ils admirèrent une Vierge
en bois polychrome portant l'enfant Jésus bénissant.

— Regarde comme elle est belle et grave. Elle domine
le temps. Et l'enfant, il a un visage d'adulte. Ils ont huit
siècles d'âge.

Et puis, à l'autre bout de l'évangile, on rencontrait la
Pietà, avec un corps étendu sur ses genoux.

— Celle-là est simple comme une femme du pays.
Regarde-la bien. Elle est silencieuse, calme, mais elle est
pleine de douleur à l'intérieur.

Et il y eut le trésor : chasuble romane, croix procession-

nelles de saint Médard, le patron de Saugues, du saint
Crépin des tanneurs, mégissiers et cordonniers, de la sainte
Anne des tisserands et chapeliers. Elles étaient enrichies de
ciselures, d'émaux, de fleurons, de figurines, d'argent
rehaussé d'or. Et Alphonse parla de saint Roch qui protégea
Saugues de la peste.

Des vieilles femmes, une plus jeune et des retraités de
l'hospice entrèrent pour la prière du soir. Des doigts
tremblants se tendirent vers l'eau bénite. Olivier observa
qu'il ne restait qu'un peu d'humidité dans le bénitier. Les
galoches apportaient un bruit sourd, et Alphonse dit que
cela résonnait sur les dalles comme un avertissement du
bon Dieu.

Dehors, la pluie avait cessé, des chiens se poursuivaient
et il y régnait, avant la tombée du jour, l'animation qui
précède le souper.

Dans une modeste chapelle, non loin de l'église, ils
s'arrêtèrent devant un retable monumental en bois polychrome, baroque, où l'on voyait une autre Vierge entourée
de quatorze angelots (Alphonse les compta) s'élever
au-dessus d'un nuage. Saint Ignace, sur la droite, brandis-
sait un cœur enflammé tandis qu'à gauche saint Bernard
montrait un parchemin.

— C'est la chapelle des pénitents, chuchota Alphonse.

— C'est quoi ?

— Je vais te montrer des images. Qui n'a vu la procession des pénitents à Saugues ne peut bien connaître le
fond de ce pays. Mais la première fois, cela fait peur.
Quand j'étais enfant, j'en rêvais la nuit.

Alphonse entraîna Olivier dans sa chambrette à l'hôtel
de la Terrasse. D'un placard à rideau, il sortit un carton
à chaussures contenant un stéréoscope en bois blanc et
des photos doubles pour créer le relief.

— Règle à ta vue, avance ou recule le porte-photographie, laisse tes yeux s'habituer.

Il montra tout d'abord des vues panoramiques du Puy-en-Velay, avec la Vierge monumentale sur le rocher Corneille, l'enfant porté du mauvais bras, la chapelle Saint-Michel-d'Aiguilhe haut perchée. Il dit que chaque rocher était un reste de volcan.

— On ne t'a pas fait voir Le Puy? Ah! il le faudrait bien. C'est la ville qui ne ressemble à aucune autre.

Il lui présenta d'autres images : le parc des sources à Vichy, la Danse macabre de La Chaise-Dieu, le buste de saint Baudime à Saint-Nectaire-le-Haut, la Vierge à l'oiseau de l'église de Brioude, la cathédrale de grès rouge à Rodez, les chapiteaux de l'église romane d'Orcival, la statue de Vercingétorix à Clermont-Ferrand...

— Oh! le drôle de cheval...

— C'est un cheval pétrifié à la fontaine de Saint-Alyre.

— Et ça?

— Monistrol-d'Allier, la chapelle Sainte-Madeleine dans sa grotte.

Des vues étranges succédèrent : un homme en robe sombre (du rouge précisa Alphonse) revêtu d'une cagoule, les pieds nus, portant une énorme croix tandis que d'autres spectres, en blanc ceux-là, tenaient les cordons de son vêtement. Puis toute une théorie d'autres hommes en capuchon troué à l'endroit des yeux, portant de bizarres instruments.

— C'est... c'est des fantômes? demanda Olivier.

Papa-Gâteau sourit et sur le ton du conteur dit :

— Entre les gorges de l'Allier et les monts de la Margeride, il est des forêts épaisses et de vastes pâturages. Là se trouve un village appelé Saugues. Depuis plus de deux siècles et demi, le jeudi saint, une procession étrange s'y déroule...

Tandis qu'Olivier, émerveillé par le relief, écarquillait les yeux sur ces êtres surnaturels, les Pénitents, Alphonse poursuivait :

— ... Vois-tu, ils gagnent leurs Pâques en revivant la Passion. A la nuit tombante, ils parcourent les venelles. Il y a trois pénitents rouges habituellement : celui qui figure Christ, ployant sous la lourde croix, aidé par Simon, et le troisième portant la couronne aux outrages. Ils sont escortés par les pénitents blancs brandissant lanternes, torches, emblèmes, images, instruments de la Passion : tu peux voir la couronne d'épines, les dés, le marteau, le coq, les lames, les fouets, la lune, le soleil, l'échelle, les clous et encore, et encore... Un homme ouvre la marche avec un crucifix voilé de deuil. Tu vois leurs pieds nus ?

— Ils se font mal ?

— Qui sait si parfois du verre n'a pas été jeté à dessein ? Et des fois, il pleut, et même il neige. Dans le bourdonnement du *miserere*, ils avancent lentement, faisant la génuflexion à chaque pas. Et les fidèles s'agenouillent sur leur passage, prient, font des signes de croix. Les pieds saignent...

— Brrr !

— C'est, je le reconnais, une cérémonie sinistre pour qui ne sait pas, mais quand on connaît tous les symboles, elle devient grandiose. On se trouve projeté vers des temps lointains, dans le 1er siècle et dans le Moyen Age, et, ce spectacle, qui l'a vu ne l'oubliera pas !

Olivier reposa le stéréoscope. Tout cela lui paraissait incroyable. Il faudrait questionner le pépé. Mais sans croire à ces choses il n'en parlerait pas à mal. « Ce sont des traditions d'ici », dirait-il. Sans plus.

10

— Mais les fantômes... euh, les pénitents, ils viennent d'où?

— D'où? D'ici, bien sûr! Ce sont les gens du village. Celui qui figure le Christ, son nom reste secret. Peut-être un qui a des péchés à racheter.

Olivier ne parvenait pas à imaginer les hommes qu'il connaissait revêtant ces cagoules, portant ces instruments, ces torches, ces bannières. Eux si prompts à la farce et à la grosse joyeuseté, était-ce possible?

— Ça se passait autrefois?

— Mais non, cela se fait chaque année, et cela se fera longtemps.

Comme ils descendaient l'escalier, Olivier demanda encore:

— M. Amargier, il a dit que les Saugains étaient des Auvergnats...

— Nous le sommes bien quelque peu. La preuve, c'est que dans *L'Auvergnat de Paris*, je lis toujours la rubrique de Saugues.

— C'est vrai que les Auvergnats, c'est... rapiat?

— On le dit, mais c'est faux. Les gens d'ici sont comme les saisons : tantôt parcimonieux, tantôt généreux. Ça dépend de la bourse. Et on dit toujours ça des gens pauvres!

Ils saluèrent au passage Anglade le pâtissier qui avait mis un pantalon de son métier, tout neuf et à petits carreaux bleus. Ils parlèrent avec Pierrot et ses amis appuyés contre la boutique et fumant la cigarette.

— Tu te plais avec l'Alphonse, hein? dit Pierrot. Tu es drôle. Qu'est-ce qu'il te raconte tout le temps?

— Des trucs.

— Ah! c'est un savant, lui, un ramasse-cailloux, mais il est comme toi, il regarde voler les mouches!

Pour riposter, Olivier fredonna *Est-ce que j'te d'mande*

si ta grand-mère fait du vélo ? Pierrot appela « ma chérie »
une jolie fille qui passait dans la rue et elle lui jeta :

— Tu m'appelleras Reine-Claude quand tu m'auras
cueillie.

— Bien fait! dit Olivier en riant.

*
* *

Par la fenêtre, il laissait tomber son parachute : un
papier fin de boulanger avec quatre cordons noués aux
coins et un bouchon figurant le parachutiste. Dix fois,
il avait dévalé l'escalier pour récupérer l'ensemble et
recommencer le jeu.

— Tu en mènes un train, *bouginaïre!* dit la grand-mère
qui grattait des carottes qu'elle appelait « des racines ».

Il sortit, regarda une araignée qui momifiait une
mouche, fit courir Pieds-Blancs derrière un morceau de
bois. Devant le jardinet, la sœur Clémentine avait placé
sur une chaise une citrouille grosse comme une roue
d'automobile dont elle était fière. Il aida sa vieille amie à
transporter ses arrosoirs pour les choux-fleurs.

Elle rabattit les feuilles de ceux qui pommaient. De
nouvelles fleurs étaient nées : des glaïeuls jetant leurs
flammes, des véroniques aux grappes bleu pâle, des cannas
tachetés de rouge vif sur fond jaune dont les pétales
semblaient vous tirer la langue, et les roses en étaient à
leur seconde floraison. Des semis étaient prêts : corbeilles
d'argent pour les bordures, pâquerettes et primevères.
Elle lui fit cadeau d'une poire cueillie à un arbre aux bras
en forme de lyre qu'il mangea, le jus coulant sur son
menton.

— Je vais couper des fleurs pour ta mémé.

— Oh! merci, merci pour elle.

— Tu as vu la citrouille?

Olivier le saurait par sa grand-mère : la supérieure reprocherait à la sœur jardinière de manquer d'humilité en exposant son potiron. Elle se défendrait en disant que c'était un travail du bon Dieu.

L'enfant descendit le chemin du cimetière. Il se sentait abandonné car Alphonse était parti. Dans les derniers jours, il lui avait fait découvrir tant de beautés : le château de Vazeilles, celui des Chateauneuf-d'Apchier, les châteaux d'Ombret, d'Esplantas, la chapelle Saint-Roch à Beauregard, la Fagette, Pouzas, la tour de la Clauze toute dorée au soleil sur son amoncellement de rochers, avec, sur le côté, la blessure récente de la foudre, les églises de Chanaleilles et de Saint-Christophe, la cascade du Luchadou où la Seuge, entre granit et basalte, forme un Niagara...

Et puis, une surprise. Dans la Virlange, Alphonse, ayant ramassé ces moules qu'Olivier croyait le seul présent de la mer, avait donné des explications scientifiques :

— On ne trouve ce coquillage que dans une certaine partie de la Virlange. Son nom est *margarita margatifera*, on l'appelle aussi *unio pictorum*...

— Ah bon? *Margarita*...

— Le nom a d'ailleurs peu d'importance. Mais il est quelque chose de plus curieux.

Il avait sorti son canif et ouvert de nombreux coquillages avant de découvrir dans l'un d'eux une perle mate d'un blanc laiteux.

— Regarde. On trouve parfois des perles. Les perles de la Virlange.

Cela sonnait comme l'or du Rhin. Ainsi cette rude nature pouvait façonner des joyaux.

— Hélas! il n'en reste plus guère. Déjà, avant le siècle,

l'abbé Fabre, dans ses *Notices historiques sur le canton de Saugues*, déplorait leur rareté.

Mais Alphonse, son herbier sur l'épaule, ses valises en main, avait pris le car pour Langeac et il devait se trouver à Paris rue de l'Abbé-Grégoire où il habitait.

Tristement, Olivier marcha sur le chemin boueux derrière le cimetière, dédaignant les mûres pourtant noires et appétissantes. Dans sa mémoire, Papa-Gâteau lui parlait encore, lui décrivait les fêtes carillonnées, les Rogations où l'on bénit la campagne, où l'on pose des bouquets de mai au pied des crucifix, sur les reposoirs, la Fête-Dieu toute d'encens et de fleurs, lui montrait sur le dos d'un berger la *sanlhe*, ce manteau traditionnel en peau de chèvre, nommait les familles nobles d'antan, les sires de Salgue, le bailli de Montchauvet, les seigneurs de Mercœur, les comtes d'Apchier, le sieur de la Mertoigne... Ou bien, le livre de l'abbé Fabre en main, il rappelait les souvenirs lugubres du Coupe-Gorge, du passage mal famé du Trauquet, de la baraque de « Prends tes gardes », d'autres lieux maudits qui s'accordaient aux enfers de l'histoire locale, aux disettes, aux incendies, aux mises à sac, aux incursions des huguenots des Cévennes, des routiers. Les noms des gens du passé étaient les mêmes que ceux d'aujourd'hui : au Moyen Age, on trouvait Ramon Itier, Pons Sabatier, Randon de Chateauneuf, Joachim Amargier; d'autres portaient les noms des villages et des hameaux du canton précédés d'une particule.

— Nos racines vont profond, Olivier!

Les bras tendus comme une vivante rose des vents et tournant sur lui-même, Alphonse désignait des points :

— De là, souffle *lou joucareaou*. De là, c'est la mézarde. Et il y a la chantareze, *lou souridre*, la traverse, l'aura...

— Et le mistral?

— Non, Lui, c'est dans la vallée du Rhône. Au pays de Frédéric Mistral, le père de *Mireille* et des *Iles d'or*... En connaissant notre *patouès*, on le lit très bien.

Et il narrait les souvenirs de Maillane, citait les félibres dont les noms chantants, Roumanille, Aubanel... semblaient inventés.

Papa-Gâteau, cet homme charmant au fin sourire qui portait une douce fantaisie et n'avait que pensées belles et indulgentes dans la tête...

« Au revoir, Alphonse! »

La saison avant-courrière de l'hiver jetait de l'humidité. Les arbres se dévêtant semblaient pathétiques, les herbes mortes jaunissaient parmi les vives, des aiguilles rousses tranchaient sur le vert des pinèdes. Olivier, solitaire, poursuivit sa marche en frissonnant. Il alla au-devant d'un laboureur qui paraissait sorti d'une enluminure.

— Bonjour! Bonjour!

Il fit de grands signes des bras comme pour appeler à l'aide. Aucun souffle ne traversait l'air gris. On aurait cru que le champ de repos derrière ses murs couverts d'escargots s'étendait à toute la nature. A l'horizon, on voyait des vapeurs grisâtres teintées de bleu. Une fumée mauve montait toute droite du toit d'une ferme. Au-dessus de sa tête s'étalait un voile de nuages empli de paix. Le clocher sonnait plus clair.

— Bonjour! répondit le laboureur en prenant un nouveau sillon.

Les dernières fleurs de l'été jetaient d'ultimes parfums. Le vol des guêpes était plus lent, plus lourd, parfois l'une d'elles tombait sur le sol et ne se relevait pas. De rares papillons s'accrochaient à leur dernier jour de vie.

Le laboureur enfonçait son soc, serrait les mancherons de frêne luisant et des secousses traversaient tout son corps

dévié par le travail aratoire. On voyait la croupe des
vaches onduler et les efforts de l'homme, muscles bandés,
pour tracer son sillon droit. La terre fumante s'ouvrait
en tranches grasses. Des moucherons se collaient au visage.
Une odeur forte, capiteuse, grisante, montait du labour.

Olivier s'attarda à le regarder travailler, faisant corps
avec son attelage, imprimant à la terre son tissu rayé. La
bague de Bougras serrait son annulaire qu'il mouilla de
salive pour faire passer le bijou de quarante sous au petit
doigt. Il se demanda pourquoi l'été ne durait pas toujours
et pensa à des pays tropicaux. Par contraste, il revit le
canal Saint-Martin dans une brume froide, les gens se
pressant vers les bistrots pour le crème des matins humides.

Le curé passa, lisant son bréviaire. Il mouillait son doigt
pour tourner les pages, levait les yeux en remuant les lèvres
et les rebaissait sur sa lecture après un temps de méditation.
Le bas de sa soutane était éclaboussé de terre. Quand on le
saluait, il portait la main à son chapeau et revenait vite à
son livre.

Mélancolique, Olivier pensa à d'autres moments de
mélancolie. Il y en aurait d'autres, d'autres encore, et
puis la joie, le bonheur, par intermittence.

Sur son passage, les chiens le reconnaissaient. Inutile
de crier *Aoutchi!* Après un bref aboiement, ils venaient
lui flairer les jambes et recevoir sa caresse.

— Bonjour, Olivier!

— Bonjour, mademoiselle!

C'était Augusta, celle qui deviendrait la femme de
Victor, mais dans combien d'années, après combien de
malheurs?

Place de la Borie, il entendit, venant du café Domaison,
les bruits d'une T.S.F. qu'on réglait, et, absurdement, dans
un éclat qui s'apaisa, une publicité jaillit comme un

hymne : *Aux germes de blé, Ovis est meilleur, il n'y a pas d'erreur...* et c'était comme si Paris lui rappelait son existence.

Il eut soudain envie d'être avec le grand-père et de l'écouter, moins pour ce qu'il disait que parce que ça lui faisait plaisir qu'on l'écoute. Il courut vers la maison.

* * *

Victor avait dit : « Jeudi, on tue chez Camille! » Et le pépé d'ajouter : « Ce sera une belle fête... » Et Victor :

— Vous viendrez, maman?

— Qu'est-ce que je ferais avec tous ces jeunes!

— Je sais bien que vous viendrez.

Déjà le pépé prenait son sourire taquin, se tournait vers ce visage que l'été avait rendu sec comme une vieille reliure et disait en regardant l'ampoule :

— J'en connais qui n'aiment que le soleil et qui prient Dieu qu'il gèle...

Les gestes de la mémé se précipitèrent. Elle marmonna pour elle seule. Il était question de gens nourris de langues de vipère. Victor, complice, dit :

— Olivier, embrasse donc tendrement ta grand-mère et demande-lui, très poliment, de venir chez Camille.

— Hum! Ben, ben...

Il savait bien ce que ce tragique « on tue chez Camille » voulait dire. C'était le temps de garnir le saloir et il y aurait grand sacrifice chez les porcs. Il s'approcha de sa grand-mère et dit :

— Mémé, je voudrais bien que vous veniez chez Camille.

— Et embrasse-la, tendrement, reprit Victor.

— Ah! *maniérouses!* jeta la mémé à la volée.

A petits coups de sa bouche sèche, grimaçante, elle imita les « poutonneurs » en donnant des baisers dans le vide autour d'elle.

Et comme on riait, elle se contenta d'aller vers le cellier et d'un rapide mouvement de taper sur sa fesse droite en signe de mépris.

Cela n'empêcha pas que, le jeudi après-midi, elle rejoignît Victor et Olivier chez le cousin. Un grand tablier enveloppait sa taille pour montrer qu'elle était prête pour tous les travaux.

— Bonjour, Marie. On tue chez Camille ?

— *Oye*, on tue.

Les Itier habitaient avant le fond de Saugues, sur la gauche, au fond du court chemin, une grande demeure. La salle commune était encombrée de monde : Camille et Rosine sa femme, les deux petits Antoine et Camilloune, la cousine de La Rodde, Raoul et Lodie, une ribambelle d'enfants.

Camille était un homme solide, à la parole sage et lente, au regard mouvant du marchand de bestiaux prompt à saisir tares et qualités. Sur son visage fleurissait une petite loupe et la visière de sa casquette bien enfoncée était cassée en deux endroits.

Olivier, assis sur un tabouret de cuisine, jambes croisées, faisait danser sa galoche au bout de son pied. On parlait patois, mais de temps en temps Rosine se tournait vers lui et disait des mots en français avec un accent chantant. Sa belle-sœur, Lodie, veillait au feu, pleurait devant une bassine d'oignons, et la cousine de La Rodde épluchait des pommes de terre qui faisaient ploc ploc en tombant dans une bassine.

— *Tapa lou! Tapa lou!*

Les exclamations venaient de la cour où on poussait le

cochon vers les lieux du sacrifice. Sur le fourneau chauffé
à blanc, l'eau bouillait dans des marmites comme pour
un accouchement. Camille avait aligné une série de
couteaux, certains tellement affûtés que leur lame ne présentait qu'un fil. Il vint les chercher et dit :

— Tu ne viens pas voir tuer, Olivier ?

Tous sortirent. On poussa l'enfant vers la cour où des
voisins étaient venus. L'énorme porc, inquiet, attendait
en grognant sur une plate-forme cimentée.

— Regarde l'habillé de soie, dit Victor, il va comprendre
sa douleur !

Ils étaient tous là à regarder le porc avec gourmandise.
Les uns vantaient l'ampleur de sa poitrine, l'arrondi des
jambons, la petitesse de la tête qui était signe de bonne
viande. Les autres supputaient le poids du lard et son
épaisseur. Les soies blondes scintillaient sur une peau rose,
avec du gris cendré sur les flancs.

— *Tapa lou, maï !*

Ce fut rapide. Victor saisit l'animal par deux pattes,
avant et arrière, et avec un han ! de bûcheron le coucha
sur le côté. La bête poussa des grognements, des cris
rauques et ininterrompus, agita ses énormes pattes, mais
déjà Camille lui glissait dans la gueule un épais bâton,
Raoul, à genoux, maintenait les pattes arrière avec un
nœud coulant et Victor plongeait un long couteau pointu
dans la carotide.

— Je ne rate jamais !

Dans une bassine, la cousine de La Rodde recueillait
le sang qui coulait à gros bouillons. Les cris de la bête,
formidables, décroissaient jusqu'au gémissement, jusqu'au
souffle. Le corps agité de soubresauts luttait, luttait contre
l'inexorable. « De ce putain ! » disait Victor, muscles tendus. Parfois le sang à l'odeur fade jaillissait hors de la

cuvette et on apostrophait la cousine. Puis tout se calma, on agita une patte de devant pour faire sortir un reste de sang, et Victor essuya le couteau rouge contre le cou du porc.

— C'est un fameux! dit Camille à Olivier tout remué. Je l'ai nourri de racines, de patates et de trèfle fermenté. Regarde tout ce sang.

L'eau bouillante coula sur la couenne, entraînant le dernier sang dans une rigole. Parfois, la plaie rejetait un caillot noir. Les hommes se mirent à le raser à coups de couteau rapides, le retournèrent, continuèrent la toilette macabre. D'un coup, Victor trancha la queue et la tendit à Olivier qui resta sur place, stupide, avec ce tire-bouchon de chair à la main.

Pour hisser le cochon jusqu'aux crochets de la poutrelle, il fallut s'y mettre à trois et le corps suspendu par les tendons pendit, la tête en bas, les cuisses ouvertes, tandis qu'on préparait le tranche-lard. Un coup dans l'épaisseur, une descente bien droite pour partager l'animal en deux parties symétriques, et les boyaux, les abats dégoulinèrent dans les baquets. Une forte odeur se répandit. Il fallut tenir les chiens à distance. Un voisin désigna Olivier avec sa queue de cochon à la main et fit une plaisanterie en patois. L'enfant courut vers la salle commune d'où on le rappela pour déplacer les baquets chargés de tripaille.

— Regarde ce lard comme il est épais et tout rose!

On lava l'intérieur du corps avec un jet d'eau. Les femmes vidaient les boyaux, les lavaient, les raclaient, les disposaient dans la saumure, ajoutaient des poignées de poivre.

Il régnait une sorte de liesse campagnarde et la curée bien ordonnée se poursuivait.

— Olivier, dit Victor, tu pourras dire à ta tante que tu as vu tuer le cochon.

Peu à peu, l'enfant retrouvait son souffle perdu. Cette viande, telle qu'il l'avait vue dans les charcuteries, l'effrayait moins. On oubliait déjà qu'elle avait été vivante et tout paraissait naturel. Dans un bac, on battait le sang mêlé de joue hachée, d'oignons et de cubes de graisse avant de faire couler le mélange au moyen d'un entonnoir dans des boyaux luisants et gras. Le soir même, il y aurait de la _sanguette_, de bons rôtis, des fricandeaux enveloppés dans la fine crépine, de la saucisse et du lard, du roulé de couenne, des fritons, des jambons aussi, d'un autre cochon, qui avaient fumé dans la cheminée.

Les pieds, dans un bain, prenaient une pâleur effrayante. On fendit la tête déjà entamée par le milieu pour la cervelle que mangeraient les tout-petits. Les quartiers de viande à saler furent pesés et admirés. On goûta le hachis destiné aux saucisses et, de l'avis général, il fallut poivrer davantage. Les énormes jambons, les épaules furent mis à sécher dans le sel et la cendre. Des bouteilles de _roudzé de Chanturgue_ apportées par un cousin de Clermont, du _poulè_ pour s'ouvrir l'appétit, et, pour suivre la cochonnaille, de la fourme, des _pastissariés_, étaient disposés sur des dessertes.

Dans la marmite odorante cuisaient les pommes de terre, les poireaux, les carottes, les navets, le chou de la potée. Des côtelettes, du filet étaient prêts pour le gril et des terrines de pâté attendaient le couteau.

D'autres invités arrivèrent, certains avec une bouteille de vin, de mousseux ou un cadeau alimentaire. On dépêcha Olivier chez le pépé pour lui porter de la saucisse et lui exprimer l'amitié de tous. Avant le départ, il avait dit à l'enfant :

— Voir tuer le cochon, ce n'est pas plaisant pour tous...
D'un regard, ils s'étaient compris. Et pourtant, ils
allaient se régaler comme les autres.

Quel repas! A table, il semblait qu'on eût à rattraper
des jours et des jours de jeûne, des faims ancestrales. On
mangeait, mangeait, essuyant les bouches, les mentons, les
mains à d'énormes serviettes marquées d'initiales en rouge.
La mémé se tenait à l'écart avec Rosine et aidait surtout
à porter les plats, comme une servante, à débarrasser,
ne s'asseyant à sa place que par courts instants. Camille,
les mains à plat sur la table, arborait le sourire du père de
famille fier de sa maisonnée. Victor, après avoir lavé le
sang de sa chemise, retrouvait son sourire d'innocence
tranquille.

Ce repas permit d'évoquer le souvenir d'autres repas de
cochon, de souhaiter qu'il y en eût encore beaucoup
d'autres, et il y en aurait autant que d'automnes. Olivier,
à une table séparée, entre Antoine et Camilloune, parmi
d'autres enfants, paraissait absent.

— Olivier, mon garçon, tu ne manges pas?
— Oh si! cousin.
— Alors, tends ton assiette à la cousine.
— Merci, cousine, oh! assez. Merci bien...
— Bien sage!

Après le fromage, les desserts, le café, la goutte, un
assoupissement général se produisit. On fit prendre du
tilleul à une vieille qui se sentait mal. Victor mit ses pieds
à chauffer dans le four, sortit dans la cour, revint, le
visage livide, et déclara avec forfanterie qu'il se sentait
prêt à recommencer le repas et trouverait encore la force
de soulever son enclume au-dessus de sa tête. Raoul tra-
duisit le sentiment général en tâtant son ventre ballonné
au-dessus de la ceinture défaite en avouant :

— Je suis coufle!

Ils rentrèrent à la nuit noire. L'air frais leur caressait les joues. La mémé se tenait toute droite, mais il sembla à l'enfant que le tonton prenait des deux côtés de la route. Et lui-même... Par conjuration, il dit :

— Mémé, je crois que je suis un peu pompette!

Bah! cela serait vite oublié.

« Encore sept jours, encore six, encore cinq... » Il fut comme un militaire aux derniers jours du service, avec cette différence que le départ l'attristait. Il aurait voulu ne pas dormir, profiter de tous les instants, arrêter les aiguilles de l'horloge.

A son retour dans la rue Labat, presque une année après l'avoir quittée, ses amis, Mado, Mac, Bougras s'étaient dispersés et la mère Haque avait paru lointaine. Une vague superstition lui dictait qu'il risquait de perdre à jamais ceux qu'il quittait. Alors, il mettait plus d'ardeur en toutes choses, à tirer la chaîne du soufflet de forge, à lire le journal du grand-père, à aller chercher de l'eau pour la grand-mère, à nettoyer l'étable ou à balayer la cour.

Il rôdait dans Saugues, allant faire la conversation à la cousine Anna parmi une assemblée de chats, discuter le coup avec le pâtissier Anglade, le pharmacien Promeyrat, les filles Michel, Lodie et Raoul, Louis Montel, Juliette Chany et bien sûr tous ceux de chez Chadès.

Dans le village, où de rares bouses avaient séché jusqu'à n'être plus qu'une poussière dorée, on voyait des chasseurs revenant de la montagne avec des allures de guerriers, fusil à la bretelle ou à bout de bras comme des commandos, sortant du gibier à plume ou à poil du dos de leur veste ou de leur carnier, tout dégouttant de sang frais, et le faisant admirer.

A la sortie de l'école, à la laïque ou chez les frères, il retrouvait quelques copains et les jeux reprenaient : courses en sac, osselets, billes, mais ils devaient rentrer pour les devoirs du soir.

Olivier descendait chez la petite cousine du fond de Saugues qui avait allumé un mirus dans la salle du café. Derrière la cour, les hommes jouaient sur un terrain plat avec des boules de bois cloutées de fer. Sur le mur était suspendu un compte-points offert par une marque d'anis avec une grosse dame aux jupes relevées sur un derrière rose. Celui qui perdait connaissait l'humiliation d'y poser ses lèvres. Baiser Fanny! Cela venait du Midi mais plaisait bien.

Là, il observa les mouvements des joueurs, leur course à demi penchés pour suivre la boule et même lui parler comme à un animal : « Avance, encore, encore un peu, ah! » Quel sérieux mettaient les hommes lorsqu'ils retrouvaient des jeux d'enfants! Ils n'auraient pas joué aux billes, bien sûr! mais parce que la sphère était plus grande, tenait bien dans la main ouverte, un univers rassurant s'ouvrait.

— Tu boiras bien un canon, Olivier, tu as l'air tout perdu.

— Non, merci bien, je n'ai pas soif.

— Je te mettrai de la limonade...

Las d'errer dans le village, il descendit la route du Puy et s'arrêta devant cette demeure mystérieuse appelée « le Chalet », près de l'endroit où commençait la grimpette.

Il poussa la grille de la propriété inoccupée et se trouva dans un maquis d'herbe dévorant jusqu'aux allées de gravier. Les ronces partant à l'assaut des arbres, des treillages décimés par l'usure, une balançoire au bois cassé pendant à une branche, des bancs de pierre verdâtres, tout donnait une impression d'abandon. La masse des feuillages formait un crible pour le soleil dont les rayons se répandaient en fine poussière.

Olivier marcha dans une odeur d'humus, de racines, de bois mort. Une bêche plantée de côté dans la terre murmurait quelque chose de pathétique. A une fenêtre, un panier d'osier crevé était suspendu. Des mouches dorées s'étaient immobilisées sur le métal brillant des lierres. Dans les creux flottaient des vapeurs mystiques. Contre un mur se dressait un énorme tas de ferraille rouillée. Le cadavre d'un sommier crevé montrait sa musculature de ressorts.

Assis sur la balançoire qu'il n'osait faire bouger, il resta là, immobile, loin de tout, comme s'il était le seigneur du lieu.

Il respira tout doucement, les yeux mi-clos. Une limace noire glissait sur une feuille rousse, laissant une traînée de bave argentée. Une toile d'araignée brillait. Sur un tronc, des fourmis allaient en procession. D'énormes racines d'arbre, à nu, couraient comme des serpents. Une bouteille abandonnée contenait de l'eau dans le fond. Un cercle de tonneau rouillait dans une flaque.

Les yeux de l'enfant se fermèrent tout à fait. Il entendit une lointaine musique et c'était comme si elle venait de l'intérieur de lui-même. Où se trouvait-il? Il l'ignorait. Une retraite hors du monde où tout lui paraissait plus clair. Et, curieusement, des mots, des mots, toutes sortes de mots se réunissaient dans sa tête, des mots qu'il avait envie d'écrire, de marier, comme pour provoquer des danses, des liesses, des fêtes. Il en était en français, en

patois, en argot même. Il en était de Bougras, de la
lointaine Virginie, de Marceau, de la tante Victoria. Il
en était du grand-père, tout simples, tout campagnards.
Il en était de Papa-Gâteau avec des rappels historiques
et un peu de latin. Il en était du berger. Il en était des
livres du père Chadès. Il en venait de ce qui l'entourait,
pas seulement des gens, ceux de la forge et ceux des
campagnes, mais des métiers, des animaux ou des plantes,
une forêt, une montagne de mots.

La lointaine musique, c'étaient eux qui la provoquaient.
Par-delà le sens, l'explication, les mots chantaient comme
des notes de musique. En les unissant, on pouvait en provoquer de nouveaux, parfois plus forts des sensations nées
à tel ou tel moment de vie. Et au fur et à mesure même
qu'il les prononçait, en silence, derrière ses lèvres closes,
il naissait en lui de la joie ou de la tristesse, toutes choses
contraires comme lumière et nuit, mais qui se fondaient
dans un murmure végétal, dans une joie supérieure.

Olivier s'attarda dans la fraîcheur verte, marchant
lentement dans cette terre imbibée d'eau, plus lourde à
chaque pas, et qui semblait vouloir le retenir à elle comme
s'il était un arbuste. Il ne sortit qu'à la nuit tombante
et ce fut comme s'il émergeait d'un souterrain, comme s'il
revenait d'un lointain voyage.

— Mon neveu, où tu étais? On t'a cherché partout.

— Je ne sais pas, Victor.

— Mais tu es tout pâle, tout pâle. Tu n'es pas bien?

Un sourire illumina le visage de l'enfant. Oh si! il était
bien, jamais il ne s'était senti si bien. Comme lorsqu'on
découvre un objet perdu depuis longtemps, comme si...
Comment tout pouvait-il être en lui si lumineux et inexpri-
mable?

La mémé, à la fenêtre, appelait pour le souper. Bientôt,

le grand-père, la miche contre le ventre, couperait des tranches de pain. Et Victor qui avait ramassé des pommes de terre toute la journée parlerait de sa faim de loup.

Face à la fenêtre, la colline, dans le noir, apparut toute bleue.

***

Olivier devait rentrer à Paris par le train de jour. Ainsi il verrait le paysage. La veille, il fit sa tournée d'adieux. Pierre Chadès tapotait une serviette chaude sur les joues fraîchement rasées de maître Charrade, le notaire. Gustou, installé dans un fauteuil de coupe, préparait un examen scolaire. Zizi lisait ostensiblement *l'Humanité*.

— Tu tu ne veux pas rester à Saugues, sacré Olivier, tu serais bien..., dit Pierrot, puis se reprenant : Eh non ! je plaisante. Rentre à Paris, va, tu as bien raison. Qu'est-ce que tu pourrais faire ici ?

L'enfant n'osa pas répondre qu'il ne pouvait choisir. Il remercia Chadès père pour les livres. Pierrot lui proposa une fois de plus de lui couper les cheveux pour qu'il n'eût pas l'air d'une fille.

— Non, merci, ça me botte, les cheveux longs.

— Tu veux faire l'artiste, dit Zizi.

Mais Olivier n'avait pas pensé à cela. Il s'assit, parcourut un magazine, se leva, ne se décidant pas à partir. Et finalement :

— Bon, je m'en vais !

— Au revoir, Escouladas, on te revoit bientôt. Pour Noël peut-être ?

— A parcourir les rues avec tes livres sous le bras, dit Gustou Chadès, tu as fini par faire partie de Saugues.

En tirant à lui le bec-de-cane, Olivier trouva Mondillon et Lebras en tablier de lustrine noire raide d'apprêt, leur gibecière d'écolier à l'épaule.

— Salut, les gars!

— Tu rentres à Paname?

— Faut bien.

— Qu'est-ce qu'on s'est mis sur la poire quand on s'est rencontrés! dit Mondillon.

Ils se mirent en garde et firent semblant de se battre, puis ils se quittèrent en se donnant des claques sur les épaules.

— Salut, Louis. Salut, Camille. Salut, Juliette. Salut, salut...

M. Anglade lui offrit une grosse brioche pour le voyage et il l'embrassa trois fois.

— Elle est au beurre, rien qu'au beurre, on ne connaît rien d'autre ici. Ah! Olivier, tu es bien comme mon Pierou, un vrai Escoulas!

Olivier le quitta en « poitrinant » comme son oncle Victor. Il se frappa la cage thoracique avec les poings. Son cœur était assez grand pour contenir tout Saugues.

— Au revoir, madame Chany. Au revoir, monsieur Meyronneinc, au revoir, au revoir... Oui, je prends le train demain matin. Adieu, Jacquot. Sans adieu, cousine Anna...

Qu'il y en avait des gens! Et les dames de la causette chez la Clerc, les dames de la veillée chez Mme Pic. Leurs bons visages, leurs rudes visages sous les coiffes claires : « Bien sage, bien honnête, bien gentil... »

Au petit jardin qui sentait si bon, Olivier tendit gravement la main à sœur Clémentine : « Au revoir, ma sœur! » Elle lui ouvrit ses bras et lui donna trois poutous.

— Tu as bien dit au revoir à tout le monde? demanderait

le pépé, aux cousins du fond de Saugues, à ceux de la mairie, à ceux...

— Oui, pépé, à tous!

— C'est bien, il faut être poli avec le monde.

Ce soir-là, il s'assit près de son grand-père, à la fenêtre, et tandis que Victor donnait ses derniers coups de marteau, que la mémé préparait le repas du soir, ils regardèrent mourir le jour.

L'inoubliable panorama était là, immobile, pétri de silence. Seules les saisons changeaient ses couleurs. La route du Puy d'où descendait le car pour Saint-Chély-d'Apcher, le petit lavoir, les rases aux grenouilles, la côte dure, les prés où poussaient les mousserons, ils voyaient tout cela, l'homme et l'enfant, et, sans se parler, dans un silence frissonnant, ils se disaient mille choses.

Ils regardaient la table où le pépé avait tracé ses premiers bâtons, le lit où étaient nés quatre enfants, le buffet dont on était fier, et une mouche, rescapée de l'été, qui voletait mollement. Le pépé dit :

— Ils sont dans l'enfance...

— Qui donc?

— Les plus beaux jours de notre vie.

La mémé avait préparé la soupe aux lentilles et des manous, un plat local composé de pieds de mouton et de riz. Mais ils mangèrent peu.

Victor, de temps en temps, relevait le menton d'Olivier avec une sorte de timidité. Il dit :

— Ah, sacré Dutilleul! Je vais remonter la selle de mon vélo. J'avais l'air d'un crapaud sur une boîte d'allumettes.

Il ajouta bien vite :

— J'aurais préféré que tu restes. Je t'en aurais trouvé un de vélo. Tu t'en es donné ici, hein?

— Drôlement, oui!

— Tu n'auras jamais tant parcouru la montagne qu'une que je connais, dit le pépé en regardant vers sa femme. Ils ne parlèrent pas autrement du départ. Ils firent comme si de rien n'était. La mémé se rendit à la veillée. Les hommes allèrent au lit. L'enfant resta longtemps les yeux ouverts dans le noir avant de trouver le sommeil.

Le costume de golf, la chemisette bien repassée, les sandales luisantes, le béret bleu marine, la valise prête pour le départ avec un carton mal ficelé de charcuterie et de fromages du pays pour la tante Victoria. Un matin brumeux qui promettait le beau temps. Le bruit des vaches tirant le fourrage du râtelier, la chaîne rongeant le bois, les coups de cloches, les flac-flac d'une bouse dans la rigole. Le petit déjeuner plus lent qu'à l'ordinaire. Le cadran de l'horloge sans cesse consulté par l'un ou par l'autre.

Le grand-père, devant le buffet, fixait la pointe de ses sabots, écoutait la douleur de sa jambe qui poursuivait son ascension vers la cuisse. Victor, à la fontainette, procédait à une toilette de chat avec un coin de serviette mouillé. Olivier regardait la trace de ses dents sur la tartine de beurre salé.

La mémé n'avait pas pris le temps de mettre sa coiffe et, pour la première fois, Olivier voyait un étonnant fleuve de chevelure grise descendre jusqu'à ses reins. Elle allait et venait du cellier à la salle commune avec un empressement inhabituel, des gestes maladroits, un air sauvage et lointain.

— Je descends à Langeac avec le car, dit Victor, j'irai payer une facture de fers et je reviendrai avec la bécane.

Le silence du grand-père qui aimait tant raconter, que disait-il? Adieu — peut-être — adieu les hautes montagnes et les gorges sauvages, adieu l'âpre plateau, adieu les sous-bois et les rivières, adieu les villages de pierre, adieu les prairies, adieu les sentes et les arbres. Adieu. Ne faisait-il pas siens, et pour un plus lointain voyage, les salut et les au revoir de son petit-fils ? Adieu la petite fille louée d'un autre siècle, adieu la bourrée, adieu jeune homme de la montagne. Adieu, mon petit-fils, adieu.

— Il est temps de partir, dit Victor en prenant la valise. Olivier, dis au revoir au pépé...

— Mon petit-fils...

Le vieil homme se leva, serra Olivier contre lui, longtemps, silencieusement. Il se pencha et lui chuchota à l'oreille :

— Si on ne se revoyait pas... N'oublie pas ton grand-père.

La mémé se tenait immobile près de la cheminée, droite et à l'écart comme une servante de ferme observant une scène à laquelle elle ne participe pas. Le pépé poussa Olivier vers elle :

— Allez, dis au revoir à ta grand-mère...

Pour la première fois, elle s'avança vers l'enfant subitement intimidé, lui toucha les épaules, se pencha et fit claquer deux petits baisers maladroits dans le vide près de ses joues. Quand elle releva la tête, de ses beaux yeux bleus, si durs habituellement, coulèrent deux larmes longtemps retenues par les cils.

— Viens vite, Olivier, c'est l'heure !

L'enfant, en patois, dit *arrabire!* avec un petit sourire. Il suivit Victor, le tonton, et salua les trois vaches et la Marcadoune au passage, embrassa Pieds-Blancs sur la tête. Le tonton dit :

— Tu vois, la mémé y est allée de sa petite larme.

Sa petite larme... Au bout de la cour, Olivier se retourna et regarda vers la fenêtre. Ils étaient là, dans une buée, le pépé avec son chapeau rond sur la tête, son foulard au col, son gilet, la mémé devenue fluette. Ils étaient là comme sur une photographie d'autrefois, toute jaunie, toute pâlie, toute racornie, et que le temps pouvait effacer.

Alors, Olivier marcha, les épaules fragiles, la tête baissée, dans la rue des Tours-Neuves, en poussant la bicyclette. Des noisettes boursouflaient ses poches. Sur son front, autour de son nez, le soleil avait déposé des taches de rousseur. Son corps s'était armé de muscles, son esprit de forces nouvelles, et pourtant des ondes de détresse le traversaient, quelque chose tremblait en lui. Quelqu'un, ou bien les feuillages, ou ses amis, ou le village, ou le temps, murmura : « Au revoir, Olivier... » mais il ne l'entendit pas.

Au bout de la rue, quand il leva le menton, une brise légère rafraîchit ses joues humides.

FIN

Décembre 1971-novembre 1973.

ACHEVÉ D'IMPRIMER
— LE 18 AVRIL 1974 —
PAR L'IMPRIMERIE FLOCH
À MAYENNE (FRANCE)

(12825)

NUMÉRO D'ÉDITION : 5237
DÉPÔT LÉGAL : 2ᵉ TRIMESTRE 1974

PRINTED IN FRANCE